T0278750

Gaijin

BARU MARUI

Gaijin

TITANIA

Argentina • Chile • Colombia • España
Estados Unidos • México • Perú • Uruguay

1.ª edición Abril 2024

Reservados todos los derechos. Queda rigurosamente
prohibida, sin la autorización escrita de los titulares del
copyright, bajo las sanciones establecidas en las leyes, la
reproducción parcial o total de esta obra por cualquier
medio o procedimiento, incluidos la reprografía y el tratamiento informático, así como la distribución de ejem-
plares mediante alquiler o préstamo público.

Copyright © 2024 *by* Baru Marui
Autora representada por IMC Agencia Literaria S.L.
All Rights Reserved
© 2024 *by* Urano World Spain, S.A.U.
Plaza de los Reyes Magos, 8, piso 1.º C y D – 28007 Madrid
www.titania.org
atencion@titania.org

ISBN: 978-84-19131-56-0
E-ISBN: 978-84-19936-81-3
Depósito legal: M-2.711-2024

Fotocomposición: Ediciones Urano, S.A.U.
Impreso por Romanyà Valls, S.A. – Verdaguer, 1 – 08786 Capellades (Barcelona)

Impreso en España – *Printed in Spain*

«Incluso en un mundo de pena y dolor, los cerezos florecen».

Issa Kobayashi, 1819

Para ti, tete:

*Porque me has enseñado que, a pesar de que
la noche sea lúgubre y el camino esté lleno de piedras,
de repente vislumbras un lecho de flores
en el que descansar y encontrarte.*

Gaijin (n). Término derivado de la palabra japonesa *gaikoku-jin* (外国人), «extranjero/a». Se emplea, principalmente de forma peyorativa, para denominar a aquellas personas no nacidas en Japón con rasgos occidentales, tales como los ojos redondos o claros.

1

—Hakone es una ciudad situada en la prefectura de Kanagawa, al este de la región de Kanto… —Violet leía en voz alta mientras sobrevolaba aguas japonesas.

Yuki la miraba sonriendo, hinchado de orgullo. Su rostro irradiaba una mezcla entre pureza y ternura al ver que la joven hacía el esfuerzo de intentar conocer lo que para ella sería su nuevo hogar.

—Yuki… —Violet lo despertó de su ensueño—. ¿Podríamos repasar otra vez mi presentación? —insistió. El chico aguantaba la risa para no ofenderla, pero le hacía demasiada gracia—. No te burles —se quejó con una sonrisa de vergüenza en sus labios.

—Lo dices perfectamente, cariño —dijo él antes de besarla con dulzura—. Además, mis hermanos hablan inglés muy bien y mi padre también lo entiende. Es cierto que mi madre y *obāchan*[1] no, pero no te preocupes. Rai te ayudará en todo.

—Y tú —añadió ella.

—Y yo.

Sus miradas se vieron interrumpidas por una voz masculina grave que los informaba de que se mantuvieran en sus asientos con los cinturones abrochados porque iban a aterrizar. La chica miró el altavoz con incomprensión esperando la versión en inglés del mensaje. Sus conocimientos de japonés no iban más allá del nivel inicial, algo fascinante para cualquier estadounidense de a pie, pero insuficiente para sobrevivir en el Japón profundo.

---

1. *Obāchan*: apelativo cariñoso para abuela.

—Seguro que en tres meses incluso dominas la caligrafía con tinta —bromeó Yuki para tranquilizarla.

Ya en el aeropuerto, Violet ordenaba el equipaje en el carrito con cierta dificultad por la cantidad de bultos mientras su pareja, entumecido por el viaje, iba caminando sin rumbo fijo, intentando encender su teléfono.

—¡Mira! —exclamó de repente—. Mi hermano Haru me acaba de enviar un mensaje diciendo que el chófer de mi padre ya está esperándonos en la puerta.

Comenzaron a caminar hacia la salida. Yuki empujaba el pequeño carro luchando por mantener en equilibrio la montaña de maletas mientras Violet entrecerraba los ojos intentando averiguar el significado de cada kanji que veía o conectándolo con la traducción que aparecía justo debajo, poniendo a prueba todo el japonés que había memorizado desde que conoció a Yuki. Movía los labios en silencio leyendo los pequeños *furigana* [2] a la vez que asentía sin siquiera saber muy bien por qué.

Tras pasar la odisea de controles con éxito, llegaron al coche. Un hombre uniformado, de no más de sesenta años, miraba a Violet de arriba abajo, como si estuviera examinando cada centímetro de su vestimenta, de su cuerpo e, incluso, de su organismo. Sabía que eso último era imposible, pero la profundidad de su mirada le hacía pensar que había algo en ella misma que no era normal. Yuki lo saludó. Este se inclinó profundamente ante él en señal de respeto. Violet miró a su novio y, acto seguido, repitió el gesto conteniendo la ilusión que le corría por las venas. Llevaba mucho tiempo ensayando en secreto los distintos tipos de reverencias para no cometer ningún fallo protocolario cuando llegara la hora.

El tiempo corría a la vez que el paisaje urbano iba perdiéndose entre los árboles. Yuki le había dicho que su pueblo estaba cerca de la capital, pero las luces y los rascacielos tokiotas habían quedado atrás desde hacía más de media hora. Al parecer, el concepto de tiempo y espacio de los japoneses era distinto al de los neoyorquinos. Violet

---

2. *Furigana*: inscripción fonética, normalmente escrita en *hiragana*, de un kanji.

esgrimió una pequeña sonrisa mientras le rondaba esa idea sin quitar los ojos del paisaje. Yuki, en cambio, hablaba con el chófer.

—Cariño —intervino la chica asomándose al asiento de su novio. Tanto el conductor como él la miraron por el retrovisor—. *Sumimasen...* por interrumpir —pidió disculpas mezclando ambos idiomas—. ¿No se supone que Hakone estaba cerca de Tokio?

Yuki apretó los labios para reprimir una carcajada al encontrarse con los ojos inocentes de Violet en el reflejo del espejo.

—Y lo está si tenemos en cuenta que Tokio tiene una superficie de más de 2000 km² y Nueva York no llega a los 800... —comentó burlón—. Al final no te van a dar el récord Guinness a la persona que más conoce sobre guías y datos curiosos de Japón.

—¡Eres idiota! —protestó cruzándose de brazos y con una sonrisilla que delataba sus sentimientos hacia él.

La mente de la estadounidense voló hasta el día en el que había llevado a Yuki por primera vez a su casa. Sus padres y su hermano estaban acostumbrados a ver a todo tipo de personas, pero no podía decir lo mismo de su abuela Beatrice. La mujer había pasado toda su vida en un pueblo del oeste de Italia donde todo el mundo se conocía y en el que, seguramente, si comenzaban a tirar de los hilos familiares, todos los habitantes estaban relacionados entre ellos en algún que otro grado de consanguineidad. Además, desde su llegada a Estados Unidos, tampoco había salido demasiado de casa; tanta novedad y ruido le daban miedo y ella ya era demasiado mayor como para acostumbrarse a otra forma de vida. La idea de imaginarse a su nieta pequeña saliendo con alguien no italiano o, al menos, no blanco le daba pavor. Sentía un extraño recelo, incrementado absurdamente por sus teorías tradicionales y ultracatólicas, que se iban deformando cada vez más con el paso de los años. Sin embargo, con Yuki había sucedido algo extraño: nada más entrar, el joven la había buscado para presentarse y presentarle sus respetos; un detalle que la había ganado por completo, aunque lo que más la había tranquilizado fue que «él no era como el resto». Esas habían sido sus palabras exactas.

Violet sabía que Yuki era noble y bueno, y eso se notaba en cada una de las dulces facciones de su cara. A pesar de ser un hombre alto y de porte atlético, todo él inspiraba candidez. Quizá por eso la abuela nunca había llegado a tenerle miedo aun siendo maravillosamente diferente a todo lo que ella había conocido hasta ese momento. Aquel recuerdo fue lo que la reconfortó antes de conocer a los Nakamura.

El coche se detuvo al fin. La joven alzó la cabeza para mirar por la ventana de Yuki dónde estaban porque por la suya solo había bosque. Entonces, vio una casa enorme que parecía sacada de una película. No quería caer en clichés ni estereotipos, pero no podía evitarlo; lo que estaba frente a sus ojos era demasiado bonito para ser real.

El chófer le abrió la puerta y la invitó a salir con cuidado de que no se resbalara con las piedras del camino que llevaban a la entrada principal. Había estado lloviendo todo el día y, aunque el cielo les había dado una tregua, todo apuntaba a que solo sería durante unos minutos. Después, fue hacia el maletero a ayudar a Yuki.

Violet no salía de su estupefacción al contemplar todo lo que la rodeaba. Sentía que, al poner el pie en la tierra, había viajado a la era Edo en cuestión de segundos. Todo era madera, piedra y hierba, nada que ver con aquello a lo que estaba acostumbrada. «Claramente, ya no estamos en Brooklyn», se dijo convirtiéndose en una especie de Dorothy con unas zapatillas blancas manchadas de barro.

—¡Yu-chan! —chilló una voz femenina extremadamente aguda rompiendo la tranquilidad que transmitía ese lugar.

El chico abrió asustado los ojos a la vez que soltaba una de las maletas de su novia. De pronto, apareció de la nada una chica bajita y delgada, con una larga melena entre castaña y rojiza, recogida en dos coletas bajas.

—¿Cómo que *Yu-chan*? Un respeto a tu hermano mayor, renacuaja —respondió él bromeando mientras le daba un abrazo.

—No te pega nada ese tono de señor mayor. —La chica le sacó la lengua de forma burlona sin dejar a un lado ese aire de ilusión que la hacía resplandecer. Seguidamente, clavó sus ojos en la forastera—. ¿Es ella? ¡Oh, dios mío!

La adolescente corrió hacia Violet, aunque se paró de golpe a un par de metros de ella y se quedó mirándola ensimismada, como si fuese una estrella de cine o, mejor dicho, un cachorrito que buscaba un hogar. Repentinamente, exclamó algo en japonés que hizo que los nervios de la única persona que no entendía nada de lo que estaba sucediendo volvieran a activarse. Yuki frunció el ceño y alzó la voz. Le estaba llamando la atención a su hermana o eso fue lo que dedujo Violet.

—¿Qué... qué pasa, cariño? —preguntó dubitativa. Necesitaba una aclaración.

—Nada, tranquila —sonrió—. Esta es mi entrometida hermana pequeña, Sayumi. Sayumi, ella es Violet. —El japonés las presentó invitando a la estadounidense con gestos a que se acercara a ellos.

Sayumi se inclinó como saludo.

—Encantada de conocerte, Violet —pronunció su nombre con dificultad—. Oye, ¿podría hacerte una pregunta?

La extranjera asintió.

—¿Tus ojos son realmente tan azules o llevas lentillas? Mi hermano dice que son reales, pero...

—¿Qué te acabo de decir? —la interrumpió Yuki avergonzado.

—¡Pero es que mola un montón! —Sayumi caminaba pletórica alrededor de su nueva cuñada.

Violet era alta, de piel rosada y con una melena ondulada que parecía tener movimiento propio. Sus caderas eran anchas y su cintura estrecha. Además, el grosor del abrigo hacía que su pecho se acentuara más de lo normal, provocando que la adolescente lo comparara con el suyo de forma disimulada. Se había convertido en una especie rara, muy lejos de su entorno, cuya belleza merecía ser admirada por mucho que la incomodara.

—¡Sayumi!

Los tres miraron hacia la entrada principal de la casa al oír que alguien llamaba a la pequeña de los Nakamura. Ella puso la espalda recta de forma automática y se disculpó con la recién llegada. Después, se escondió detrás de quien la había llamado.

Era un hombre alto, de hombros anchos y figura atlética. Se parecía mucho a Yuki, solo que sus facciones eran más masculinas, dándole un toque mucho más atractivo y maduro que combinaba a la perfección con ese aire de misterio que transmitía su mirada. Su pelo era brillante y negro, de un tono tan oscuro que no parecía natural, y sus labios, carnosos y rojizos. Sin embargo, a pesar de su belleza, había algo en él capaz de helar la sangre de Violet. No sabía si era esa obediencia incuestionable que había observado en la adolescente al verlo o su porte, que irradiaba seriedad y grandeza. Tampoco sabía decir si sentía miedo o una extraña admiración.

—Hermano... —El tipo bajó el escalón y se acercó al coche para saludar a Yuki y ayudarlos a él y al conductor con el equipaje. Violet se acercó para presentarse, pero este ni la miró. La obvió completamente mientras cargaba con dos bultos que, justamente, eran de ella.

Yuki y Violet entraron al *genkan*[3] y se quitaron los zapatos para ponerse unas zapatillas que les habían dejado preparadas para ellos al lado del zapatero. A la estadounidense le hizo mucha gracia ese detalle y la emoción de la novedad volvió a ella, calmándola y haciendo que su ilusión se encendiera de nuevo. Después, recorrieron un largo pasillo lleno de paneles correderos de papel y madera que llevaban a otras estancias de la casa. Yuki deslizó uno de ellos, aunque antes le dijo a su novia que esperase allí. Ella obedeció.

La chica contemplaba cada una de las esquinas de ese pasillo, admirando los acabados y la perfección que presentaba el aspecto de la madera. No podía negar que era una construcción centenaria pero completamente restaurada. Le resultaba más interesante imaginarse cualquier leyenda que pudieran encerrar esas paredes que preguntarse de qué demonios estarían hablando ahí dentro.

—Violet, cariño.

_____

3. *Genkan*: parte de una casa japonesa situada a la entrada donde se dejan los zapatos.

Repentinamente, Yuki la llamó ofreciéndole su mano para que entrara a la vez que esgrimía una de sus famosas sonrisas. Ella respiró profundamente y asintió. Luego, entró al salón donde se encontraba toda la familia al completo.

—Te presento a mi familia. Este es mi padre, Takeshi; mi madre, Hiroko; mi hermano mayor, Haru; mi hermana, Rai, y el terremoto que has conocido antes, mi hermana pequeña, Sayumi.

Violet iba agachando la parte superior de su cuerpo ante cada uno de los miembros a medida que su novio iba diciendo sus nombres. Ellos hacían lo mismo con una sonrisa de cordialidad en sus caras menos en la de Haru. Él mantenía esa impasibilidad que había mostrado al pasar por su lado hacía tan solo unos minutos.

El menor de los varones Nakamura seguía hablando con su familia en japonés bajo la mirada de la extranjera. Haru no estaba demasiado interesado en esa conversación. A diferencia del resto, el mayor seguía de pie en una esquina, detrás de sus padres, perdido en sus pensamientos, como si todo lo que estaba sucediendo a su alrededor no fuese con él. Entonces, hubo algo que llamó su atención.

—¡*Obāchan*! —exclamó Yuki con alegría levantándose a recibirla.

La ayudó a entrar y a sentarse con el resto en un cojín que le había preparado Rai. La anciana se quedó mirando a Violet con los ojos muy abiertos, sin poder salir de su perplejidad; nunca había tenido la oportunidad de ver a alguien como ella, salvo en algunas revistas que le enseñaba su nieta para entretenerla. Era completamente distinta a cualquiera de las mujeres de su familia. En el rostro de la neoyorquina también se intuía la sorpresa por mucho que intentara disimular. Estaba más que acostumbrada a la imagen de su abuela Beatrice, pero *obāchan* no tenía nada que ver con ella. Era una señora muy pequeña, hasta el punto de que sus nietos se tenían que arrodillar para hablarle con mayor comodidad. Tenía el pelo blanco como el marfil, recogido en un moño tan redondo como su rostro, que mantenía en su sitio con un largo pasador de madera tan oscura que parecía negra. A pesar de los estragos de la edad, sus facciones eran suaves y agradables, dándole un aire entrañable y amistoso que te invitaba a charlar con ella de cualquier cosa. Vestía un kimono verdoso, sin florituras ni adornos, que combinaba con un pequeño *haori* [4] gris que la protegía del frío y de la humedad del otoño.

La anciana tiró dos veces de la manga de su nieto menor y le dijo algo sobre su novia. Violet no sabía qué era, pero apostaba todo lo que tenía a que estaban hablando de ella por la expresión de la mujer y las mejillas sonrojadas de Yuki.

—*Obāchan*, esta es Sumire. —El chico indicó a su pareja que se acercara para saludar a su abuela. Ella lo hizo y, a continuación, agachó su cabeza en señal de respeto.

—Yuki, ¿qué es Sumire? —le preguntó Violet sonriendo para que la abuela no pensara que estaba enfadada o molesta.

—Es…

—Sumire es «violeta» —interrumpió Haru interviniendo por primera vez en la conversación—. Tu nombre en japonés; algo que Yuki debió haberte enseñado.

La abuela de los Nakamura comenzó a hablar de nuevo, aunque, esta vez, se dirigía a la joven, como si esta fuese a entenderle. Violet la miró y se acercó más a ella para que le tocara la cara, como entendió que le estaba pidiendo. Después, la mujer sonrió y siguió hablando.

—Dice que tienes los ojos preciosos… Azules como el cielo de primavera —tradujo Yuki a medida que el discurso iba avanzando—. Y que tu color de piel es muy bonito: blanco pero rosáceo, como las flores de los cerezos —continuó el chico lleno de orgullo.

Sin embargo, hubo una parte de lo que dijo *obāchan* que se quedó sin interpretación. Haru puso los ojos en su abuela y, después, sonrió de forma torcida y burlona. La neoyorquina, en cambio, miraba expectante a su pareja para que prosiguiera, pero lo único que añadió es que ya iba siendo hora de que se instalaran en sus habitaciones.

---

4. *Haori*: prenda de vestir de abrigo, similar a una chaqueta, que originalmente fue ideada para llevar sobre los kimonos.

Hiroko le pidió a Rai que, por favor, acompañara a Sumire, así la llamó, al cuarto que habían preparado para ella. La neoyorquina siguió a su cuñada no sin antes lanzarle una mirada de incomprensión a Yuki. A continuación, las dos salieron al *engawa*[5], un pasillo techado que conectaba las dos alas de la casa y la separaba de su novio.

Si el exterior de la entrada ya le había parecido precioso, el jardín interior no tenía nada que envidiarle. Había, incluso, un pequeño estanque con carpas de colores. Según la hija mayor de los Nakamura, cada pez representaba a uno de los hijos y cada uno debía encargarse de cuidar el suyo.

—¿Y quién cuida del de Yuki? —preguntó Violet con curiosidad.

—Haru. En realidad, es quien se encarga de todo lo relacionado con el jardín... Bueno, ya hemos llegado. Bienvenida a tu habitación —dijo Rai con una sonrisa en sus labios al correr la puerta—. No es gran cosa, pero esta y la habitación de Haru son las que tienen las mejores vistas al jardín. También te hemos puesto una cama. Mi hermana y yo pensamos que estarías más cómoda —explicó mientras dejaba que Violet observara la estancia.

Esta empezó a caminar por allí, contemplando cada uno de los pocos muebles que había: el escritorio, la cama, un espejo de pared y una estantería en la que poder colocar todos los libros que traía. Seguidamente, se asomó al ventanal redondo que había justo al lado del tocador para comprobar si era cierto lo que le había dicho Rai, y sí, lo era. Desde allí podía admirar todo el jardín; una estampa que la podía ayudar a descansar y a recobrar esa paz mental que llevaba trastocada desde que habían decidido mudarse a Japón. Ya tenía ganas de que fuese primavera para poder verlo en todo su esplendor, aunque el panorama se ensombreció en cuestión de segundos por culpa de lo que estaba sucediendo en la ventana paralela a la suya, en la otra ala de la casa. Eran Haru y

---

5. *Engawa*: pasarela exterior de madera que une las estancias de una casa tradicional japonesa.

Yuki. No podía oírlos, pero parecía como si estuvieran discutiendo por algo.

De repente, el mayor de ellos dos se dio cuenta de que ella los estaba observando y le devolvió la mirada desde la otra punta del jardín, ignorando por completo lo que fuese que le estuviera diciendo su hermano menor. Un escalofrío comenzó a recorrer el cuerpo de Violet de forma súbita inmovilizándola por completo. No podía quitar los ojos de esa escena. Era como si estuviera bajo un hechizo del que solo se liberó cuando Rai cerró la ventana.

—¡Bienvenida a Japón, Sumire! —exclamó su cuñada, con la voz entrecortada y forzando una sonrisa nerviosa, antes de irse de allí.

2

—Violet —Yuki zarandeó a su novia suavemente para despertarla mientras le susurraba su nombre al oído.

Esta abrió los ojos lentamente hasta que pudo enfocar una silueta masculina que estaba a centímetros de ella. Se incorporó con rapidez, olvidándose de que era de madrugada y estaba en una casa llena de gente a la que apenas conocía.

—Violet, soy Yuki. Tranquila —le dijo el chico mientras le tapaba la boca para que no gritase. A continuación, encendió la lamparilla auxiliar que había al lado de la cama. Ella volvió a acercarse a él, relajando su respiración poco a poco hasta que dejó de hiperventilar y le pudo llegar el oxígeno suficiente al cerebro para pegarle en el brazo por el susto que le había dado.

—Pero ¿quién creías que era? —le preguntó Yuki frotándose el área golpeada.

—Un fantasma, un loco que había asaltado la casa... No sé, estamos en medio de la nada —explicó ella bajando la voz para no despertar a ninguno de los Nakamura, aunque su enfado no decreció ni lo más mínimo.

—¿Un loco? —nasalizó una risa—. Créeme, hay más posibilidades de que veas un fantasma —respondió él. Violet abrió los ojos con miedo—. Pero no lo vas a ver porque no hay.

—¿Qué haces aquí?

—Quería saber cómo estabas... Rai nos ha dicho en la cena que estabas exhausta, que te habías quedado dormida al acabar de instalarte.

—Es cierto —suspiró—, algo que habrías comprobado tú mismo si durmiésemos juntos —le reprochó—. ¿Me puedes explicar qué narices es eso? Ah, y ¿por qué de repente soy *Sumise* o *Samire* o como demonios sea?

—Tendría que haberte avisado, cariño. Pero temía que no quisieras venir si te contaba lo tradicional que puede llegar a ser mi familia... —se justificó el japonés provocando más indignación en Violet. Luego, suspiró—. Dales tiempo, por favor. Ya verás como pronto podremos estar juntos con normalidad. Y lo de *Sumire* —la corrigió—, digamos que no dominamos demasiado bien la «L» —bromeó para intentar tranquilizarla, aunque no lo consiguió—. ¡Joder, Violet! Mi abuela tiene ochenta años, ¿qué querías que le dijera? Además, es un nombre muy bonito...

Yuki comenzó a retirarle el pelo de sus hombros, buscando con sus labios la clavícula de la joven. Su piel irradiaba la blancura del reflejo de la luna de aquella noche. Ella, en cambio, se separó. No quería seguirle el juego. Estaba realmente enfadada y todavía no entendía muchas de las cosas que habían sucedido en las pocas horas que llevaba allí.

—Estoy cansada, Yuki.

Él se levantó de la cama con resignación y se despidió de ella dándole un beso en la frente.

Los primeros rayos de luz inundaron el dormitorio de Violet con el canto del gallo. Se envolvió en el edredón y se dirigió al armario dando pequeños saltitos para intentar entrar en calor antes de comenzar a vestirse. No quería enfriarme y enfermar, pero era un deseo que se veía casi como un sueño imposible dentro de esa casa que parecía no haber conocido nunca la calefacción central.

Salió de su cuarto en busca de la cocina. Nadie le había dicho dónde estaba cada cosa; solo el aseo, el baño y el retrete, tres elementos que debían tener habitación propia según la cultura japonesa. Se sentía como dentro de un videojuego en el que tenía que encontrar la puerta indicada antes de que se le acabase el tiempo y perdiera la partida. El *jet lag* y su gran imaginación habían tomado el control de su pensamiento. Al menos, así se tomaba con humor el estar levantada a las seis menos cuarto de la mañana.

De forma repentina escuchó un ruido procedente del jardín. Fue hacia él con la esperanza de que fuese Yuki o cualquiera de sus hermanas y que pudieran ayudarla a encontrar un poco de comida y calor; no obstante, no tuvo esa suerte. Era Haru y, a pesar de que su inglés era perfecto, Violet podía adivinar que no recibiría ningún atisbo de simpatía ni cordialidad por su parte que facilitara la comunicación entre ellos. No entendía qué demonios podía haberle hecho en el poco tiempo que habían pasado bajo el mismo techo, pero algo había tenido que pasar.

El joven aún no se había dado cuenta de la presencia de la neoyorquina. Estaba metido en sus ejercicios y en su pensamiento, creando una realidad paralela en la que solo estaban él y la naturaleza, pero un tropiezo de Violet la delató. Haru dejó de hacer flexiones y se acercó a la forastera con desgana. Después, extendió el brazo y la ayudó a levantarse de la hierba. Todavía estaba muy húmeda y resbaladiza por culpa de la lluvia del día anterior y del relente de la mañana.

—Gracias —musitó ella con las mejillas encendidas por la vergüenza. Él se alejó sin dirigirle la palabra con la intención de volver a su mundo—. ¡Espera! —exclamó Violet alzando la voz. Él se detuvo—. ¿Podrías decirme dónde está la cocina, por favor?

Haru resopló y recogió su sudadera y la toalla del suelo, después se giró y caminó hacia ella.

—Sígueme —pronunció de forma seca.

Violet se apresuró para no perderle la pista, ya que él no hizo ni el mínimo intento de esperarla y, ni mucho menos, de comprobar si lo seguía.

—La cocina —le indicó alargando el brazo—. Ahí tienes el fuego, la nevera, en ese cuartito está la despensa y aquí abajo —dio un pisotón en el suelo asustándola—, la comida de emergencia, porque aquí hay emergencias muy a menudo.

—Gracias... —respondió con cierto temor—. Una última pregunta —lo detuvo de nuevo antes de que se fuese—. ¿Sabes si tu familia se ha despertado ya? No me gustaría molestarlos con el ruido.

—Todos nos levantamos a las cinco y media de la mañana. Tú eres a la que se le han pegado las sábanas.

—¿Y dónde están? —Violet se cruzó de brazos con molestia.

—Rezando.

—¿Y tú no rezas?

—Creo que Yuki te ha explicado muy pocas cosas sobre Japón. Aquí, cuantas menos preguntas hagas, mejor, *Sumire-san* —contestó cortante y haciendo hincapié en su nombre japonés.

—Pues, te equivocas —le rebatió firmemente la extranjera tratando de defender a su novio—. Yuki me ha explicado muchas cosas sobre Japón y una de ellas fue que todo el mundo era muy amable, pero creo que tú eres un maleducado…

—No soy ningún maleducado. —Haru se sirvió un vaso de agua y se lo bebió de un trago—. Es que creo que no debe importarme ni lo más mínimo la opinión de una *gaijin* que acaba de llegar a *mi* casa sin ni siquiera conocer mis costumbres —dijo antes de irse y quitarle el derecho a réplica.

Violet se apoyó en la mesa de la cocina tratando de digerir esa rabia que la corroía por dentro.

—¿Qué se ha creído ese cretino? —murmuró para sí misma.

Se sentó en una de las sillas que había sin poder dejar de darle vueltas a la actitud de su cuñado. Por mucho que fuese el hermano mayor de Yuki, no tenía ningún motivo para tratarla como lo había hecho. No, no conocería todavía todas sus costumbres, pero él tampoco tenía el derecho de hablarle así.

Hiroko y Rai entraron en ese momento para comenzar a hacer el desayuno para la familia. No se esperaban que ella estuviera allí, pero así podían empezar a mostrarle las que iban a ser sus tareas a partir de ahora. La mujer se puso un delantal y, a continuación, le ofreció uno a su nueva nuera. Al no saber nada de inglés, sus únicos recursos eran su hija mayor, los gestos y las onomatopeyas. Sayumi, que merodeaba por allí todavía en pijama, no podía aguantar la risa al ver a su madre intentando explicarle a Violet cómo debía cortar el puerro.

—Sumire, pequeño. *Chop-chop* —repetía Hiroko en japonés mientras movía el cuchillo para que ella hiciese lo mismo.

—Sumire, guarda estos cuencos ahí —le indicó Rai cuando volvía de poner la mesa.

Su madre la miró extrañada y le preguntó que quién no iba a desayunar. Ella contestó que Haru y Yuki se habían ido ya porque tenían mucha prisa. La recién llegada, al oír el nombre de su novio, se interesó por conocer lo que pasaba.

—¿Yuki se ha ido ya? No se ha despedido... —se lamentó Violet.

—No te preocupes, Sumire —respondió Rai—. Los hombres son así: trajes andantes que, en vez de cabeza, parece que solo llevan un maletín a cuestas. —Sonrió con amabilidad.

—Pero... eso no debería ser así. Yuki nunca se comporta así...

El murmurar de Violet llamó la atención de la mayor de los Nakamura. La extranjera pensaba que nadie la había oído; sin embargo, la tristeza que desprendían sus ojos era significado suficiente para que todas las mujeres que estaban allí entendieran qué le sucedía. Hiroko miró a su hija y levantó el mentón disimuladamente. Después, puso la vista en la bandeja que estaba preparando y se la llevó a la habitación de su marido. Esa mañana se había levantado con mucho dolor en la espalda y un poco de fiebre.

—Sumire, ¿por qué no me acompañas hoy a comprar? —propuso su cuñada—. Así conoces el pueblo y me ayudas con las bolsas.

—Sí, por supuesto.

La ilusión volvió durante unos instantes al rostro de Violet iluminándolo por completo, aunque no sabía decir si era por la novedad de conocer el pueblo o por recibir un poco de amabilidad que le arreglase el día.

Las dos salieron de casa con dos cestos grandes de mimbre. Violet hacía años que no veía uno como esos. La última vez había sido en unas vacaciones, cuando tenía cinco años y sus padres los habían llevado a ella y a su hermano mayor, Andrea, a Italia para que conocieran a sus primos y tíos.

El camino hasta el centro del pueblo era largo, aunque lo peor no era la distancia, sino el frío que les venía de cara. No tenía ningún termómetro a la vista, pero, teniendo en cuenta la congelación que se estaba apoderando de sus huesos, seguramente ya estarían bajo cero. Lo único que la reconfortaba eran las vistas de las montañas y el bosque.

—¿Y no te da miedo ir por aquí tú sola? —preguntó Violet a la japonesa rompiendo el silencio que reinaba entre ellas desde que habían salido.

—No, ¿por qué?

—No sé —dijo encogiéndose de hombros—. El camino es largo y solitario. En Nueva York te habrían atracado tres veces y acosado ocho —explicó.

—¡Qué cosas tienes, Sumire! —rio con dulzura—. Aquí nos conocen todos. Nadie se atrevería a hacernos nada.

—¿Sois de la realeza o qué? —bromeó con cierta curiosidad. La verdad era que sabía muy poco de su nueva familia política.

—No, pero mi padre es un hombre muy honorable y respetado en Hakone; bueno, y en gran parte del país. —La extranjera abrió los ojos con sorpresa al oírla—. Nuestra empresa es muy importante y ha generado mucha riqueza. Además, siempre cooperamos con las familias del pueblo. Haru se encarga de hacer grandes donaciones y velar por que los niños más desfavorecidos puedan tener lo necesario para sus estudios y su desarrollo personal.

—¿Haru siendo amable? Me extraña.

—Su vida no es fácil —suspiró—. Ser el hermano mayor es una gran responsabilidad, especialmente cuando debes actuar como cabeza de familia.

—Pero no es excusa para que me trate como me ha tratado esta mañana —replicó Violet con enfado.

Rai agachó la mirada en señal de arrepentimiento. No podía defenderla a pesar de que tuviera razón. Le debía lealtad a Haru.

Siguieron caminando sin decir nada más hasta que por fin llegaron al pueblo. Violet no se esperaba que estuviera tan urbanizado. No era Brooklyn, pero tampoco llegaba a la ruralidad del área donde vivían los Nakamura. Los árboles habían desaparecido para convertirse en pequeños bloques de pisos, casas unifamiliares, tiendas, supermercados y carteles de colores. La gente iba y venía tranquilamente, ajena a todo aquello que quedaba más allá de ellos mismos. Es cierto que hubo algún que otro cotilla que se paró sorprendido a mirar a la extranjera. Era muy raro que alguien como ella se paseara con la señorita Nakamura, como la conocían por allí, y no como una más de los cientos de turistas que los visitaban, atraídos por sus *onsen*[6] y por las vistas privilegiadas del monte Fuji.

Comenzaron a callejear a buen ritmo. Violet estaba fascinada por todo lo que la rodeaba, pero no tenía tiempo para encantarse. Rai era muy rápida y no quería perderla por estar distraída. No podía negar que la japonesa estaba en buena forma. Gozaba de una bonita y delgada figura que no se atrevía a realzar para no llamar la atención. Sus piernas eran largas, aunque su estatura era varios centímetros más bajita que su cuñada. Tenía una melena negra y lacia que le caía por los hombros hasta la cintura. La suavidad de su pelo hacía destellar la luz del sol como si fuese un espejo o una joya de obsidiana. Al contrario que su madre o su abuela, no solía llevarlo recogido. Decía que ya se había acostumbrado a vivir con él y que le gustaba darle libertad.

—Sumire, ¿necesitas ayuda?

Su compañera de viaje se ofreció a llevarle las bolsas de más que les habían dado en la frutería para llevar la verdura que no cabía en los cestos. Violet se ató el pelo y sonrió. No le asustaba el peso ni el trabajo, aunque no pareciera mantener la compostura tan bien como Rai. De pronto, la japonesa se detuvo delante de una pequeña librería tradicional, lo que provocó que Violet se chocara con su espalda. Esta pestañeó recuperándose del impacto mientras recitaba unas disculpas que cayeron directamente en el vacío; luego, se quedó mirando la fachada de madera del edificio al igual que la japonesa. Era realmente preciosa, como salida de otra época,

---

6. *Onsen*: baños de aguas termales.

lejana a la suya. Además, las librerías eran uno de sus lugares preferidos desde que era una cría.

Rai se asomó alzándose sobre las puntillas de sus zapatos negros. Violet, en cambio, examinaba su actitud sin comprender qué le sucedía. Notaba en el rostro de su cuñada una especie de nerviosismo que se mezclaba con un atisbo de esperanza; era una combinación extraña, pero universal. La forastera sonrió de forma torcida y caminó hacia el interior del establecimiento con decisión para comprobar si sus sospechas eran ciertas. Era un simple experimento empírico, acción-reacción, que consiguió que las mejillas de Rai tomasen el color de las amapolas.

—Sumire, debemos irnos —susurró con vergüenza mientras la agarraba el brazo tímidamente para detenerla.

—¡Rai!

—Ryō…

Un joven la saludó jovialmente, esbozando una sonrisa de felicidad en sus labios. Rai contestó con el mismo gesto mientras se apartaba el pelo de la cara. Violet pasó a un segundo plano. En un instante, todo lo que rodeaba esa escena se desvaneció con la misma rapidez que una hoja de papel entre las brasas de una hoguera. Todo era ceniza, polvo que se perdería con las hojas secas en cuanto soplara la más mínima brisa otoñal.

De forma abrupta, un carraspeo alertó a la pareja de que no estaban solos. Ryō desvió la mirada un segundo para encontrarse con la única persona además de ellos dos que estaba en la librería. Tragó saliva y le dijo algo casi inaudible a Rai. Esta comenzó a reírse y le pidió a Violet que se acercara para poder presentársela.

—Esta es Sumire, la novia de mi hermano Yuki. Se han mudado a Japón por lo de mi padre —explicó.

—¿Yuki ha sentado la cabeza? Totalmente inesperado.

—¡Ryō! —lo aleccionó Rai mirando a su cuñada de reojo. Todavía no estaba segura de qué entendía y qué no.

Él alargó su brazo para darle la mano a Violet, al estilo occidental, un detalle que le hizo mucha ilusión a la estadounidense. A continuación, le dio la bienvenida al país y al pueblo. Su inglés tenía un fuerte y marcado acento japonés, aunque no importaba. Se podría decir, incluso, que lo hacía todavía más encantador.

Tras permanecer un par de minutos más allí, retomaron la vuelta a casa. Rai todavía tenía las mejillas encendidas fruto de aquella parada imprevista. Su rostro desprendía una luz que confesaba todo lo que pudiese estar pasando dentro de su cabeza y de su corazón. Violet caminó más rápido para ponerse a su altura, aunque con un poco de dificultad. El abrigo que llevaba no le daba la movilidad suficiente para poder seguir el ritmo de su cuñada y menos cuando esta parecía estar en una nube de ilusión. No cabía duda de que sentía algo por Ryō.

—Parece un buen tipo —comentó la neoyorquina sacando a Rai de sus pensamientos.

—Ryō es un hombre muy noble y bueno, sí.

—Y ¿por qué no le pides una cita? —propuso Violet inocentemente.

—¡Oh, dios, no! —exclamó escandalizada.

—¿Por qué? Tú también le gustas a él. Se le notaba en la cara. —Sonrió.

—Sumire, aquí las cosas no funcionan así. Ryō y yo somos amigos desde la secundaria. Eso es todo —respondió cortante—. Además, mi deber es encontrar un marido a la altura de mi familia. Tienes que pensar que el hombre con el que me case pasará a ser un Nakamura más, con todas las responsabilidades que ello conlleva, y… —tragó saliva con un halo de tristeza—, y un simple librero no es la persona más idónea para ello.

—¡Eso es una tontería! —Violet alzó la voz indignada—. Estamos en el siglo xxi, por favor. Tu único deber es ser feliz, no encontrar un marido rico.

—¡No es ninguna tontería, Sumire! ¡Son nuestras creencias!

Rai gritó con furia encarándose con su cuñada y comenzó a caminar mucho más deprisa, sin importarle nada de lo que quedara atrás; o eso era lo que parecía con su actitud. Acababa de romper cualquier tipo de convencionalidad y norma de cortesía al dejar ver su enfado ante alguien al que acababa de conocer; no obstante, esa era la única salida para que Violet no viese sus lágrimas. La extranjera tenía razón, pero ella no podía oponerse a ciertos dictámenes. Hacerlo significaba traicionar a su padre y deshonrar a toda su familia. Sabía que, tarde o temprano, llegaría el día en el que no le quedaría más remedio que ceder a las presiones de sus padres y aceptar a alguno de los pretendientes que le presentaban. A pesar de que cada vez estaba más cerca de la resignación, esa idea seguía atormentándola hasta el punto de causarle fuertes ataques de pánico que debía superar en la soledad de su habitación. Solo había una solución que pudiera liberarla de ese destino, pero ¿y si no llegaba? Además, pensar en ello la hacía sentir mucho más culpable; un ser repugnante y desnaturalizado.

Violet llegó a casa varios minutos después que su cuñada. Se sentía fatal por lo que le había dicho a Rai. Siendo francos, no lamentaba haber manifestado su opinión; lo que verdaderamente le dolía era haber herido a la única persona que le había tendido una mano amiga desde el instante en el que se habían conocido. Empezaba a pensar que Haru tenía razón y que debía acostumbrarse a hacer menos preguntas.

Dejó la compra en la cocina y se encerró en su dormitorio para evitar meter la pata una vez más. Lo mejor que podía hacer era tener el menor contacto posible con la familia hasta que conociera más sus costumbres y su idioma, y tener un poco de paciencia, como le había pedido Yuki. Se sentó en el escritorio y comenzó a mirar el jardín con nostalgia y tristeza. En ese instante, habría dado lo que fuese por abrazar a su padre, a su madre, a su hermano, a su sobrino o, por lo menos, a Yuki. No sabía si era el cansancio por haberse despertado al alba o la hostilidad que la rodeaba, pero no pudo evitar derramar una lágrima de impotencia. No recordaba ningún momento de su vida en el que no hubiese habido una esquirla de felicidad y amor incondicional por parte de sus seres queridos que la ayudase a atravesar los baches del camino. Sin embargo, ahora veía que se estaba ahogando y no divisaba ningún bote que la pudiera salvar.

De repente, unos tímidos golpes procedentes del pasillo la hicieron reaccionar. Se secó las mejillas rápidamente con un pañuelo y dejó pasar a quien fuese que la reclamaba.

—¡Rai! —exclamó Violet al ver su aspecto.

La japonesa tenía el rostro desencajado. La blancura y la lozanía que presentaba unas horas atrás habían desaparecido bajo unas ojeras rojas e hinchadas y unos ojos que rezumaban desesperación.

—Rai, quería disculparme por lo de antes. No quería herir tus sentimientos ni tampoco quería decir que tus tradiciones fuesen una tontería... —dijo antes de que la losa de la culpabilidad la aplastara por completo.

—Es que no son una tontería —respondió ella con una voz mocosa y que pendía de un hilo—. Son una pesadilla, Sumire.

Violet se levantó de su silla corriendo en cuanto vio que la joven se desplomaba en el suelo llorando, casi sin poder respirar.

3

El tiempo pasaba sin perdonar a nadie. Los árboles cada día parecían más desnudos, enseñando sus almas para entrar en el nuevo año limpios de todo error y recuerdo del pasado. El color marrón que predominaba en el paisaje a la llegada de la forastera se había convertido en un blanco radiante que se mezclaba con el azul y el morado de las montañas, perdidas en la niebla y el humo gris de las chimeneas. La madre naturaleza era la única que se atrevía a romper el silencio que imperaba con el silbido del viento o del chisporroteo de las gotas de lluvia, ya que ni siquiera los animales querían hablar para no enfadar al monte. El ambiente que se respiraba era idóneo para cualquier urbanita que buscase escapar un fin de semana del ruido mundano de la gran capital, pero para Violet se había convertido en una cárcel con vistas.

Estaba sumida en una espiral de soledad que la estaba volviendo loca. Las voces que más había escuchado en los dos meses que llevaba allí eran la suya propia, mientras repetía una y otra vez las lecciones de japonés; la de Rai, cuando no estaba ocupada; y la de Yuki cuando llegaba cada noche después del trabajo. Esos momentos antes de irse a dormir en los que él iba a su cuarto para explicarle cómo le había ido el día eran los únicos instantes de intimidad de los que podían gozar desde que habían llegado a la propiedad de los Nakamura. La joven echaba mucho de menos su antigua vida con él: poder abrazarlo cuando quisiera, ir al cine los viernes y a cenar los sábados, quedarse en casa porque sí, tirados en el sofá mientras veían su serie favorita una y otra vez y se reían a carcajadas de unos diálogos que ya se sabían de memoria... Sin embargo, cada vez que Violet se quejaba de ello, Yuki solo le repetía que tuviera paciencia, que de momento intentara adaptarse al funcionamiento de su familia y que luego ya verían.

En cuanto todas las luces se apagaban, la neoyorquina se levantaba de la cama y se sentaba en su escritorio a admirar la luna, incluso cuando esta se escondía para renovar su energía y así poder comenzar un nuevo ciclo. Cada noche repetía el mismo ritual: posaba la cabeza entre sus manos y comenzaba a repasar ese día en el que Yuki le había comunicado que a su padre le habían diagnosticado cáncer de pulmón y que estaba en fase terminal. En cuestión de segundos, sin tan siquiera pensarlo dos veces, había decidido dejarlo todo para irse con él a donde hiciera falta. Sin embargo, había comenzado a replantearse si realmente había valido la pena ese sacrificio. Es cierto que en Nueva York no tenía muchos amigos y estaba estancada en un trabajo de administrativa que no le gustaba ni la iba a llevar a ningún sitio, pero allí se encontraba su familia y no estaba rodeada de gente que solo se dirigía a ella para saber si era alérgica a algún alimento antes de hacer la comida.

Suspiraba en la oscuridad tratando de hacer el mínimo ruido posible. Quería mantenerse en esa invisibilidad en la que parecía moverse cuando Yuki no estaba en casa o Rai se estaba encargando de su padre. No obstante, no pasaba tan desapercibida como se creía, pues sus lamentos nocturnos eran supervisados en secreto desde la lejanía…

Desde los catorce años, Haru sufría episodios de insomnio. Los médicos le habían recomendado que hiciera mucho deporte para cansarse y agarrar el sueño; sin embargo, a pesar del agotamiento físico, la velocidad de su mente siempre lo mantenía despierto. Conforme había ido creciendo, esas temporadas sin descanso se habían vuelto más seguidas hasta el punto de caer enfermo tras aprobar el examen de ingreso a una de las universidades más importantes de todo el país. Y nunca nadie le preguntó qué era lo que le pasaba por la cabeza y lo atormentaba tanto como para no dejarlo en paz.

Al llegar la madurez, su familia pensó que el insomnio era cosa del pasado, pero la verdad era otra: había descubierto que ese tiempo que malgastaba intentando conciliar el sueño sin conseguirlo podía emplearlo en otra cosa, aunque fuese en la clandestinidad de su dormitorio. Así pues, devolvía a la vida esos ratos muertos haciendo lo que realmente le llenaba el espíritu, permitiendo que su mente se distrajera y descansara del duro día con el que había tenido que lidiar. Leía, escuchaba música, escribía, dibujaba… Sacaba a relucir una persona totalmente distinta a la que mostraba a la luz de la mañana, sin miedo a que nadie lo juzgara ni lo perturbara. No obstante, en las últimas semanas, había descubierto un pasatiempo que lo intrigaba todavía más hasta el punto de convertirse casi en una adicción. Su mayor anhelo durante el día era que cayera la noche para sentarse en la penumbra de su escritorio y contemplar el rostro nostálgico de Violet a la luz de la luna. Ella estaba tan metida en sus pensamientos que no se daba cuenta del espectador que cada madrugada velaba sus más profundos sentimientos y que era la única persona en conocer su desvelo.

Haru apoyaba los codos en la oscura madera de la mesa e intentaba adivinar en qué estaría pensando su cuñada para no faltar ni un solo día a su cita nocturna. La veía tan etérea, tan inocente, tan triste y, a la vez, tan bella… No entendía por qué, pero saber que no estaba solo en sus tormentos nocturnos lo llenaba de una sensación cálida y reconfortante que le permitía conciliar el sueño, aunque nunca se acostaba antes que ella. No quería abandonarla.

—Despierta, princesa. —Yuki acariciaba tiernamente las mejillas de Violet con el ápice de su nariz para que abriera los ojos.

Era nueve de diciembre, domingo, y, como cada semana, el único día en el que no tenía que ir a Tokio a no ser que hubiese quedado con algún cliente. La joven se rascó la piel de la cara para aliviar ese cosquilleo que no supo qué o quién había provocado hasta que vio a su pareja a escasos centímetros de ella. Este sacó una rosa de su espalda y se la entregó antes de darle un beso.

—¿Y esto? —preguntó ella aturdida, aunque con una sonrisa de ilusión en los labios.

—Es nuestro aniversario —rio Yuki—. ¿Se te ha olvidado?

La respuesta era «sí». Violet hacía semanas que había perdido la noción del tiempo. Su rutina se había vuelto tan rígida, monótona e inmutable que ya no sabía el día en el que vivía.

El rostro del japonés se paralizó en un gesto de preocupación en cuanto se dio cuenta de que su novia había roto a llorar. La agarró de las manos y fue retirándolas poco a poco de su cara mientras le preguntaba qué le pasaba. Él no estaba enfadado. Sus vidas habían cambiado tan drásticamente en un abrir y cerrar de ojos que entendía perfectamente su descuido. Ella, aunque no le dijo nada, no lo veía así, y no sabía si se sentía mal por haberse olvidado de una fecha tan importante o porque, en realidad, se estaba olvidando de sí misma mientras se sumía en un vacío asfixiante.

Yuki se sentó a su lado y la abrazó con todas sus fuerzas con la intención de consolarla. No soportaba verla así y se sentía culpable por no saber qué le estaba sucediendo ni cómo ayudar a la que él consideraba la mujer de su vida. «¿Cómo hemos llegado a esta situación?», pensó para sí mismo a la vez que trataba de calmarla en silencio.

Haru corría por el jardín como solía hacer cada mañana. Su rutina de ejercicios era la manera en la que, paradójicamente, recargaba su cuerpo antes de empezar la jornada. No la perdonaba ni siquiera en su día libre y es que, desde pequeño, su tenacidad y perseverancia siempre habían sido dos de sus virtudes más admiradas y destacadas tanto por sus profesores como por todos aquellos que lo conocían.

—Soy lo peor, Yuki. Lo peor.

El mayor de los Nakamura se detuvo al escuchar el llanto desesperado y culpable de su cuñada. Se apoyó en la pared que daba al dormitorio de Violet para que no lo pudieran ver y comenzó a escuchar lo que estaba sucediendo ahí dentro. Se asomó ligeramente a la ventana y vio que su hermano la abrazaba como si en cualquier momento ella fuese a desaparecer. Apoyaba la mejilla en su cabeza mientras le repetía una y otra vez que eso no era cierto, que ella era lo mejor que le había podido pasar.

Entonces, inesperadamente, Haru sintió un calambre que le recorrió toda la columna vertebral y lo debilitó por completo. Fue una sensación muy extraña, como si alguien le hubiese robado toda la fuerza de forma súbita y sin darle tiempo a que pudiera defenderse. Se sentó en el suelo y puso la cabeza entre sus rodillas para recobrar el equilibrio y que el mundo dejara de darle vueltas. No entendía qué le podía haber pasado. Seguramente era por el estrés que llevaba acumulando desde que su padre lo había puesto al frente de la empresa. Tras unos minutos, se levantó de nuevo como pudo, respiró profundamente y se fue a dar un baño para relajarse y meditar.

—Te echo de menos —musitó Violet ya serena mientras reposaba en el pecho de Yuki.

—Estoy aquí —respondió él rodeándola con los brazos.

—Ahora sí, pero ¿y mañana? —Él la miró extrañado por su pregunta—. Déjalo… Es mejor que no contestes.

—Sé que últimamente no he estado a la altura —suspiró—. Mi «lado japonés» se ha apoderado de mí, supongo —bromeó haciéndola reír tímidamente—. Aun así, quiero que te grabes esto en la cabeza —clavó sus negras pupilas en las de la joven—: Nunca dudes de lo que te quiero. Siempre serás mi mayor prioridad. ¿Vale?

Las palabras de Yuki atravesaron el corazón de Violet descongelando aquella parte que se había quedado inmóvil por culpa del aislamiento en el que se encontraba. La candidez de su sonrisa y la calidez de su abrazo la mantenían en un estado de felicidad y sosiego que hacía mucho tiempo que no sentía. Estaba en casa. Él era la personificación de lo que ella llamaba *hogar*: amor, comprensión, cariño y apoyo. Solo debía recordarlo cada vez que sus temores se hiciesen los dueños de su cuerpo al caer la noche.

Yuki le dijo a Violet que se pusiera ropa cómoda y abrigada, que iban a pasar todo el día juntos. Le tenía preparada una sorpresa para celebrar su aniversario. A pesar de las semanas que llevaba allí, la chica todavía no había tenido la oportunidad de explorar aquella belleza natural que la rodeaba. Sus tareas domésticas, el estudio y el clima no le habían permitido ni siquiera ir más allá de los muros que protegían la propiedad a no ser que fuese para hacer el recorrido hacia el núcleo urbano.

—Te enseñaré mi lugar favorito. Solía ir a perderme por allí con Haru cuando éramos pequeños —le indicó él entrelazando sus dedos con los de su novia.

Seguidamente, le besó la mano transportándola a esa primera cita que habían tenido antes de que él se fuese a Japón para pasar las Navidades…

Aquella semana había estado muy nervioso. Apenas quería quedar y, cuando Violet trataba de llamarlo por teléfono para saber cómo estaba, sus conversaciones no duraban más de tres minutos. Por un lado, la joven podía entender el porqué de su comportamiento: era la primera Navidad que viajaba a Japón tras graduarse de la universidad y le hacía mucha ilusión llevarle a su abuela Hisa su foto con el birrete y la toga, como todo un licenciado en Comercio Internacional. Sin embargo, por otra parte, él nunca había sido así —ni siquiera cuando estaba bajo la presión de los exámenes— y eso era algo que la descolocaba.

Una noche, Yuki se había presentado sin previo aviso en el restaurante de los padres de Violet, donde ella echaba una mano siempre que podía. La familia Gentile ya lo conocía; su hija y él llevaban tiempo siendo buenos amigos. No obstante, en aquella ocasión, había algo distinto en él: se había puesto una camisa nueva y una americana y se había peinado el flequillo, apartándoselo de la cara. Su aspecto era mucho más formal que de costumbre, aunque destilaba la misma ternura de siempre. El joven se había sentado en una mesa y le había pedido al señor Gentile que avisara a su hija.

—Bueno, ¿qué vas a querer? —había preguntado ella sacando la libreta de pedidos con una sonrisilla de timidez en los labios.

—Tener una cita contigo, Violet.

Llevaban algo más de una hora caminando por el bosque y Violet no salía de su asombro al verse rodeada por aquellos árboles gigantescos, testigos de la historia de la nación. Se imaginaba los cientos de vivencias y leyendas que habrían presenciado. «Si pudieran hablar...», pensó ensimismada mientras acariciaba la corteza de uno de aquellos troncos.

—Violet, te presento el monte Fuji.

La joven alzó la vista para contemplar desde la lejanía uno de los más bellos tesoros del país nipón. Había visto miles de fotos y postales de él, pero el encanto de aquella estampa no tenía parangón. Se acercó un poco más, abducida por la hermosura del paisaje presidido por el volcán, alargando el brazo como si pudiera acariciarlo con la punta de los dedos a pesar de estar todavía a kilómetros de distancia. Su grandeza se veía multiplicada sobre el lago Ashi, el cual estaba completamente en calma. No se atrevía a hablar o, mejor dicho, no tenía el aliento suficiente para hacerlo. Se acababa de enamorar de aquel lugar.

—Si sigues avanzando, te vas a meter en el agua —la avisó el japonés mientras extendía una manta en el suelo y sacaba un termo.

—Yuki, ¿me puedes hacer una foto? —pidió ella con el rostro lleno de ilusión.

Él sonrió y, tras sacar su teléfono móvil para hacérsela, le indicaba hacia dónde debía moverse mientras le hacía burla para que perdiera su postura y rompiera a reír a carcajadas.

En ese mismo instante, un coche de color rojo vibrante rompía la armonía de colores invernales a la vez que acababa con la calma de los alrededores de la casa de los Nakamura.

El vehículo se detuvo repentinamente a escasos metros de la entrada a la propiedad, alertando a la familia de su llegada. Haru conocía perfectamente el rugido de ese motor, así que se puso los zapatos y salió a la calle a recibir al visitante con una sonrisa de complicidad; algo apagada, porque no se encontraba demasiado bien desde esa mañana.

El recién llegado era un joven tan alto como él, con buena planta y bien vestido. Siempre iba impecable, aunque fuese para hacer deporte o para estar en casa un domingo, y tenía el pelo más claro que el resto de los japoneses, tirando a un tono artificial entre gris y morado. Se quitó las gafas de sol descubriendo unos ojos rasgados y oscuros que guardaban un brillo penetrante que podía conquistar a cualquier persona que se chocara con ellos, incluso accidentalmente. Era verdaderamente atractivo, aunque no por su belleza, algo menor a la de los hermanos Nakamura, sino por su forma de ser y su sola presencia: educado hasta la médula, adulador y cortés, tres virtudes que hacían ruborizar a cualquier mujer independientemente de su edad.

—¿Qué se te ha perdido por aquí? —preguntó Haru con las manos en los bolsillos.

—¿Es que uno ya no puede visitar a su mejor amigo? —respondió con chulería haciéndolo reír—. He traído galletas, pero son para tu abuela.

Ryūji Hino y Haru se habían conocido en el colegio cuando eran solo unos críos y desde entonces siempre habían estado juntos, por lo que ya era alguien asiduo en el clan. Todos los miembros lo conocían bien, tanto a él como a su familia. Es más, sus padres habían hecho negocios juntos más de una vez.

Haru lo invitó a que entrara y lo llevó a la sala de estar para que se calentara. Allí se encontró a Rai intentando zurcir un agujero que se había hecho en un vestido. Esta saludó amablemente, aunque sin mostrar demasiado entusiasmo, y los dejó a solas. No es que no soportase a Ryūji,, pero tampoco es que le hiciera demasiada gracia su visita. Sabía perfectamente que uno de los planes que sus padres tenían para ella era casarla con él y eso provocaba que se le revolviera el estómago nada más verlo. Era el mejor de los pretendientes, la verdad. Aun así, no encontraba nada en él que la pudiera enamorar tanto como para olvidar todo lo que sentía por Ryō.

De camino a su cuarto se encontró a Sayumi, que iba dando saltos alegremente hacia la sala de estar a ritmo de la canción que estaba escuchando a través de sus grandes auriculares rosas.

—¡Quieta! —la detuvo su hermana mayor agarrándola de la capucha de su sudadera.

—¿Por qué? —se quitó los auriculares con un tono quejica.

—Haru y Ryūji están en la sala hablando.

La pequeña abrió los ojos con entusiasmo al enterarse. De repente, corrió hacia la cocina para preparar un poco de té y poder ofrecérselo al invitado. Para ella, Ryūji era más que un simple amigo de su hermano: era el único chico que le hacía el suficiente caso como para sentirse alguien especial y única en el universo.

Llamó a la puerta y pidió permiso para entrar. Sus mejillas estaban hinchadas y rojas, como dos suculentas manzanas, y su rostro se había quedado pequeño para su sonrisa. Las manos le temblaban de los nervios al ver la ternura con la que la miraba el joven.

—Muchas gracias —le dijo él guiñándole un ojo—. ¿Ves, Haru? Deberías tratar de ser tan encantador como tu hermana, así te quitarías muchos problemas de encima. El té está delicioso, Sayumi —prosiguió haciendo que el corazón de la adolescente se derritiera con su edulcorada y lisonjera palabrería.

Haru lo miraba en actitud divertida. No podía negar que, además del campeón de la galantería, Ryūji era la persona que más necesitaba ese día.

Los dos salieron a pasear para disfrutar del día y que les diera el aire. Hacía frío, pero era soportable. Además, así podrían tener más intimidad para charlar sin intromisiones familiares. Hino era un hombre de ciudad, por lo que no se le daba demasiado bien caminar por el monte. Aun así, su complexión atlética y sus sesiones semanales de gimnasio le daban la resistencia y la agilidad suficiente como para poder desplazarse decentemente a pesar del tiro de sus pantalones pitillo.

—¿Qué miras? —preguntó Violet restregándose los dedos por la mejilla con fuerza mientras Yuki estaba ensimismado en ella.

Pensaba que tenía algo raro en la cara, pero el joven solo estaba admirando la belleza de su pareja, esa que hacía tanto que no se paraba a observar hasta caer rendido a sus pies una y otra vez. Se acercó a ella a la vez que le agarraba la mano y la besó.

—Yo también te echaba de menos —pronunció él en un descanso para tomar aire.

Entonces, cerró los ojos de nuevo con el ánimo de repetir la misma acción, pero ella tenía otros planes. Ese día no había nieve, el sol la había derretido, aun así, agarró un puñado de hojas congeladas y se las lanzó a la cara. Comenzaron a jugar como dos críos. Él la perseguía al mismo tiempo que ella recargaba su munición de quebradiza hojarasca para protegerse. Sus gritos y risas inundaban la soledad del bosque, dándole luz y vida, algo de lo que llevaba careciendo desde que los hermanos Nakamura habían dejado de utilizarlo como sala de juegos por cosas de la edad.

—¿Ese de ahí no es Yuki? —Ryūji se detuvo detrás de su amigo para ver qué le había llamado tanto la atención como para desviarse de la ruta.

—Sí…

Haru permanecía inmóvil observando cómo se divertía la feliz pareja. Los árboles lo escondían para no delatarlo. Como siempre, la naturaleza se portaba bien con él en agradecimiento al cariño que le tenía. Incluso cuando era un niño ya la protegía, regañando a su hermano pequeño cuando arrancaba una flor o una rama para usarla de juguete. El bosque le servía para reponerse en los malos momentos y liberar su alma y su cabeza de malos pensamientos y preocupaciones; era su verdadero refugio.

No podía quitar sus ojos de esa escena. Sentía la misma curiosidad y atracción que cada noche, cuando cuidaba los desvelos de la extranjera desde su dormitorio en la otra punta de la casa.

—¿Esa es su novia? —preguntó su amigo. A continuación, silbó con admiración.

—Es una niñata maleducada, geniuda y estúpida —respondió sin pestañear—. Y, aunque está haciendo todo lo que se le pide en casa, se ve a la legua que tiene demasiado carácter para mi hermano.

—Como me gustan a mí… —rio Hino con jocosidad—. Además, con esos pechos y ese culo no me importaría ser suyo durante un rato.

—¡Ryūji! —Haru levantó la voz con enfado.

—¿De verdad que nunca has fantaseado con tirarte a una *gaijin*?

—Primero, no. Jamás —replicó de forma cortante—. Segundo, es la novia de mi hermano. Me guste o no, ahora es una mujer de mi familia, así que debes respetarla.

—¿Haru? —lo llamó Yuki al percatarse de su presencia.

La pareja fue colina arriba para saludar a los dos jóvenes y presentar a Ryūji y a Violet. Yuki no lo había visto desde que había vuelto de Estados Unidos y le alegraba que estuviera allí; siempre se habían llevado muy bien.

Una vez los cuatro juntos, los japoneses se saludaron olvidando a Violet, quien pudo comprobar que los dos meses de exhaustivo estudio empezaban a dar sus frutos, pues era capaz de seguir la conversación a grandes rasgos.

—Ryūji,, esta es Sumire, mi pareja —dijo Yuki en su idioma natal.

Entonces Violet se aclaró la garganta e inició la conversación en la misma lengua. Los tres la miraron con gran sorpresa por su soltura, pero el que parecía más asombrado era Haru. La extranjera arqueó la ceja derecha en actitud desafiante mientras clavaba sus ojos en los del hermano mayor. Una sensación de satisfacción absoluta le recorrió todo el cuerpo, devolviéndole un poco de esa autoestima y esa fuerza que se estaban viendo mermadas entre los muros de los Nakamura.

—Supongo que tu nombre es Violet. ¿Me equivoco? —dijo Ryūji, tras unos minutos, con un inglés que podría haber pasado desapercibido en cualquier parte de Estados Unidos.

—¡Vaya! Hablas muy bien mi idioma, pareces todo un ciudadano estadounidense. —Sonrió ella con amabilidad.

—Puedo decir exactamente lo mismo de tu japonés —respondió él, inclinando su cuerpo en señal de respeto a la vez que su mirada buscaba intensamente las pupilas de Violet.

—Bueno, está muy bien que, después de dos meses en Japón, sea capaz de intercambiar más de tres frases en nuestra lengua —comentó Haru con cierta sorna.

—Haru... —intervino Yuki con molestia.

—Vamos, Haru. Ya me gustaría a mí haberte visto en la Gran Manzana cuando empezabas a aprender inglés. —Ryūji la defendió—. Violet, si quieres saber cómo era este —señaló a Haru— en el instituto en clase de lengua extranjera o en el *juku*[7], llámame. ¡Se podría escribir un libro de terror! —bromeó haciendo reír a la pareja.

—Anda, vámonos. No queremos robar más tiempo a la parejita.

Hino se despidió de ellos y corrió para alcanzar a su amigo que se había ido enfadado por las burlas.

Haru no entendía por qué su confidente de toda la vida se estaba poniendo de parte de ella en lugar de guardarle lealtad. Aunque, pensándolo mejor y conociéndolo como lo conocía, se le ocurría un gran motivo para explicar su actitud: era demasiado débil ante el cuerpo femenino.

—No hagas caso a Haru. A veces puede ser un poco bruto y duro, pero en el fondo aprecia tu esfuerzo —dijo Yuki levantándole la barbilla con el dedo a Violet.

La joven se había quedado un poco mohína tras la conversación que acababan de mantener; sin embargo, no fue el ataque de Haru lo que la había dejado con pesadumbre y recelo, sino la sensación

---

7. *Juku*: escuela privada extraescolar en la que se imparten clases de refuerzo y cursillos preparatorios para la universidad.

que le había transmitido Hino, a pesar de su amabilidad y la familiaridad con la que habían hablado su pareja y él.

—¿Quieres que volvamos a casa? El cielo se está cubriendo de nubes —propuso Yuki mirando hacia las montañas. Ella asintió en silencio y se marcharon del bosque antes de que les cayese el diluvio.

4

Los días cada vez eran más cortos, pero las jornadas seguían siendo igual de largas e incluso más agotadoras y monótonas para Violet: despertarse al alba, trabajar, estudiar y comer. Su vida había entrado en un bucle de repetición que solo se veía alterado cuando acompañaba a Rai al pueblo o Sayumi entraba en su habitación para que la ayudara con los deberes de inglés y, ya de paso, preguntarle cualquier cosa que se le pasara por la mente. Era una chica muy risueña y despierta, pero con la cabeza llena de pájaros, algo bastante usual a su edad. Además, sabía que, hiciera lo que hiciera, dijera lo que dijera, gozaba de la impunidad que le daba ser la pequeña de la casa y el ojito derecho de su padre.

Aun así, a la neoyorquina no le disgustaba del todo tener que estar encerrada, pues el frío invitaba a que la gente no abandonara sus casas ni el *kotatsu* [8] por mucho tiempo. El invierno iba ganando la batalla a pasos agigantados, sin ningún tipo de miramiento.

Todos los días, después de cenar, mientras Yuki preparaba su agenda para el día siguiente, encendía la televisión para ver el pronóstico del tiempo. Decía que así seguía practicando su japonés; sin embargo, el verdadero motivo era mucho más entrañable...

Sus estaciones favoritas siempre habían sido la primavera y el invierno. Según ella, a través de estas podías ver la muerte y la resurrección de la naturaleza en cuestión de pocos meses y aquello le resultaba mágico y hermoso. Cada mañana, se asomaba por la ventana, miraba el cielo y lo describía en un pequeño cuaderno que

---

8. *Kotatsu*: mesa baja compuesta de un brasero y un cobertor o futón para conservar el calor.

guardaba en uno de los cajones de su tocador. Su intención era comprobar si era más fiable confiar en el hombre del tiempo o en todo lo que le había enseñado su abuela sobre meteorología sin ni siquiera haber asistido a la escuela. De momento, iba ganando la abuela.

Violet se había acostumbrado a compartir esa práctica vespertina con Hisa, quien nunca la había visto como una extraña en su casa, aunque el no poder comunicarse con ella con facilidad desde el principio había hecho que apenas pasaran tiempo juntas hasta que habían empezado a ver la tele. La joven alternaba su mirada entre la pantalla y los gestos que hacía la anciana cada vez que hablaba el presentador, negando con la cabeza y exclamando cosas que a ella todavía le costaba entender, y más con su acento.

—Dice que no lleva razón, que falta una semana para que nieve. —Haru entró silenciosamente en la sala una noche sobresaltando a la estadounidense, que centraba todos sus sentidos en comprender a Hisa—. Yo también creo que todavía falta una semana para que nieve. El cielo aún no está preparado —comentó mientras se sentaba en el otro extremo de la mesa camilla a ver el tiempo con ellas, con la misma seriedad y frialdad que lo envolvían cada vez que Violet estaba cerca, y antes de ponerse a charlar distendidamente con su abuela como si ella no existiera.

—Creo que me voy a la cama ya —dijo la joven tratando de levantarse sin éxito. Se le habían dormido las piernas por haber pasado demasiado tiempo sentada en esa postura que aún no soportaba bien.

—Espera —musitó Haru inesperadamente. A continuación, le tendió la mano para ayudarla—. Occidentales... —añadió burlón entre dientes.

La anciana miraba la escena en silencio y sin despegar los ojos de ella. No quería perderse nada de lo que sucedía a pesar de que hablaran una lengua que desconocía por completo.

—Buenas noches, Hisa-san. —La extranjera se despidió de ella en japonés como cada noche, inclinando la cabeza hacia delante en señal de respeto. Sin embargo, ese día, la abuela la detuvo antes de que abandonara la sala.

—*Obāchan* —se dirigió a Violet, que la miró desconcertada—. Llámame *obāchan* —repitió mientras la señalaba y después se llevaba la mano al corazón, con los ojos muy abiertos, asegurándose de que la joven la entendiera.

—Buenas noches, *obāchan* —dijo sonriendo con ternura antes de irse a su dormitorio, conteniendo la súbita ola de felicidad que recorría cada rincón de su cuerpo.

El gesto de Hisa había sido uno de los más significativos que había recibido en todo el tiempo que llevaba allí: la anciana la había aceptado como a una más por encima de la apariencia física y el idioma; ella era su nueva nieta, una Nakamura legítima.

Haru se quedó en la puerta contemplando como su cuñada se perdía entre las sombras de la noche. Él tampoco tardaría en encerrarse en su cuarto para disfrutar de un poco de paz y descanso.

—Para que crezcan las violetas, primero debe derretirse la nieve. Las violetas solo nacen en primavera —recitó en voz alta la anciana atrayendo la atención de su nieto mayor.

Era la misma frase que había dicho cuando Yuki había presentado a Violet a la familia; aquella que no se había atrevido a traducir. En un instante, la mente de Haru viajó automáticamente hasta ese momento en el que se había encerrado su entendimiento al escuchar esas palabras por primera vez. A continuación, negó con la cabeza como si así fuese a deshacerse de ese recuerdo.

—Buenas noches, *obāchan* —se despidió en tono cariñoso y se fue.

❧❧❧

Una tarde, Sayumi llegó del instituto y comenzó a corretear por toda la casa con un papel en la mano.

—Sí, sí, sí —gritaba por el pasillo.

Rai y Violet, que estaban tendiendo la colada junto con Hiroko, se asomaron al escuchar el escándalo que traía la adolescente.

—¿Y papá? —preguntó sin ni siquiera saludar.

—En la sala de estar, ¿por qué? —contestó su madre antes de que se fuera—. ¡Sayumi, te he hecho una pregunta!

La mujer salió detrás de ella con molestia. Era la primera vez que Violet la escuchaba alzando la voz, acabando con esa imagen de elegancia y sosiego, de esposa perfecta, que la acompañaba a todas partes. Seguidamente, giró la cabeza para encontrarse con la mirada de extrañez de Rai; aunque esta no le duró demasiado, pues estaba acostumbrada a las excentricidades de su hermana pequeña, y continuó tendiendo la ropa sin querer saber nada más.

Violet también se olvidó del tema hasta que llegó la hora de la cena, uno de los pocos momentos en los que los Nakamura se reunían al completo y hacían vida familiar. La escasa convivencia y comunicación que había entre ellos había sido uno de los detalles que más había impactado a Violet al llegar. Es cierto que ella procedía de una familia ruidosa e incluso un poco entrometida, pero, cuando pensaba en formar su propia familia, estaba segura de que quería seguir el ejemplo del cariño y el amor que le habían inculcado sus padres y su hermano desde pequeña, tal como hacía Andrea con su hijo, por lo que sentía que su ideal de crianza no iba a encajar en su nuevo entorno.

—Haru, debo enseñarte una cosa. —Sayumi rompió el silencio mientras dibujaba una sonrisa de oreja a oreja.

Su hermano mayor dejó de comer y la atendió. Luego, agarró el papel que la chica llevaba en sus manos con ilusión y comenzó a leerlo detenidamente. Después, sonrió, iluminándosele el rostro con orgullo.

—Un diez en Inglés y un nueve y medio en Matemáticas. Muchísimas felicidades, Sayumi.

—¿En serio? —Yuki se levantó para felicitarla.

—Tenemos a toda una «cerebrito» en casa —celebró Takeshi alzando su vaso.

—Bueno, no habría sido posible sin la ayuda de Haru —respondió Sayumi. Rai miró sorprendida a su hermana y, a continuación, posó sus ojos en la extranjera con cierta indignación—. Ahora, hermanito, ya sabes lo que toca.

—Tienes toda la razón del mundo. Las promesas hay que cumplirlas, así que este fin de semana te llevaré a Tokio —dijo el mayor.

La estudiante se levantó de su cojín y lo abrazó con fuerza. Esa fue la mayor muestra de afecto entre hermanos que la estadounidense había presenciado desde que se había mudado a Japón.

Tras acabar de cenar en absoluto silencio, Violet comenzó a recoger la mesa con ayuda de Hiroko y Rai. Sayumi se había quedado hablando con sus dos hermanos de cómo le había ido el día en el instituto, y su padre ya se había ido a dormir. La abuela estaba viendo las noticias, esperando a que su compañera del tiempo se uniera a ella, pero esta no estaba de buen humor y quería irse a su cuarto en cuanto acabase de fregar.

De repente, la forastera sintió que le tocaban el hombro. Se giró y no vio a nadie, pero en cuanto volvió a poner sus ojos en el grifo, se percató de quién había sido.

—Yuki —dijo con sorpresa.

Rai les guiñó un ojo con complicidad y se fue de allí llevándose a su madre para darles un poco de intimidad.

En cuanto se quedaron solos, él la agarró de las mejillas y le dio el tierno beso que llevaba todo el día deseando; no obstante, no sintió la calidez propia de Violet. Se alejó y la miró con preocupación. Entonces, le preguntó que si le había pasado algo en la cena.

—Sé que has sido tú la que ha ayudado a Sayumi en Inglés. Si es por eso...

—¿Qué? No, eso no importa —respondió a la vez que secaba la vajilla.

—Sí que importa. Sayumi debe aprender a ser agradecida con todo el mundo. Además, ahora eres como su hermana mayor. Te debe el mismo respeto que a Haru, a mí o a Rai.

—Da igual, en serio. Sabes que no hago las cosas para que se me reconozca nada. Es solo... —suspiró con agobio—. ¿Por qué no vamos a Tokio nosotros también? Estoy muy cansada de estar aquí encerrada todos los días sin hacer nada que no sea estudiar o limpiar.

No me quejo; ya sé que es un momento delicado y que debo tener paciencia, me lo has dicho mil veces. Pero… —Yuki agachó la cabeza desviando su mirada—. ¡Sería divertido hacer algo distinto este fin de semana! ¿No crees? Además, me muero de ganas por conocer Tokio. ¿Qué me dices? —propuso dibujando una sonrisa infantil.

—Es que… —tragó saliva— este fin de semana trabajo. Debo cerrar un acuerdo antes de que los inversores se vayan el lunes.

—Lo suponía —contestó abatida.

—De veras que lo siento, Violet —se disculpó el joven tratando de aliviar la tensión—. ¿Por qué no vas con Sayumi y Haru? ¡Además, Haru se lo conoce mucho mejor que yo!

—¿Con Haru? ¿Ese tipo de ahí fuera que me odia?

—No te odia, cariño.

—Ya, claro. Solo me hace sentir como una mierda cada vez que estamos en el mismo sitio. —Violet confesó por fin lo que realmente pensaba de su cuñado desde que lo había conocido.

—Cariño, de verdad que no es mal tipo. Lo que pasa es que no os conocéis. Hablaré con él para que te lleve a Tokio —dijo dirigiéndose airosamente hacia la salida.

—Ya no quiero ir a Tokio —protestó ella alzando la voz.

—Pues, mira, Violet, ahora es una obligación —ordenó levantando el tono por encima del de ella—. Vais a ir los dos y no hay más que hablar. ¡Empiezo a estar harto de todo esto!

Yuki cerró la puerta con fuerza mostrando una parte de él que la joven todavía no había conocido. Nunca lo había visto así de enfadado ni usar ese tono imperativo con ella ni con nadie. Era como si hubiese intercambiado por una milésima de segundo con su hermano mayor, adoptando su carácter y sus formas. No sabía qué pensar. Estaba sorprendida y enfadada por la reacción de Yuki, pero se dijo que los últimos meses no estaban siendo fáciles para ninguno de los dos; demasiados cambios, muchas exigencias por todas partes, ninguna intimidad… Así que decidió no darle más importancia a lo sucedido. Solo tenían que esperar a que las cosas se pusieran en su sitio para recuperar las riendas de su vida.

5

Dos golpes en la madera del marco de la puerta corredera sobresaltaron a Violet, que aún estaba en pijama, ensimismada en el amanecer que se veía por la ventana de su habitación. Gritó que esperase un momento a quien quisiera que estuviera en el pasillo reclamándola. Pensó que seguramente sería Yuki para disculparse por lo que había sucedido la noche anterior, pero se equivocaba.

—¿¡No te he dicho que te esperaras!? —exclamó tapándose su torso sin camiseta con un batín que le había dejado Rai.

—¡No te he oído! Y mira que eres chillona… —respondió Haru dándose la vuelta mientras cerraba los ojos.

Su cuñado salió unos segundos de la habitación para que Violet terminase de vestirse, y ese lapso le sirvió para enfriar sus mejillas. La verdad era que, a pesar de su apariencia y de su título como uno de los solteros de oro de Japón, Haru estaba muy poco acostumbrado al cuerpo de la mujer. Solo había tenido una novia y de eso hacía ya algunos años. También había sido un amor universitario, como el de su hermano y la neoyorquina, salvo por el detalle de que la chica finalmente había elegido irse con el que había sido su mejor amigo de la facultad. Por el momento, no estaba interesado en mantener ninguna relación con nadie. Sus máximas prioridades eran la empresa y su familia. Además, tenía la ventaja de ser un hombre y nadie lo juzgaba por no tener pareja a pesar de haber entrado ya en los treinta.

—Ya puedes entrar, Haru. —Violet le dio permiso para que pasase a su cuarto y le explicara por qué estaba allí.

Desde que ella había llegado a esa casa, jamás lo había visto acercarse al ala donde estaban los dormitorios de sus hermanas y el suyo, al menos en su presencia.

—Mañana te vienes a Tokio con nosotros. Adiós. —Se giró con la intención de irse.

—No hace falta que le hagas el favor a Yuki. Ya no quiero ir a Tokio.

—¿Y te crees que yo quiero pasar el día contigo? —contestó con los brazos en jarras, encarándose con ella. Los ojos de la joven se humedecieron al instante—. A Sayumi le haría mucha ilusión que vinieras. Eso es todo. —La voz de Haru se había vuelto grave y sosegada.

Las lágrimas de Violet, esas que no habían llegado a brotar, habían impactado en su coraza de mal genio y tozudez, resquebrajándola. Las noches en vela que compartían, la perseverancia que mostraba en su estudio, la buena relación que tenía con sus hermanas y su abuela… Todos esos detalles iban mellando poco a poco en el rechazo que había mostrado desde que la neoyorquina había puesto un pie en la casa. Se podía decir que comenzaba a tolerarla.

Violet aceptó para no hacerle un feo a la pequeña de los Nakamura. Tenía sus peculiaridades y sus momentos de adolescente fantasiosa, pero le había tomado mucho cariño, al igual que a Rai, y sentía que no podía fallarle.

❧

El día de la excursión a Tokio llegó revolucionando a toda la familia. Sayumi se había despertado la primera levantando al resto por culpa de su ruidosa forma de asearse y prepararse. Llamó a Violet en voz baja y, al no conseguir respuesta, irrumpió en su dormitorio para ver si estaba bien.

—¡Arriba, dormilona! —exclamó llena de energía.

Violet se cayó de la cama del susto, pero no se quejó. A pesar de todo, también tenía muchas ganas de visitar la gran ciudad, las calles concurridas, las luces, los lugares más emblemáticos, las tiendas… Aunque siempre había dicho que no había nada como la tranquilidad del campo, ahora necesitaba que el ajetreo urbano volviera a llenar sus oídos. ¡Había nacido en Brooklyn y la banda sonora de su vida estaba compuesta por sirenas y ruidos de motor!

Ya en el coche, reinaba entre los tres un silencio sepulcral. Sayumi iba sentada entre Haru y Violet sin decir ni una palabra, algo común en ella cuando tenía sus auriculares puestos, y los dos adultos no se atrevían ni a mirarse. Las únicas palabras que se escucharon en los quince primeros minutos de trayecto fueron por parte del chófer y de su jefe, que intercambiaron un par de líneas sobre economía.

—Sayumi, si escuchas la música tan alta, te vas a quedar sorda —le advirtió Violet con amabilidad.

Haru desvió su mirada hacia ella durante un par de segundos y, después, prosiguió con su actitud indiferente. La estudiante sacó su reproductor de música y le bajó el volumen.

—¿Qué escuchas, por cierto? Tiene buena pinta —añadió la joven.

—¿A que sí? —dijo Sayumi emocionada. Por fin alguien se interesaba en sus gustos—. Pues, ahora mismo estoy escuchando un grupo japonés que se llama News. ¿Los conoces?

—De canciones en japonés solo me sé la canción entera de *Sailor Moon* y poco más —contestó Violet.

Haru dibujó una minúscula sonrisa.

—¡Me encanta *Sailor Moon*! —exclamó Sayumi—. News está genial, pero la verdad es que me gustan muchos grupos y no solo japoneses, también coreanos; y, entre tú y yo, los chicos son más guapos que los japoneses. —Su hermano puso los ojos en blanco al oírla. Entonces la adolescente sacó otros auriculares de su bolsa y los sincronizó con su reproductor—. Mira, ten, te voy a poner unas canciones que yo creo que te van a gustar.

Las dos comenzaron a escuchar la música ausentándose del ambiente de seriedad que reinaba en el coche.

Violet sonreía con alegría al ver que entendía la mayoría de las estrofas. Y Haru no podía evitar estar pendiente de ellas, aunque fuese por el rabillo del ojo. Era la primera vez que veía a Sayumi entablar una relación tan cercana con alguien y le gustaba.

Todos en el instituto sabían que la chica era una Nakamura y aquello, a su hermana, la hacía sentir un bicho raro, por lo que intentaba acentuar la diferencia con alguna excentricidad poco común en el centro, como aquel tinte de pelo que le había dado por utilizar últimamente. Sin embargo, él tenía claro que la pequeña de la familia se encontraba muy sola porque los únicos compañeros que se acercaban a ella solían hacerlo por interés, para acercarse a la influencia de su familia. Por este motivo, Sayumi no tenía amigos y casi siempre estaba en casa escuchando música, leyendo manga o repasando las lecciones para mantener una buena media y contentar a su padre y a su hermano mayor.

Pasado un rato, el coche paró a la entrada de una calle llena de chicas que se parecían mucho a Sayumi, pues todas iban vestidas con su mismo estilo, llevaban accesorios divertidos e infantiles y la ropa dos tallas por encima de la que les correspondía.

—Kenta, te llamaré cuando tengas que recogernos —le indicó Haru al chófer antes de pisar la acera.

Violet no podía salir de su asombro al ver tanto colorido y tanta gente que podía haber salido de una serie japonesa de animación. Harajuku era uno de los enclaves más turísticos de Tokio, pero también una parada fundamental en la vida de cualquier adolescente a la que le gustase la moda. No podías dar dos pasos sin encontrar una tienda de ropa *vintage*, de complementos adorables, de cosmética o sin chocarte con un maniquí vestido de muñeca francesa de porcelana.

Los ojos de la americana no sabían dónde posarse. Hasta ese momento había pensado que, al haber pasado toda su vida en Nueva York, ya le quedarían pocas cosas por ver, pero se había equivocado. Esa calle era lo opuesto a todo aquello que había vivido desde su traslado a Japón y se sentía como si hubiese viajado a otro país diferente en cuestión de segundos; una especie de caída por la madriguera del conejo.

—¿Has visto esos zapatos, Haru? Son lilas. ¡Me muero! —exclamó Sayumi emocionada antes de entrar corriendo a la tienda.

—Sumire, ¿puedes ir con ella? —le pidió Haru sorprendiéndola. Esa era la primera vez que se dirigía a ella en todo el día—. Las mujeres sabéis más de estas cosas.

—Ya me extrañaba a mí... —murmuró Violet mientras iba detrás de la adolescente—. La verdad es que son preciosos... ¡Y gigantes! —Agarró uno para mirarlo bien—. Sayumi, ¿estás segura de que vas a poder andar con esto?

—¡Claro! —La chica se levantó de un salto—. Es normal que los zapatos te vayan un pelín grandes. ¿O es que los tuyos te van a la medida del pie?

Violet la miró con los ojos como platos sin saber qué responderle. Era la pregunta más rara que jamás le habían hecho. De todos modos, tras visitar cinco tiendas más, comprendió que las tallas allí no funcionaban de una manera que ella encontrara lógica.

Siguieron con su visita por la gran ciudad después de entrar en cada uno de los establecimientos de ese barrio, sin que Violet comprendiera por qué Haru le compraba tantas cosas a su hermana solo por haber sacado buenas notas. No quería meterse donde no la llamaban, pero esa táctica de motivación no le parecía demasiado efectiva a la larga.

La siguiente parada fue Akihabara, otro de los distritos más famosos de la capital. Violet se veía incapaz de resistirse a babear frente a los centenares de artículos de coleccionista de las series de su infancia, pero lo único que compró fue un detalle para enviárselo a su hermano Andrea y a su sobrino. No llevaba mucho dinero encima y, en cualquier caso, no quería malgastar sus ahorros, y menos ahora que todavía no trabajaba y que no sabía cuándo podría volver a hacerlo. Debía «tener paciencia», le repetía Yuki cuando intentaba hablar con él de ese tema; y de casi cualquiera que tuviera que ver con recuperar alguna de sus rutinas occidentales...

A Haru también se le iban los ojos detrás de las múltiples figuritas de acción, aunque lo que más captaba su atención era su cuñada, quien estaba muy ocupada intentando pasar los precios de yenes a dólares.

—¿Por qué no te has comprado nada de ropa? —preguntó Sayumi antes de darle un mordisco a su hamburguesa; habían ido a comer a una de sus cafeterías favoritas.

—No necesito nada —contestó Violet intentando averiguar cómo comerse ese plato con forma de animalito adorable.

—Pero has mejorado muchísimo tu japonés. ¡Te mereces un premio!

—Sayumi —Violet aguantó la risa—, algún día entenderás que el mayor premio no es el reconocimiento ni las cosas materiales, sino la sensación de superación y orgullo al ver que has sido capaz de haber hecho algo que creías imposible.

—¡Menuda estupidez! —exclamó la chica.

Haru miró a su hermana impactado por su respuesta. No iba a reconocerlo, pero estaba completamente de acuerdo con lo que había dicho su cuñada. Esa era la filosofía en la que había creído desde pequeño y la que quería inculcarle a su familia; no obstante, se acababa de dar cuenta de que se estaba equivocando en la crianza de Sayumi. Le había prometido a su padre que se encargaría de que nunca le faltase de nada e intentaba suplir el posible dolor que pudiera estar sufriendo la adolescente con regalos y detalles materiales que cada día la alejaban más de ser el tipo de persona que Haru quería que fuese de mayor.

Antes de salir del restaurante, Haru llamó al conductor para que los recogiese y poder volver ya a casa. Mientras guardaban sus cosas, Violet le preguntaba a la adolescente que qué quería hacer después del instituto y la chica empezó a reírse y contestó que aprender a hacer las tareas de la casa bien.

—¿Y qué te impide combinar las tareas de la casa con una carrera? —dijo la joven llamando la atención de Haru—. ¿Acaso crees que las mujeres no somos seres tan válidos para el estudio y el trabajo fuera del hogar como los hombres? De hecho, en muchos sentidos, pienso que somos mucho más eficientes que ellos —continuó conforme iban caminando hacia el punto donde habían quedado con el conductor.

—¿Ah, sí? ¿En qué sentidos? —intervino su cuñado con una curiosidad fingida y desafiante.

—Pues, la verdad, creo que, por lo general, somos más empáticas y resolutivas y trabajamos mejor en equipo que los hombres.

—Esa es la mayor tontería que he oído jamás —contestó Haru ninguneando a Violet—. El país logró levantarse tras el destrozo creado por tus queridos Estados Unidos porque hombres y mujeres se complementaron para poder llevar una vida laboral y familiar, algo que ha funcionado muy bien hasta ahora como puedes observar.

—Sobre todo en lo que a salud mental se refiere —masculló disimuladamente—. Y en esa utopía tuya supongo que la vida laboral la lleva el hombre y la familiar la mujer, ¿no? —preguntó enfadada—. Sayumi, te diré algo: da igual si vives en Japón, en Italia o en Estados Unidos; estamos en pleno siglo XXI y tienes un sinfín de oportunidades ante ti que no se limitan a saber cómo servirle una cerveza a tu marido cuando venga cansado de trabajar.

—¿Por qué siempre debes ser tan dramática, *cuñadita*?

—Y tú, ¿por qué eres tan machista? Tienes a tus hermanas supeditadas a tus órdenes simplemente por ser «el hermano mayor». ¡Oh! ¡Qué duro es ser el hermano mayor! ¡Pobrecito! —exclamó con sarcasmo.

Haru abrió los ojos con sorpresa al ver que Violet había tenido la osadía de plantarle cara. Nunca una mujer se había atrevido a decirle nada; únicamente su madre y su abuela y cuando era un mocoso que solo pensaba en jugar.

En ese momento se detuvo delante de un coche negro brillante, cuyo chófer salió de él para ayudarlos con las bolsas que cargaban. Haru no contestó al último comentario de su cuñada; no tenía tiempo ni ganas, aunque mantenía una pequeña sonrisa en los labios que tenía desconcertada por completo a la neoyorquina.

Sayumi entró en el vehículo y, cuando Violet se disponía a hacerlo, él la detuvo.

—Apuesto a que no quieres ir en el mismo coche que un machista como yo —dijo en actitud burlona.

La chica puso los ojos en blanco mientras chasqueaba la lengua y lo miró cruzándose de brazos. Entonces, él la apartó para sentarse al lado de su hermana y cerró la puerta del coche.

—¿Qué significa esto? —preguntó ella aturdida. Se comenzaba a intuir el terror en sus ojos.

—Bueno, siendo mujer, seguro que encuentras otra forma de llegar a casa haciendo uso de tu capacidad empática, resolutiva y de trabajo en equipo. Hasta luego, Sumire.

El automóvil arrancó en cuanto Haru dio la orden dejando allí a Violet en medio de una ciudad gigante y sin nada más que su teléfono móvil, casi sin batería, y el poco dinero que le quedaba después de haber comprado el regalo para su hermano y su sobrino. ¿Por qué narices no se había llevado su tarjeta, en vez de solo unos yenes que ahora le parecían calderilla?

No quería rendirse ante la ansiedad, pero lo que acababa de ocurrir la había dejado sin fuerza ni energía para poder pensar de forma fría y clara y solo acertó a preguntar a un transeúnte dónde se encontraba la estación de tren para poder llegar a Hakone. A causa de los nervios, le pareció haber olvidado todo lo aprendido en los últimos meses y le costó hacerse entender; algo que, sin embargo, consiguió mediante gestos y frases en japonés con una sintaxis telegráfica, más propia de un niño de primaria que de un adulto.

Ya en el andén, intentó llamar a Yuki varias veces, pero su teléfono se apagó antes de que pudiese contactar con él. Se había quedado completamente sola. De repente, un tren se detuvo frente a ella, liberándola de forma momentánea del pánico que la paralizaba. Se subió a él y, automáticamente, se encerró en el baño a llorar. Necesitaba deshacerse de la tensión que estaba viviendo antes de que acabara con ella y no pudiera llegar a casa.

Las dos horas de trayecto le sirvieron para serenarse y volver a poner sus sentidos y sus pensamientos en orden. Debía dejar atrás los berrinches para continuar el camino hacia la propiedad de los Nakamura.

Al llegar, se apeó en el andén encogiéndose del frío; la temperatura había bajado de manera notable. Después, echó la vista al cielo del horizonte. Estaba completamente negro, ni siquiera había luna. Miró la hora en el reloj de la estación y resopló. Podía ir andando hasta casa, ya se sabía el camino, pero le daba miedo ir sola por el medio del bosque, rodeada de tanta oscuridad, aunque Rai le hubiese asegurado varias veces que allí no corrían peligro alguno. Además, entre el frío y el cansancio que comenzaban a entumecer sus músculos, llegaría a las tantas de la madrugada.

Comenzó a caminar en dirección al núcleo urbano para encontrar alguna otra alternativa. «A lo mejor hay un autobús de línea que pasa cerca de casa», pensó, pero fue inútil. Su nueva familia vivía alejada de todo contacto humano. La desesperación estaba a punto de ganarle la batalla de nuevo: le temblaban las piernas, tenía la punta de la nariz congelada, las uñas se le habían quedado completamente azules y su mente había olvidado por completo el japonés a causa de la sobrecarga emocional que llevaba gestionando todo el día. Se apoyó en una fachada y se deslizó hasta quedar sentada en medio de la acera con abatimiento. Ni siquiera se había parado a pensar en lo que haría la gente al verla, aunque a aquellas horas no había casi nadie por la calle.

De repente, oyó una voz que le era familiar.

—Tú eres la cuñada de Rai, ¿verdad? —Violet levantó la mirada al oír esa pregunta realizada en su idioma, pero con un marcado acento japonés.

Yuki llegó a casa con un ramo de flores en busca de Violet. Quería disculparse por no poder haber pasado el día con ella y por la forma en la que le había hablado la noche anterior. Estaba agotado de todo el estrés de los negocios, de todos los cambios de los últimos meses, y lo había pagado con ella.

—¿Violet? —gritó su nombre al ver que no estaba en su habitación.

Fue hacia el dormitorio de Rai y tampoco la encontró. En la sala de estar no había ni rastro de ella. Le preguntó a su abuela si la había visto, pero lo único que le respondió es que estaría con el resto en el cuarto de Haru.

—Pero ¿cómo se te ha ocurrido hacer eso? ¡Tú no eres así, Haru! —preguntó Rai con la voz afectada.

—Rai, no le hables así a tu hermano —la regañó Takeshi guardando un tono de absoluta seriedad.

El único miembro que faltaba estaba detrás de la puerta escuchando la discusión que tenían allí dentro. Al oír la forma en la que estaban hablando, comenzó a plantearse la posibilidad de que su novia no estuviera entre esas paredes. Entonces, corrió el panel que lo separaba de su familia para descubrir que sus sospechas eran ciertas.

—¿Y Violet, Haru? —Yuki clavó los ojos en él intentando no desatar todo lo que estaba sintiendo en ese momento por respeto a sus padres.

Su hermano le mantuvo la mirada sin ningún atisbo de remordimiento por lo que había hecho, aunque una mínima parte de su corazón se desvivía por no haber recibido ninguna noticia de ella. Ya había enviado a Kenta a que la buscara por la zona y la recogiera; sin embargo, este aún no la había encontrado. Solo había querido darle una lección de humildad, pero se le había ido de las manos.

—En Tokio —contestó con desgana—. La maleducada de tu novia me llamó *machista* delante de Sayumi.

—Sí, Yuki. Es… —intervino la segunda involucrada, aunque Rai se apresuró a taparle la boca con la mano antes de que prosiguiera.

—¿En Tokio? —gritó Yuki—. ¿Me estás diciendo que has sido capaz de dejarla tirada en Tokio por tu estúpido orgullo?

En cuestión de segundos, el chico tiró el ramo de flores al suelo y se abalanzó sobre su hermano mayor, rompiendo todos los protocolos y la lealtad que debía guardarle al que se estaba consolidando como cabeza de familia. Rai y Hiroko se interpusieron entre ellos dos para que dejasen de pelearse mientras que Sayumi se arrinconaba con miedo.

No obstante, solo hubo una cosa que los detuvo:

—¡Basta! —ordenó autoritariamente el señor Nakamura.

Las mujeres abandonaron la estancia para dejarlos a solas. Desde pequeñas, habían aprendido que, cuando su padre tomaba la palabra, su deber era no meterse y acatar lo que él dijera. Así evitaban problemas.

Takeshi se levantó de la silla de escritorio donde estaba sentado y se acercó lentamente a Yuki. De pronto, le atizó una bofetada. La última vez que había sucedido algo así tenía diez años y se había peleado con su hermano en el jardín.

—Haru es tu hermano mayor. Espero que nunca lo vuelvas a olvidar como lo has hecho esta noche —le advirtió con una voz profunda y sosegada, aunque cada sílaba que pronunciaba estaba llena de cólera.

Yuki agachaba la cabeza escuchando a su padre como aquel día cuando era un crío.

Acto seguido, Takeshi caminó hacia Haru y repitió el golpe, solo que esta vez con mucha más fuerza. El joven se frotaba la mejilla para mitigar el dolor mientras mantenía sus ojos fijos en una de las esquinas de su habitación.

—Y tú… Un hombre que ni siquiera es capaz de hacerse respetar ni de proteger a todos y cada uno de los miembros de su familia… ¿qué clase de hombre eres? Ni la edad te ha salvado de ser un blando. Me avergüenzas. Los dos lo hacéis. Estoy con un pie en la tumba y vosotros os comportáis como dos niños malcriados. No os merecéis llevar mi apellido.

Takeshi se fue de allí y buscó a Hiroko para que lo ayudara a llegar a la cama. Había agotado todas sus fuerzas con la escena que acababa de protagonizar. En su momento, a él tampoco le había gustado oír que uno de sus hijos estaba saliendo con una *gaijin* y que la llevaría a su casa aun sin ser su esposa. Sin embargo, su fin estaba demasiado cerca como para enfadar a los dioses por culpa de sus odios y sus manías. Quería irse en paz y rodeado de la gente que lo apreciaba.

Eran casi las once de la noche y todavía estaban sin noticias de Violet. Yuki la había llamado cientos de veces, pero su teléfono estaba apagado. Tampoco habían recibido ningún mensaje de Kenta, salvo que un trabajador de la estación de tren la había reconocido y que había comprado un billete hacia Hakone, una noticia que los tranquilizó, aunque no era suficiente. Entonces, antes de que las manecillas del reloj marcasen en punto, se escuchó el motor de un coche cerca de la entrada. Yuki, Hiroko y Rai corrieron hacia la puerta con la esperanza de que fuese ella y, en efecto, así fue, aunque no como se lo hubieran imaginado.

Violet bajó de la camioneta azul que la había acercado a la propiedad con un único objetivo: plantarle cara a Haru. Durante el trayecto junto a Ryō, y en parte gracias a la media caja de pastelillos de arroz que el librero tenía en la guantera, había podido recuperar los pocos ánimos que quedaban en su cuerpo para decirle a su cuñado lo que realmente se merecía. Esta vez no se iba a callar ni a reprimirse por nadie. Es más, estaba tan decidida que ni siquiera se dio cuenta de que Yuki había salido desbocado a la calle para recibirla. El odio y la ira la cegaban.

—¡Tú! —exclamó despectivamente en japonés al ver a Haru sentado en la sala de estar con Sayumi.

Él se levantó aparentando una tranquilidad absoluta, pero por dentro no podía estar más contento de verla. A pesar de que nunca lo confesaría, los remordimientos y la culpa lo estaban corroyendo. En realidad, y aunque tratara de ocultarlo, él no era como su padre.

—¡Eres el ser más despreciable que jamás haya podido conocer en mi vida! —gritó mientras Yuki la sujetaba por los hombros para tranquilizarla—. ¡Suéltame, que no le voy a hacer nada! —le exigió. El chico obedeció—. Pero ¿sabes qué? No hay mayor satisfacción en el universo que ver tu maldita cara de *reventado* al ver que he conseguido llegar a casa sana y salva a pesar de tus sucios juegos de niñato.

Violet se dio la vuelta con la intención de ir a darse un baño antes de dormir. Le dolían todos los músculos del cuerpo por culpa de la tensión y de la adrenalina que había ido soltando a lo largo del día. Necesitaba descansar más que nunca. Sin embargo, Haru siempre tenía la última palabra.

—El mayor premio no es el reconocimiento ni las cosas materiales, sino la sensación de superación y orgullo al ver que has sido capaz de haber hecho algo que creías imposible, ¿no?

—¡Vete a la mierda, Haru! —se giró de nuevo.

—¡Qué modales! —dijo él cruzándose de brazos y con un aire sarcástico—. ¿Y tu empatía, capacidad de resolución y de trabajo en equipo tan propias de una mujer?

—Vete a la honorable mierda, querida flor de loto. —Violet le devolvió el ataque con ese comentario lleno de sorna y en un japonés casi perfecto antes de irse al baño.

Yuki apretó los labios para no reírse delante de él, pero Haru fue el primero en sonreír con incredulidad al escucharla. Estaba claro que la había subestimado.

6

El silencio volvió a reinar entre los Nakamura tras el incidente de Tokio, algo que ya ni siquiera sorprendió a Violet. La rutina parecía haber borrado la memoria de todos aquellos que convivían con ella, haciendo que hubieran pasado por alto incluso preguntarle si se encontraba bien o cómo había conseguido llegar hasta allí. La única que parecía interesada por conocer toda la historia era Rai, pero ya sabía gran parte de ella por la charla que había tenido con Ryō mientras todos estaban pendientes del estallido de la extranjera contra Haru. Esos cinco minutos a solas con él le habían sabido a gloria después de toda la tensión y la desesperación vivida durante las últimas horas.

Sin embargo, no todo era igual. El frío invierno ya había entrado con paso firme en todo el país, acabando por completo con el poco calor de hogar que se respiraba en esa casa. Los caracteres se habían endurecido como el hielo que cubría gran parte del lago del bosque, incluso el de la recién llegada, que no salía nunca de su habitación si no era para comer o para ayudar con las tareas del hogar.

Ya antes del incidente había caído en una rutina algo tediosa, pero, desde entonces, parecía como si todo lo que la rodease careciera de sentido. Estaba enfadada con el mundo. Sentía rabia e impotencia y ni siquiera encontraba en Yuki un atisbo de aquello que necesitaba para volver a estar en paz porque, realmente, no sabía qué buscaba. Cada día se veía más lejos de él y no entendía si era por culpa de su trabajo o de la desidia que estaba haciéndose con el control de su cuerpo y de su mente y que la estaba hundiendo en la más profunda de las soledades.

Miraba el calendario de la pared donde reposaba su escritorio. Tan solo quedaban unos días para Navidad, una de las fiestas que más le habían gustado desde pequeña, y que ahora le daba igual. No había nada en el ambiente que le hiciera recuperar esa ilusión por la vida que siempre había tenido y que había ido perdiendo poco a poco con cada zarandeo y golpe de realidad que había recibido desde que había puesto un pie en Japón. Incluso había comenzado a espaciar en el tiempo las llamadas a sus padres para evitar preocuparlos y seguir haciéndoles creer que continuaba viviendo en esa utopía que había creado antes de mudarse.

Haru la vigilaba desde su habitación. Se había sentado a leer como solía hacer en sus días libres y, sobre todo, cuando hacía tanto frío como ese domingo, pero el abatimiento del rostro de la joven lo distraía. También desde esa noche había evitado cruzarse con ella. Las palabras de su padre acusándolo de ser una deshonra y un blando por no haberla sabido controlar ni proteger se habían estancado en su pensamiento y en su alma, desatando en él un sentimiento de culpa que lo mantenía alejado de toda su familia. Necesitaba estar solo para poder ordenar su vida y asumir los cambios que cada vez se precipitaban a mayor velocidad.

—¿Se puede? —Rai llamó a la puerta de su hermano mayor abriéndola con la ayuda del pie. En las manos llevaba una bandeja con dos platos de galletas caseras con formas de animales y dos humeantes tazas—. Te traigo un poco de chocolate y galletas —dijo apoyando cuidadosamente una de las tazas en su escritorio. Después, se sentó en la cama.

—Pensé que te vendría bien —intentaba establecer una conversación con él.

—Gracias —sopló y le dio un sorbo—. Está delicioso, Rai. Y ¿la otra?

—Es para Sumire. Ahora se la llevaré…

Haru no dijo nada. Continuó con su libro mientras dejaba que el chocolate se enfriase un poco más. Rai tenía los ojos en la punta de sus pies. No sabía qué hacer ni qué decir, pero no podía quedarse de brazos cruzados. Sentía un fuerte pinchazo en la boca del estómago que no la dejaba estar callada por mucho más tiempo y menos viendo tanta infelicidad a su alrededor. Su hermano mayor y Violet eran los únicos puntos de luz y felicidad que le daban la oportunidad de ser ella misma, aunque fuese solo durante los escasos momentos que pasaba con ellos, y se sentía impotente al ver que ahora solo eran dos almas en pena que habían sido arrastradas a la lobreguez asfixiante que siempre había destilado su casa y de la que soñaba escapar algún día.

—Llevo días pensando que vivo sola y… —rompió el silencio al fin— y no me gusta.

—¿Por qué dices eso? —Haru interrumpió su lectura.

—Pasas los días de la semana en la oficina y los domingos te encierras aquí, alejado del mundo que te envuelve. Sé que te pasa algo y me duele ver que… —suspiró— que yo no soy de tan gran ayuda para ti como tú lo has sido para mí cuando te he necesitado. Y para colmo, Sumire está igual que tú y estoy perdida porque no sé qué hacer.

El chico se levantó de su silla y se sentó al lado de su hermana. Seguidamente, posó la mano sobre su cabeza. No solía mostrar cariño hacia sus seres queridos en público porque desde niño había escuchado que un hombre no podía mostrar sus sentimientos a la primera de cambio, que eso lo hacía una persona débil ante los ojos de sus contrincantes. Sin embargo, por dentro la realidad era otra. Y tanto Rai como Sayumi u *obāchan* conocían la faceta más tierna del empresario y habían sido las afortunadas de disfrutar de ella cada vez que habían tenido algún problema o se encontraban mal. Por eso, la actitud de Haru hacia Violet desconcertaba por completo a Rai y a su abuela.

—Estoy bien, no te preocupes —respondió acariciándole la mejilla y fingiendo una sonrisa tranquilizadora—. ¿Puedo pedirte un favor?

—Sabes que haría cualquier cosa por ti.

—Cuida de Sumire. —Rai abrió los ojos con sorpresa—. Protégela, ayúdala, consuélala, abrázala, dale el cariño y el apoyo que necesita. Confía en ella y hazle saber que puede confiar en ti.

—Haru… —musitó sorprendida—. Lo haré, no te preocupes.

La joven se alisó la falda con las manos al levantarse y recogió la bandeja con la taza y el plato de galletas para Violet. Luego, se dirigió hacia la puerta, aunque, antes de salir, su hermano le dijo algo más.

—Rai —la llamó sin quitar la vista de su libro—. Espero que esto quede entre nosotros, como siempre.

La chica asintió y se fue en dirección a la habitación de su cuñada mientras Haru la seguía con los ojos por su ventana.

—¿Puedo pasar? —preguntó la japonesa al ver que la puerta de Violet estaba abierta.

La joven reposaba la barbilla en sus brazos mientras contemplaba el manto de nieve que cubría todo el jardín. Su triste mirada helaba todavía más la estancia. Su actitud distaba mucho de la fuerza y la alegría que solía manifestar cuando salían a comprar juntas o se quedaban solas haciendo las tareas del hogar. Ya no quedaba ni rastro de su sonrisa ni de su rostro iluminado.

—Te he traído un poco de chocolate caliente y galletas —repitió lo mismo que le había dicho a su hermano mayor hacía apenas unos minutos. Después, se acercó a ella y dejó la taza y el plato encima de su escritorio, al lado de su codo derecho—. He pensado que te vendrían bien. Apenas has comido estos últimos días.

Violet giró la cabeza hacia ella y susurró un «gracias» casi inaudible. Había más aire que voz dentro de su garganta. Luego, volvió a su posición inicial.

Rai se dio la vuelta con la intención de irse de allí, pero le había hecho una promesa a Haru. Si la abandonaba ahora, cuando estaba en uno de los peores momentos desde que había llegado a casa, automáticamente estaría traicionando su palabra.

—Rai… —la llamó Violet.

—¿Sí?

—¿Vosotros celebráis la Navidad?

—Pues… —Rai se acercó a ella—, no. Bueno, no como en Estados Unidos, quiero decir. Aquí lo que celebramos en familia es Fin de año y Año Nuevo. Nochebuena y Navidad son un poco más para las *parejitas* que todavía están en la fase del enamoramiento y una excusa para comer pollo frito.

—Ya…

—Y… ¿qué haces tú para Navidad? —preguntó la japonesa agachándose para ponerse a su altura.

Violet la miró dibujando una tímida sonrisa.

—Nada especial, la verdad. Estamos en familia y comemos mucho. —Ambas rieron—. Pero lo que más me gusta es que siempre hay ruido, risas, luz… Lo contrario que aquí. Este silencio deshumanizador me da mucho miedo —suspiró.

—Lo sé. —Rai se levantó mientras Violet la seguía con los ojos—. Toda mi vida llevo viviendo encerrada en ese silencio del que hablas y también siento lo mismo que tú. Sin embargo, no conozco otra realidad más que esta, así que no sé cómo puedo ayudarte. Lo lamento. —Agarró la bandeja con fuerza y se alejó de ella con impotencia.

—¿Me acompañas a dar un paseo por el jardín? —propuso la neoyorquina antes de que su cuñada saliera de su dormitorio—. Yuki no saldrá de su cuarto hasta que no acabe la videoconferencia y me gustaría pasar un poco de tiempo con alguien, para variar.

Rai asintió y corrió a su habitación para ponerse ropa de abrigo. Solo iban a dar una vuelta por el jardín de su casa; no obstante, no podía negar que le había hecho mucha ilusión la propuesta. Sentía que podía ser útil más allá de sus funciones como ama de casa o futura madre. Desde que había acabado el instituto, su círculo social se había visto reducido a su familia y los tenderos y dependientes de las tiendas a las que iba a hacer la compra de la semana. Hacía años que ninguna otra chica que no fuese su hermana menor le proponía algún plan que modificara su rutina, aunque solo fuera mínimamente.

—¡Lista! —exclamó apareciendo de la nada en el pasillo.

Violet sonrió ampliamente al verla tan emocionada. Rai era la dulzura personificada, todo lo opuesto a Haru. A la neoyorquina le parecía imposible que pertenecieran a la misma familia, al igual que Yuki, por mucho que todos guardasen un cierto parecido que no dejaba lugar a dudas. Para ella, los hermanos Nakamura se dividían en bondad e impetuosidad. El primer grupo estaba formado por Yuki y Rai, y el segundo, obviamente, por Haru y Sayumi. La pequeña, a pesar de haber mostrado mucha más cercanía con ella e, incluso, haber vivido algunos momentos de complicidad, seguía posicionándose a favor de su hermano mayor cada vez que surgía un enfrentamiento o alguna discordancia.

Pisaron la nieve con cuidado, ayudándose la una a la otra. Comenzaron a caminar como dos niños de cuna dando sus primeros pasos. La nieve era abundante y espesa; aun así, no dejaron de moverse hasta que, de pronto, Rai sintió un escalofrío que le anunciaba que algo malo iba a suceder. No le dio tiempo a reaccionar cuando, de forma inesperada, una bola de nieve impactó sobre su mejilla.

—¿Cómo? ¡Pero…! —exclamó sin poder cerrar los ojos del pasmo. La forastera no paraba de reírse. Se abrazaba a sí misma mientras sus carcajadas y las de su compañera atravesaban los muros de la propiedad de los Nakamura, llamando la atención de aquellos que estaban dentro de la casa.

—¿Por eso querías que saliésemos al jardín, Sumire?

—Es tu culpa. Tú has aceptado.

Rai agarró un poco de nieve con sus manos para contraatacar mientras Violet huía como podía.

Desde su dormitorio, Haru levantó la mirada de su cuaderno al escuchar el escándalo, quitándose las gafas que utilizaba para trabajar o leer. De forma automática, dibujó una pequeña sonrisa en los labios al ver que su hermana estaba tan alegre como cuando era una adolescente. Por un momento, parecía haber vuelto a esos días en los que su única preocupación era sacar buenas notas en el instituto y sin la necesidad de utilizar un premio como motivación.

A ella le encantaba estudiar. Su objetivo era no parar de aprender nunca, aunque fuese solo una cosa nueva cada día. Sin embargo, cuando acabó el bachillerato, su padre no dejó que ingresara en ninguna universidad, algo que jamás llegaron a entender ni ella ni su hermano mayor. La única explicación que le dio fue que ya sabía lo suficiente que debía saber para cumplir su función en la sociedad. Además, el mundo cada vez era más peligroso para alguien tan bueno e inocente. Arrancó sus alas de raíz antes de que le diese tiempo a desplegarlas y volar. Haru sabía que la vida había sido muy injusta con ella, pero ignoraba qué hacer para compensárselo. Le fastidiaba admitirlo, pero Violet era la única persona que había sido capaz de devolverle la vitalidad que había ido perdiendo, poco a poco, encerrada en esas cuatro paredes.

—¡Rai, Sumire! —Hiroko gritó sus nombres desde el porche, aferrándose a la tela de su kimono—. Papá está descansando. Ha pasado muy mala noche. ¿Podéis hacer un poco menos de ruido? —les pidió como si fueran dos niñas. Ambas asintieron en señal de disculpa.

—Se han ido a la entrada. No os oirán. —La mujer volvió al cuarto donde la esperaban su marido y su hijo pequeño. Pese a que los miembros de la familia pensaban que Takeshi estaba descansando, la verdad era que llevaba horas reunido con Yuki en secreto, quien se suponía que estaba trabajando en su dormitorio. La mujer recogió la tetera y fue a calentar más agua para darles intimidad. Sabía que no debía meterse en sus conversaciones y mucho menos si se trataba de cosas de la empresa.

El más joven de los Nakamura le dio un sorbo a su taza de té sin relajar ni un segundo su postura corporal. La tensión que había entre él y su padre desde que había vuelto de los Estados Unidos era palpable, aunque lo intentaban disimular cuando estaban con el resto. Yuki había intentado contentarlo incrementando sus jornadas de trabajo aun teniendo que sacrificar su tiempo libre; quería demostrarle que ya no era ese crío descerebrado de instituto que iba detrás de las chicas y de los problemas, que lo único que quedaba de su época rebelde era un agujero en la oreja a medio cerrar y que era tan válido como Haru para encargarse del negocio familiar.

Takeshi, en realidad, no tenía ni la menor duda de ello. Desde el día de su nacimiento, siempre había sentido cierta predilección por su pequeño. Su carácter fuerte y dicharachero contrastaba con la timidez de Haru y lo hacía destacar en todos los eventos familiares. Cada vez que Hiroko lo recibía por la noche y le contaba alguna de sus peripecias, Takeshi se reía y lo justificaba. No podía evitarlo por mucho que a su esposa le fastidiara esa benevolencia que se gastaba con él y la dureza que mostraba, por el contrario, con el hermano mayor.

Sin embargo, la llegada de Violet a la familia preocupaba sobremanera al patriarca. Aunque la joven no había causado ningún problema desde el incidente de Tokio, temía que su temperamento y cultura influyeran en Yuki y lo convirtieran en alguien sin autonomía o hasta que lo convenciera para volverse a América de un momento a otro. Poco a poco, se estaba dando cuenta de que el silencio y la obediencia eran dos conceptos que jamás irían con ella a pesar del respeto que siempre le mostraba.

—Como comprenderás, lo de Tokio no se puede repetir, Yuki —dijo el señor Nakamura mientras el joven agachaba la cabeza.

—Lo siento, papá. Aunque Haru tampoco tenía ningún derecho a…

—Haru tiene todos los derechos —lo interrumpió. Yuki cerró los puños aguantando su frustración—. Dime, ¿has pensado ya en lo que te propuse? La vicepresidencia es un cargo que requiere mucho compromiso.

—Puedes confiar en mí.

—¿Y en Sumire? —preguntó con voz profunda. El chico abrió los ojos desconcertado—. Si realmente quieres ser vicepresidente, tienes que encargarte de que Sumire sepa cuál es su lugar y que ese está y estará siempre en Japón —sentenció sin dar lugar a ninguna réplica que no fuese un «de acuerdo».

En ese momento, un rugido de motor en la parte delantera de la casa alertó a Rai y a Violet de la llegada de alguien. El estruendo provocó que la nipona se sobresaltara y destrozara la mitad de la cabeza del muñeco de nieve que estaban construyendo.

—Pensaba que las flores se helaban en invierno, pero ya veo que no —dijo Ryūji mientras se acercaba a ellas.

Como de costumbre, se había presentado sin avisar para ver a Haru en su día libre. Era de las pocas personas que podían tomarse ese lujo y, aun así, ser bienvenidas. Rai lo saludó por su apellido en señal de respeto, un detalle que le hizo mucha gracia al joven. La extranjera, en cambio, se limitó a agachar la parte superior de su cuerpo sin decir nada.

Haru se apresuró en salir al escuchar la voz de su amigo y lo hizo pasar para que se calentara, liberando a su hermana y a su cuñada de la presión de tener que darle conversación.

—Rai, ¿puedo contarte algo? —dijo Violet cuando los dos hombres se encontraban ya en el interior de la casa.

—¡Claro!

—Te parecerá raro, pero hay algo en él que no me acaba de convencer... —comentó mientras intentaba arreglar el muñeco.

—¿Ryūji? —suspiró—. Pues, a mi padre le encantaría que me casara con él: es de buena familia, ha estudiado en la Todai [9], tiene un buen trabajo... —La estadounidense ponía los ojos en blanco mientras la escuchaba—. Pero yo no soy como esas mujeres a las que ha engatusado hasta acostarse con ellas. Aspiro a algo más.

—¿A qué?

—A ser feliz. Ese era mi único deber, ¿no?

Violet sonrió al ver que su mayor confidente retomaba sus propias palabras y, de algún modo, empezaba a cuestionar las imposiciones que le habían inculcado desde niña. Entonces, se abalanzó

---

9. Todai: acrónimo por el que se conoce a la Universidad de Tokio.

hacia ella dándole un gran abrazo que la tomó por sorpresa sorpresa y ambas perdieron el equilibrio y se cayeron al suelo entre risas y copos blancos.

7

La oscuridad de aquella noche se cernía sobre la casa de los Naka-mura dejándola completamente en penumbra. No había luna, ni siquiera una tímida estrella que pudiera colar su destello por algu-na de las ventanas o de la ranura de la puerta. El olor a tierra hú-meda que rezumaba el ambiente desde la última hora de la tarde y las nubes que cubrían el cielo eran indicios suficientes para pensar que, de un momento a otro, se desataría una tormenta que sería recordada durante días.

La única luz que permanecía todavía encendida era la de la lamparilla auxiliar del dormitorio de Sayumi. A pesar de que ya era de madrugada, aún no había podido conciliar el sueño. Desde pe-queña, tenía pánico a los rayos y los truenos, y más cuando estos sucedían de noche. Muchas veces se había escapado a la habitación de Haru buscando un refugio en el que sentirse segura. Sin embar-go, ese día la previsión meteorológica no era el motivo que le quita-ba el sueño.

Cerraba los ojos e intentaba liberar su mente contando hacia atrás desde cien, pero no podía evitar volver a aquella escena que tanto la mortificaba hasta el punto de no dejarla dormir.

El palpitar revolucionado de su corazón adolescente se había detenido al mismo tiempo que sus manos y sus piernas perdían la fuerza que la mantenían en pie junto la puerta de la sala de estar, sosteniendo la bandeja de té que había preparado para su hermano y Ryūji.

Se miraba la pequeña cicatriz que le había dejado el trozo de arci-lla con el que se había cortado al recoger los pedazos de las tazas es-parcidas por el suelo. La contemplaba ensimismada recordando el contacto de la piel de Ryuji con la suya para comprobar la gravedad del corte. Era la primera vez que la tocaba, aunque guardaba ese momento con amargura.

—Haru, la razón por la que he venido esta tarde es para decirte que me gustaría empezar a salir con Rai.

La mente de Sayumi reproducía una y otra vez las palabras que había escuchado en boca de su amor platónico, desvaneciendo cualquier esperanza que albergara en su interior.

Cerró su mano herida con fuerza sin sentir ningún dolor que superara al de su alma. No conseguía contener las lágrimas por mucho que hundiese su cabeza en la almohada. ¿Por qué prefería a Rai? ¿Qué tenía ella de especial? No lo entendía. ¡Ni siquiera habían hablado más de cinco minutos en toda su vida! Ella era la que siempre lo saludaba y le daba la bienvenida, la que lo atendía con una sonrisa, la que tenía un amuleto preparado para él en Año Nuevo. No era justo.

—Sayumi, levántate ya, dormilona —dijo Hiroko entrando por la mañana en su habitación para despertarla al ver que aún no estaba pululando por allí. No recibió respuesta a pesar de que estaba a un metro de ella—. ¿Sayumi? —insistió.

Se sentó a su lado con preocupación y le acarició la cara para llamar su atención. Entonces, se dio cuenta de que estaba ardiendo. Llamó a Rai corriendo para que trajese el termómetro y que fuese preparando un baño de agua fría para bajarle la temperatura.

La chica no respondía con claridad. Había abierto vagamente los ojos, pero no lograba decir nada lo suficientemente coherente para calmar a su madre, que cada vez estaba más desesperada. Violet fue a ayudarla llevando unos paños fríos que aliviaran un poco su malestar y que ayudaran a despejarla; sin embargo, la temperatura era demasiado alta para que eso funcionase. Entre las tres mujeres cargaron con ella hasta el baño y la introdujeron en la gran bañera. Nadie le había dicho nada a Takeshi para no preocuparlo y los chicos estaban trabajando. Debían hacerse cargo ellas solas.

Repentinamente, Sayumi recobró un poco de lucidez al ver el rostro de su hermana mayor, que esperaba pacientemente a su lado a que el agua fría hiciese efecto mientras le mojaba el pelo con una esponja.

—¡No me toques! —protestó ella empapándole la falda.

—Pero ¿qué demonios te ocurre? —preguntó Rai levantándose de golpe.

—Ya puedo hacerlo yo sola.

—No, no puedes. Tienes mucha fiebre, Sayumi.

—Pues que venga mamá. No te necesito a ti, «doña Perfecta».

Rai salió del baño llena de ira e incomprensión. No entendía qué se le habría pasado por la cabeza para que la tratara así de mal cuando solo estaba ayudándola. Caminaba enfurecida a la vez que intentaba despegarse la ropa mojada de su cuerpo.

—Consentida —refunfuñaba de camino a su habitación.

Violet salió de su cuarto al oír las quejas y los comentarios que estaba vertiendo Rai sobre la adolescente. A continuación, se asomó a su dormitorio y se fijó en un montón de ropa que chorreaba en el suelo, algo que la desconcertó todavía más.

—¿Estás bien? —preguntó ayudándola a recoger con un trapo los charcos de agua.

La chica negó con la cabeza a la vez que respiraba profundamente para controlar sus nervios. Estaba harta de los cambios de humor de Sayumi y de que siempre los pagase con ella.

La estadounidense la siguió hasta la lavandería. Rai se ató el pelo en una coleta baja, algo que solo hacía antes de comenzar sus tareas, y resopló. Luego, le contó todo a Violet, quien no sabía qué decir porque nunca se hubiese esperado una reacción así por parte de Sayumi y menos en el estado en el que se encontraba. Era una niña que a veces pecaba de orgullo y de infantilismo, pero nunca había sido tan maleducada, aunque es cierto que estaba muy protegida por su padre y por Haru y ella, además, era consciente y abusaba de ello.

La lluvia caía violentamente sobre el tejado y *obāchan* miró el techo al escuchar los fuertes crujidos de la madera; era el único sonido que la acompañaba. La lobreguez de ese día se acentuaba con el silencio y la preocupación que impregnaba cada centímetro de esa casa. La mujer se aferraba a su kimono buscando un poco de calor que, por lo menos, reconfortara su piel. Caminó por el pasillo en busca de alguna cara amiga hasta que, por fin, escuchó unas voces llenas de vida y alegría.

Violet y Rai jugaban a las cartas, ajenas a todo lo que sucedía fuera del microcosmos que habían creado. No sentían el frío ni la soledad que se respiraba en cualquier otra habitación. Sus risas y sus conversaciones distendidas habían roto por completo el halo de tristeza que se había apoderado de los rincones de ese hogar desde que Takeshi había caído enfermo, aunque nunca había sido un lugar del todo feliz. La anciana pidió permiso para entrar y se sentó junto a ellas para no estar sola. No entendía muchas de las cosas que decían, pues mezclaban el japonés con la lengua de la norteamericana, pero su vitalidad era lo que realmente necesitaba en ese momento.

Sayumi, desde su cama, también escuchaba el jaleo que tenían su hermana y Violet en el cuarto de la primera. La temperatura de la adolescente había bajado un poco, pero todavía no estaba lo suficientemente recuperada como para lidiar con el sentimiento de traición por parte de Rai que crecía poco a poco en su interior. Además, que su hermana y su cuñada se llevaran tan bien le molestaba. La fiebre tomó el control de su mente y comenzó a elucubrar teorías conspiratorias sin sentido hasta que se rindió ante el sueño.

—¿Cómo se encuentra la princesa de la casa? —preguntó Yuki sentado en uno de los cojines que tenía Sayumi en su habitación.

La niña llevaba muchas horas durmiendo por el agotamiento y el malestar que le estaba causando la gripe. Haru, por su parte, le acariciaba la mejilla para despertarla y comprobar su temperatura, que ya parecía normal.

—Anoche no te quisimos despertar cuando vinimos de trabajar —explicó el hermano menor—, pero te hemos traído una cosa que a lo mejor te anima un poco. —Sacó un tulipán rosa de su espalda, su flor favorita.

—Gracias —contestó casi sin voz y abrazándolo sin pensar en si lo contagiaba.

—¿Cómo te encuentras? —dijo Haru.

—Un poco mejor… —Sonrió.

Estaba encantada de ser el centro de atención de los dos varones. Ambos la mimaban y le hacían creer que era la única persona que realmente importaba. Ni Rai ni Sumire podían robarle el protagonismo ni su cariño, y mucho menos ahora que estaba en cama. Sin embargo, su carácter volvió a agriarse en cuanto vio a su hermana entrar en su habitación.

—Te he traído un poco de caldo —comentó Rai apoyando la bandeja en el suelo.

Yuki se levantó rápidamente para cederle su sitio, un gesto que no le hizo gracia a la pequeña de la familia.

—Te lo puedes llevar. No tengo apetito. —La adolescente ni siquiera miró a Rai.

—Pero si huele muy bien, Sayumi. Seguro que está delicioso, como siempre —la defendió Yuki.

—¡Pues que se lo coma ella con su amiga Sumire! —exclamó con enfado.

—¡Sayumi! —Tanto Haru como Yuki la regañaron al unísono por su actitud, algo que sorprendió mucho a Rai. Las veces en las que había visto a Haru enfadándose con Sayumi se podían contar con los dedos de las manos, pues siempre habían actuado como un equipo indivisible y sin desavenencias. Es más, la misma adolescente no supo cómo reaccionar ante ese grito de su hermano mayor con cualquier otra cosa que no fuesen lágrimas victimistas.

La joven recogió el cuenco sin decir nada y se lo llevó agachando la cabeza. No entendía qué era eso que le podría haber hecho a Sayumi como para que la tratara tan mal de repente. ¡Dos días antes estaban perfectamente!

A continuación, Yuki miró a Haru y este le indicó con la cabeza que se fuese. Quería estar a solas con su hermana pequeña.

—Tú también la prefieres a ella, ¿verdad? —La adolescente comenzó a lloriquear.

—¿A quién?

—A Rai.

—Yo os quiero a las dos. Sois mis hermanas —explicó dulcificando el tono para consolarla—, pero no puedo consentir que la trates como lo acabas de hacer. Espero que recapacites y te disculpes ante ella.

—Pero…

—No, esta vez no hay ni peros ni justificaciones, Sayumi. Tienes casi dieciséis años, ya no eres ninguna niña.

Haru se levantó de la cama de Sayumi y se dirigió hacia la puerta sin querer escuchar ninguna palabra más. Llevaba días reflexionando sobre la educación que le estaba dando a su hermana pequeña; más concretamente, desde que había escuchado a Violet hablar sobre el tema en Tokio. Sus mimos la estaban convirtiendo en una persona vacía y tirana, sin ninguna arma con la que defenderse del exterior que no fuese el llanto. Sayumi debía convertirse en alguien fuerte y autosuficiente, con ambiciones y sueños. No quería que su hermana pequeña pasara por lo mismo que Rai por obligación de su padre. Él iba a irse en cuestión de meses, así que Haru debía comenzar ya a tomar las decisiones familiares basándolas en su criterio propio.

Dio un par de pasos hasta llegar al dormitorio de su cuñada. Estaba abierto, por lo que no dudó en entrar sin anunciarse.

—Perdón —se disculpó dándose la vuelta con las mejillas completamente rojas.

Había interrumpido a la pareja, que solo estaba hablando de lo que había pasado entre Rai y Sayumi. Sin embargo, la cercanía entre ambos y la calidez que rebosaba la escena le había dado a entender que acababa de entrometerse en su intimidad. No estaba acostumbrado a ver muestras de cariño tan evidentes y efusivas.

—No pasa nada —respondió Yuki separándose de Violet. A continuación, lo invitó a entrar—. ¿Sucede algo?

—Lo cierto es que quería hablar con Sumire.

La joven, que se había mantenido en un segundo plano mirando por la ventana, se giró hacia él con los ojos muy abiertos de la sorpresa. Nunca habría imaginado que Haru Nakamura la requeriría en algún momento de su vida. Era la ocasión perfecta para negarse y vengarse por todos los desplantes que había tenido que vivir por su parte, pero se apiadó de él al notar que realmente necesitaba su ayuda. No sabía cómo explicarlo, pero la energía que recibía de él había cambiado por completo. No sentía rechazo ni altanería ni desdén; al contrario. Por unos segundos, vio en sus ojos un destello que lo alejaba totalmente de la imagen que ella conocía.

—Yuki. —Violet pronunció su nombre mientras le tocaba el hombro con suavidad y desarmaba su postura defensiva con ese simple gesto, indicándole que podía lidiar con él ella sola.

El joven, aunque todavía guardaba cierto recelo por todos los desencuentros que habían tenido, les dio espacio para que conversaran.

—Voy a prepararme para irme al trabajo —dijo antes de darle un beso en la mejilla a su novia y dejarla con su hermano.

La joven se acercó a su cuñado lentamente. Hacía mucho tiempo que ni siquiera se cruzaban, solo en las cenas y alguna que otra vez en el desayuno. Aun así, no podía parar de preguntarse qué le estaría sucediendo para tener ese aspecto tan demacrado. Posiblemente, el estado de salud de Sayumi le estaba afectando. Era su pequeña princesa y ya tenía suficiente con aguantar la enfermedad de su padre y la responsabilidad de la empresa como para tener que hacer frente a más problemas, aunque solo fuera una gripe.

A medida que ella iba caminando, él retrocedía, manteniendo la distancia que los separaba. A pesar de que la necesitaba, no podía considerarla como una persona de su agrado ni con la que quisiera entablar una amistad; solo lo hacía por el futuro de su hermana.

—El motivo por el que estoy aquí es para pedirte algo —rasgó el silencio de la estancia con un tono cortante y seco.

—Te escucho.

—Me gustaría que te convirtieras en un referente para Sayumi. —Clavó su mirada con firmeza en la de Violet.

—¿Cómo? —Ella frunció el ceño con incomprensión.

—A pesar de las discrepancias que hay entre nosotros y de que todavía no conoces nuestra cultura en profundidad, eres mayor que ella y tienes un bagaje mucho más… *amplio* y experimentado —soltó una gran masa de aire—. No quiero que Sayumi acabe siendo alguien que no entienda el valor del esfuerzo ni que anteponga sus caprichos a las necesidades de los demás.

—¿Y por qué crees que yo puedo hacerlo? —Se cruzó de brazos.

—Solo dime si lo harás.

—Sí. Confía en mí. —Extendió la mano para sellar el trato.

Haru bajó la mirada y la puso sobre sus largos y esbeltos dedos. Por un segundo, sintió el impulso de aceptar su gesto, aunque hubo algo en su interior que lo detuvo. Tragó saliva para aliviar la resequedad de su garganta y guardó sus manos en los bolsillos.

—Todavía es pronto para hacerlo —dijo antes de irse por donde había venido, envolviéndose una vez más en la atmósfera tan oscura y enigmática que lo caracterizaba.

8

—Vamos, Sumire. Ya es hora de levantarse. —Rai la despertó con un tono dulce y sosegado, muy alejado de las voces que daba su hermana pequeña sin ni siquiera haber amanecido aún.

La extranjera miró por la ventana y después comprobó la hora. Si creía que normalmente ya madrugaba lo suficiente, se equivocaba. Se restregó los ojos con las manos y, a continuación, los puso sobre un elemento que normalmente no debería haber estado en su habitación.

—Ten —le dijo Rai entregándole el cubo de metal que llevaba en sus manos y que tanto le había extrañado—. Ponte ropa cómoda. Te esperamos en la cocina.

Violet no sabía cómo reaccionar ante eso. Acababa de despertarse y todavía le costaba pensar con claridad las acciones más automáticas como mantenerse de pie o estirarse. No estaba preparada psicológicamente para tener que adivinar cuáles eran las intenciones de su cuñada.

Salió de su habitación ya vestida y atándose su larga melena negra en una coleta que intentaba controlar el horrible peinado que le había dejado la almohada la noche anterior. Caminó tratando de parecer lo más despierta posible, pero no le era una tarea fácil aguantarse las ganas de bostezar. No había salido el sol y hacía demasiado frío como para estar fuera de la cama. Seguramente, lo que le estaban haciendo pasar se consideraba un crimen tipificado en algún país o algún tipo de tortura milenaria.

Cuando llegó a la cocina, se encontró a las mujeres de la familia ataviadas con ropa de trabajo. Yuki y Haru también llevaban ya sus trajes puestos para irse a Tokio.

—Buenos días, cariño —la saludó su novio con un beso en la mejilla que sonrojó a Rai y provocó cierto rechazo en Haru.

Hiroko le sirvió un enorme cuenco de arroz y otro de caldo que la despertaron por completo. Ya estaba acostumbrada a los desayunos japoneses, pero esa cantidad de comida la había pillado por sorpresa.

—Creo que es demasiado... —comentó en japonés sin salir de su asombro y con las mejillas rojas. Todos comenzaron a reírse.

—*Obāchan* dice que lo vas a necesitar —dijo Yuki—. Bueno, nosotros nos vamos ya. ¡Que tengáis buen día!

Violet salió detrás de él y de su hermano mayor y los acompañó a la puerta para despedirse con más intimidad. Además, necesitaba que alguien le diese un poco de coherencia a toda esa mañana tan rara. Lo ayudó a ponerse el abrigo y le dio un beso con la excusa de atarle bien la bufanda. Haru lo esperaba en el coche con cara de pocos amigos y lo azuzaba para que se diese prisa. No quería encontrarse con demasiado tráfico, pero la verdadera razón es que tanto cariño en público lo incomodaba.

—Te veo a la noche —susurró la joven.

Yuki, en cambio, le contestó con una sonrisa sospechosa y un «debo irme ya» mientras corría hacia el automóvil.

Rai apareció de la nada dándole un gran susto a la neoyorquina. Volvía a llevar en sus manos ese cubo de hojalata, solo que, esta vez, estaba lleno de agua que humeaba un aroma a limón sumamente artificial. Violet la miró con la ceja levantada esperando la explicación que ansiaba conocer desde que se había levantado.

—¿*Osogui*? —pronunció de forma incorrecta la joven de ojos azules.

La japonesa se echó a reír mientras caminaban a buen ritmo por el pasillo. Entraron a la sala de estar y allí encontró más utensilios de limpieza, aunque muchos de ellos ni siquiera sabía que existían fuera del mundo anime.

—El *Ōsōji* [10] es un ritual que todo el mundo hace antes de que se acabe el año —explicó Rai arrastrando la mesa camilla hacia una

---

10. *Ōsōji*: limpieza general que se realiza antes de que finalice el año.

esquina con ayuda de Violet—. Se trata de una limpieza a fondo de toda la casa para eliminar las impurezas y las malas vibraciones y, de esta forma, entrar limpios al nuevo año.

—Interesante... —suspiró con fatiga—. Y ¿solo lo hacen las mujeres? —preguntó con escepticismo—. Porque, que yo sepa, Haru y Yuki también viven aquí.

—¡Qué boba! —La cuñada comenzó a reírse a carcajadas—. Lo hacemos nosotras porque ellos ya harán el suyo en la empresa. Además, esta noche tienen la *bonenkai* con sus trabajadores. Con la resaca que tendrán mañana, creo que es mejor que limpiemos nosotras la casa, ¿no?

—¿La qué? ¿Qué resaca? —A Violet no le gustó cómo había sonado eso.

—Las *bonenkai* son unas fiestas que se hacen en las empresas para despedir el año. Los jefes y empleados se reúnen en un restaurante o en cualquier sitio y comen y beben juntos. A Haru no le hacen mucha gracia porque no le gusta demasiado el alcohol, a veces no parece japonés —exhaló un suspiro que acabó en una tímida risilla—, pero debe aguantarse. Es el jefe y debe premiar a sus trabajadores. —Se levantó del suelo—. Ahora ayúdame a llevar el tatami al jardín.

Violet pudo encajar todas las piezas: ahora entendía el porqué de la actitud de Yuki al despedirse, aunque no veía por qué se lo había tenido que ocultar. Lo que más le había gustado siempre de su relación con él es que antes que novios eran amigos. Podían confiar plenamente el uno en el otro, sin miedo a sentirse juzgados, y abriendo su corazón con total sinceridad. Sin embargo, desde que estaban en Japón, no lograba establecer esa conexión con él. La comunicación era prácticamente nula o a través de intermediarios y empezaba a pensar que no bastaría con estudiar japonés para descifrar a la persona que llevaba años a su lado.

Tras acabar de limpiar a fondo las estancias más amplias, Rai y Violet se dividieron el resto de los rincones del ala que les había tocado. La primera se ofreció a hacer los exteriores porque estaba más acostumbrada al frío de esas fechas que la estadounidense y no quería que esta enfermase o que le diera tanto horror el *Ōsōji* que se convirtiera en todo un trauma. Así que cambiaron el agua de los cubos y los trapos y se separaron por primera vez en ese día.

Violet entró al dormitorio de Yuki mientras en su estómago no paraban de revolotear las mariposas de la nostalgia; se sentía como cuando todavía vivían cada uno en su casa y había ido por primera vez a casa de su novio. A pesar de llevar meses en Japón, aún no había tenido la ocasión de visitar su cuarto, pues siempre era él quien iba a buscarla para pasar tiempo con ella con un poco más de intimidad. Lo que también era una forma de evitar cruzarse con Haru, ya que las habitaciones de ambos hermanos estaban en el mismo pasillo.

Sonrió con timidez al ver que era tan desastre como siempre: tenía el escritorio lleno de papeles del trabajo, los libros de la estantería descolocados y sabía perfectamente que, si abría el armario empotrado, se le caería el futón en la cabeza. Aun así, le sorprendió la sobriedad del aura que envolvía el lugar. La atmósfera se había vuelto densa y pesada hasta el punto de oprimirle el pecho. Había una pequeña ventana que dejaba entrar el sol; no obstante, en lugar de dar calor, la luz blanquecina que se colaba por ella dotaba la estancia de mucha más frialdad. No comprendía qué era, pero no se sentía a gusto allí. Ese sitio era la antítesis de todo lo que representaba Yuki para ella: cariño, calidez humana y amabilidad. Ni siquiera olía al perfume que solía llevar en Nueva York y que tanto le recordaba a él, sino a tabaco, un vicio que había adoptado desde que había llegado y que Violet detestaba. Solo lo toleraba por la burda excusa de ser un hábito social que lo desestresaba.

Limpió y ordenó todo lo más rápido posible para poder seguir con sus tareas sin pensar más en las sensaciones que había experimentado. Se repetía a sí misma que eran fruto de su fatigada imaginación y de llevar mucho tiempo inhalando sin querer los vapores de los distintos desinfectantes y jabones; sin embargo, todo formaba parte de un mecanismo de autoengaño para seguir manteniendo un estado ficticio parecido a la felicidad. No sabía si ese ritual acabaría con los malos espíritus que se habían instalado en la casa durante todo el año, pero de lo que sí estaba segura era de que sería el fin de su cordura y de la resistencia de sus músculos.

Salió de allí y se dirigió hacia la habitación de Haru. Con cada paso que daba, más se arrepentía de haber aceptado que Rai se encargase del jardín. En ese instante, prefería perder cuatro dedos por congelación que irrumpir en el santuario de la persona cuyo afán había sido amargarle la existencia desde el principio. Sin embargo, jamás se habría esperado lo que vio al correr la puerta.

Una de las cosas que había aprendido al llegar a Japón es que la decoración de las casas, especialmente en las tradicionales, siempre suele basarse en la funcionalidad más que en la belleza o en la exuberancia. La norma no escrita que regía era «la sencillez por encima de todo». Por ese motivo, los Nakamura no tenían ni muebles pesados ni artículos de lujo ni demasiados elementos que revistieran las paredes o engalanasen las esquinas. No obstante, siempre hay una excepción que rompe la regla, y esa era el cuarto de Haru.

La estructura era idéntica a la de su habitación, salvo por un detalle: la orientación. Tenían el mismo ventanal, los mismos metros cuadrados, incluso también había una cama occidental, al contrario que en el dormitorio de Yuki o el de Rai. Era un calco en negativo de su propio refugio, aunque estéticamente más atractivo. Nada más entrar, la chica se encontró con una estantería repleta de libros de distintos géneros. Se acercó a curiosear para ver qué podía encontrar y, de este modo, conocer un poco más a su cuñado. Dicen que los libros, al igual que los discos, hablan más de cómo es una persona que lo que puedan decir otros e, incluso, ella misma. Nunca se habría imaginado que a Haru le gustara tanto la literatura y mucho menos que incluso tuviese títulos escritos por autoras. La mayoría eran escritores japoneses de los que no había escuchado hablar jamás, aunque también guardaba algún que otro ejemplar americano y europeo. Aun así, a juzgar por su estado, estos seguramente se trataban de lecturas obligatorias de sus años de instituto.

Se adentró un poco más hasta quedarse de pie en medio del dormitorio. Desde allí contemplaba todo lo que la rodeaba sin salir de su asombro. Se aferraba al asa del cubo de hojalata mientras repasaba cada uno de los centímetros de la estancia con su mirada azul. Le gustaba ese lugar, ese desorden ordenado que rompía con la rectitud del chico y del hogar, ese edredón revuelto, las láminas de estrellas y planetas que colgaban de las paredes, el trocito de amor por la humanidad que se manifestaba a través de una planta de interior que descansaba grácilmente en una esquinita. Rai ya le había contado que Haru era el que se encargaba del jardín y de los animales que vivían en él; a Violet no le había parecido un aficionado a la botánica, pero se había equivocado.

Despertó de su fascinación por una imagen que capturó toda su atención. Era su propio reflejo en un espejo de cuerpo entero apoyado en la pared. Llevaba más de dos meses sin verse al completo, solo la cara y la mitad de su torso. Había adelgazado mucho y su piel era más clara de lo que recordaba, aunque la rojez de sus mejillas era más intensa, seguramente por el frío. Se estaba convirtiendo en una especie de Rai con rasgos caucásicos. Incluso había comenzado a llevar su ropa porque la que había traído se le estaba quedando grande o no era la más adecuada para el clima.

Tomó aire y cerró los ojos para intentar eliminar de su cabeza los pensamientos negativos que comenzaban a asomar y fue directamente a la cama para cambiar las sábanas por unas limpias. Agarró la tela blanca de algodón que cubría el colchón y la levantó arrebatadamente, aireándola con fuerza. En un instante, la habitación se impregnó de la fragancia del chico, un detalle del que Violet no se había percatado hasta ese momento. A continuación, cogió el aspirador para limpiar por debajo de ella, aunque no pudo hacerlo porque, al introducir el cabezal del aparato, notó como si hubiese algo que lo impidiese. Se agachó y descubrió otro aspecto oculto de Haru.

Alargó el brazo y sacó varios libros más, solo que, esta vez, la narrativa de sus páginas iba acompañada de cientos de ilustraciones.

Violet comenzó a revisar con ilusión los distintos mangas de los 80 y 90 que escondía el japonés bajo su cama. Se sentía como si hubiese encontrado un tesoro. Hojeaba las páginas de uno de los tomos transportándose automáticamente a su infancia en Nueva York, estirada en la alfombra de la habitación de su hermano mientras él le enseñaba cómo debía leerlos. De repente, los ojos se le inundaron de nostalgia y un nudo se apoderó de sus palabras. Entonces, pensó que era mejor que dejase todo como estaba antes de que cayera de nuevo en la tristeza.

Una vez hecha la cama, se acercó al escritorio para limpiar el polvo. Estaba más ordenado que el de Yuki, aunque tampoco se notaba mucho la diferencia. Todo era burocracia escrita en japonés, sellos, números subrayados en fosforito, gráficos y tablas...

Aunque había trabajado unos años como administrativa y no se le daba nada mal, el mundo empresarial siempre le había resultado muy aburrido. Todo eran reglas y tratos, como si se estuvieran repartiendo el mundo con escuadra y cartabón. Sin embargo, entre tanto papeleo, vio algo que acabó de desconcertarla definitivamente.

Se apresuró en colocar los papeles en las carpetas correspondientes y se tomó unos segundos para analizar el bloc de dibujo que tenía en sus manos. Se sentó y lo abrió con cautela para no dejar ninguna prueba, por mínima que fuese, que la delatara.

Haru dibujaba francamente bien, aunque la belleza de sus bocetos no residía en la exactitud de las líneas, sino en el cariño y la sensibilidad que transmitían. Pasaba las páginas cuidadosamente mientras apreciaba los vibrantes colores que se mezclaban con la oscuridad del lápiz o el carboncillo. Pájaros sacados de un cuento de hadas, flores y plantas exuberantes, los peces de la familia, el bosque... Todo tenía un toque especial que mezclaba la fantasía con la tradición japonesa. Bueno, todo excepto el último dibujo.

Violet acarició el papel sin poder salir de la conmoción en la que estaba sumida. Eran Rai y ella jugando en la nieve. Haru había captado la esencia de cada una de ellas en un par de líneas y sombras que se difuminaban hasta desaparecer en la blancura de la página. El corazón le palpitaba deprisa fruto de la confusión. «¿Quién eres, Haru?», se preguntó mientras fijaba la vista en la ventana de su propia habitación.

—Sumire, ¿cómo vas? —preguntó Rai conforme se iba acercando a la habitación.

Ella cerró súbitamente el cuaderno y lo dejó donde estaba antes de que la encontrara su cuñada.

—¿Sumire?

—Ahora mismo he acabado —respondió disimulando.

—¡Genial! ¿Quieres que preparemos algo para comer? Tengo un hambre que me muero.

—Sí, claro...

Ambas abandonaron la habitación, aunque la mente de Violet todavía estaba en ese escritorio, preguntándose qué pasaba a su alrededor, quiénes eran en realidad las personas que vivían con ella.

9

—Creo que este color te sienta mejor a la cara —dijo Rai trayendo un kimono de seda rosa con unos delicados bordados florales—. Te resalta el color de las mejillas —insistió acercándole la tela al rostro para que ella misma comprobara que era cierto.

Violet se sentía abrumada mientras miraba su reflejo inmóvil en el espejo del dormitorio de Hiroko. Jamás había llevado un kimono y menos aún había estado rodeada de mujeres que la manejaban a su antojo y le daban órdenes en japonés. «Levanta los brazos», «pon la espalda recta», «baja los hombros», «sube la barbilla» y otras expresiones se convirtieron en la conversación más larga que había tenido con su suegra desde que había llegado a Japón.

Obāchan las contemplaba sentada en una esquina. Combinaba su mirada entre ellas y el papel en el que estaba escribiendo unas líneas para felicitarle el año nuevo a su hermana. Hacía años que no se veían, pero siempre que había un acontecimiento importante se carteaban y se enviaban algún que otro detalle. Sin embargo, la escritura le estaba resultado más difícil de lo normal, pues la escena de su nuera y su nieta mayor vistiendo a la extranjera le llamaba demasiado la atención como para no intervenir.

—A lo mejor debería llevar uno de los míos… —Hiroko sacó de su armario un sobrio kimono con detalles dorados en la parte inferior de la falda.

—Pero, mamá, no está casada. No puede llevar un kimono con esas mangas tan cortas —protestó Rai—. Creo que mi kimono salmón le sentará mejor —dijo sonriendo.

—No estará casada, pero le falta muy poco para ser la mujer de Yuki. No debería llamar tanto la atención y menos en el santuario.

La respiración de Violet se congeló al escuchar las palabras de la mujer. La había entendido a la perfección por mucho que ella y su hija hubiesen mantenido la conversación a gran velocidad con tal de mantener el contenido en privado y no ofender a la recién llegada.

De pronto, los nervios se apoderaron de ella, provocándole unas náuseas que le hacían mucho más difícil aguantar el peso de la vestimenta. Su rostro se volvió más pálido y su espalda comenzó a empaparse de un sudor frío que la hacía sentir incómoda. Estaba a punto de desmayarse, se podía notar a simple vista, pero Hiroko y Rai estaban demasiado ocupadas discutiendo sobre qué traje debería llevar.

—¡Basta! —gritó *obāchan* apresurándose a desabrochar el ceñido *obi*[11] que estaba aprisionando su estómago.

El aire volvió a fluir por los pulmones de Violet aliviando su malestar poco a poco. La anciana continuó desvistiéndola sin parar de regañar a su nuera y a su nieta por no haberse fijado en que la chica a la que estaban tratando como un simple maniquí se estaba ahogando delante de sus narices. Ella no era japonesa; era una *gaijin*, algo que había quedado todavía más claro aquella tarde.

Hisa llamó a la novia de su nieto para que la acompañara a su cuarto. La joven aún no estaba del todo recuperada; sin embargo, no se atrevía a desautorizarla y menos después de que la hubiera ayudado, así que se colocó de nuevo el jersey y salió con ella al pasillo.

Era la primera vez que iba a su dormitorio. No podía negar que sentía mucha curiosidad por saber cómo era; además, el hecho de que la invitara era otra muestra de que la consideraba un miembro más de la familia. Ese pensamiento le provocaba una tímida sonrisa que no podía esconder por mucho que contrajera los labios. La abuela miró discretamente a su espalda para comprobar si la seguía. Entonces, se contagió de su expresión risueña y llena de ilusión.

---

11. *Obi*: cinturón de tela con el que se ciñe el kimono o el yukata.

—Siéntate —dijo la mujer al correr la puerta que daba al dormitorio.

La chica entró directamente y obedeció sin rechistar.

—Ahora vuelvo. —*Obāchan* la dejó allí sola sin darle ninguna pista del motivo por el que estaba allí; aun así, Violet estaba demasiado ensimismada como para molestarse adelantándose de forma absurda a los acontecimientos.

Desde su cojín, repasaba cada una de las esquinas de aquella estancia. Era mucho más grande que cualquiera de los dormitorios que ella conocía. Es más, tanto la decoración como el tamaño la hacían parecer más una sala de estar de estilo tradicional que un lugar en el que dormir. Incluso tenía su propio *kotatsu* y el suelo recubierto de tatami al contrario de su habitación o la de cualquiera de sus nietos, excepto Yuki.

Un hormigueo de piernas que Violet conocía a la perfección la obligó a levantarse para que no se le durmieran las extremidades inferiores. Aunque cada día aguantaba un poco más, estar sentada sobre sus gemelos y sus pies todavía le resultaba un verdadero suplicio, especialmente cuando ya llevaba más de cinco minutos sin mover ni un solo músculo del cuerpo. Con curiosidad, comenzó a caminar inspeccionando el mobiliario. Era muy sencillo, pero elegante, con unos grabados que le daban un toque de distinción. No obstante, había un elemento que la cautivó en cuanto lo vio por el rabillo del ojo: encima de la cómoda, había una fotografía muy antigua, en tonos sepia y con el papel desgastado por los bordes. La joven se acercó un poco más a inspeccionarla con curiosidad.

—Somos mi marido y yo —explicó *obāchan* entrando a la habitación.

Violet dio un repullo del susto. No se esperaba que la anciana apareciese tan de repente. Además, le daba vergüenza que la hubiese sorprendido cotilleando. Hisa sostenía una bandeja con una tetera y un par de tazas. A eso se había ido, a preparar un poco de té.

La extranjera se sentó de nuevo en el cojín y comenzó a llenar las tazas para que el brebaje fuese enfriándose. La abuela, en cambio, abrió un cajón de esa misma cómoda y sacó una caja de dulces.

Luego, se los ofreció indicándole con un gesto que guardara el secreto. Los tenía escondidos para que Sayumi no se los comiese todos de una sentada y después se quejara porque había engordado.

—*Momo* —dijo la mujer de forma repentina.

—¿Perdón?

El cerebro de la neoyorquina comenzó a buscar en su diccionario mental lo que quería decir la mujer. Si sus nociones de japonés no la engañaban, *momo* significaba «melocotón», cosa que la confundía todavía más. ¿Sería por los dulces? No notaba el gusto a melocotón.

—Él —señaló en dirección a la fotografía— me llamaba *Momo*. Decía que tenía la cara tan redonda y colorada como un melocotón. Tenía un sentido del humor bastante peculiar.

—Los melocotones son preciosos —respondió Violet haciéndola sonreír.

—Me gusta tu forma de hablar. Ya me entiendes bien, ¿verdad? —preguntó con los ojos bien abiertos de la expectación. Violet asintió con timidez.

Obāchan se levantó y se dirigió al armario. Seguidamente, lo abrió y le pidió a la chica que la ayudara a bajar una caja del estante superior. Ella no llegaba por mucho que se alzara en sus puntillas e intentara saltar. A pesar de su edad, su agilidad y resistencia eran dignas de admirar. Violet tampoco conseguía alcanzar la caja, así que miró a su alrededor y, al ver la mesa, la acercó sin pensárselo y se subió encima. Hisa no pudo contener la risa al ver lo rápida que era su nueva nieta a la hora de resolver los contratiempos que se le presentaban. Desde el principio le había parecido una joven inteligente, una pequeña ardilla que aprendía a moverse sobre las ramas quebradizas sin caerse; y hasta se lo había comentado a su hijo, aunque este tenía sus reservas con la recién llegada.

—¿Esta? —preguntó Violet mostrándole un cartón blanco que había tomado un tono amarillento por el paso de los años.

La mujer asintió y la ayudó a bajarse de la mesa. Justo después, le quitó la tapa y volvió a sonreír con ilusión mientras acariciaba lo que había dentro. La joven intentaba averiguar qué era eso tan misterioso que quería enseñarle hasta que, por fin, pudo ver un pequeño anticipo de la maravilla que la anciana guardaba con tanto mimo.

De repente, la abuela sacó un precioso kimono de seda, con unas flores de colores estampadas que se esparcían grácilmente por la tela. Los tonos rosas, naranjas, amarillos y verdes se combinaban a la perfección, como si quisieran converger en un arcoíris que brillara sobre un cielo turquesa. Violet no podía dejar de mirarlo. Posiblemente, ese traje era una de las cosas más bonitas que había visto en su vida. No sabía qué adjetivo emplear para describirlo, se había quedado sin palabras.

—Me lo regaló Hideaki cuando éramos novios —explicó—, aunque no pude ponérmelo mucho porque nos casamos pronto.

—Es una maravilla, *obāchan*.

—Me gustaría que te lo pusieras.

—¿Cómo?

La neoyorquina abrió los ojos con perplejidad, intentando digerir esa petición. No podía hacerlo. Es más, comenzó a pensar que lo había entendido mal, que su oído no había captado las palabras correctamente y que su única intención era enseñárselo. La anciana miró sus ojos de incomprensión y le puso el kimono en su regazo.

—Para el santuario —insistió con una sintaxis más sencilla para facilitarle el trabajo a la aprendiz; sin embargo, la chica se resistía a creerlo.

—Pero ¿por qué? —preguntó arriesgándose a una explicación para la que no estaba preparada.

—Porque has traído la primavera a esta casa, como las violetas, y no quiero que se apague por nada en el mundo —respondió Hisa con los ojos encharcados.

—No dejaré que se apague, *obāchan*. Te lo prometo. —Violet sacó un pañuelo de su bolsillo y le secó la mejilla derecha con suavidad—. Muchas gracias.

Tomó la caja y se la llevó a su cuarto para guardarla. Nunca se habría esperado ver así a Hisa, aunque tampoco había entendido muy bien lo que había querido decir con sus palabras. En cualquier caso, se le había partido el alma al verla emocionarse y no podía desilusionarla por mucho que supiese que portar ese kimono era una gran responsabilidad y que, seguramente, se convertiría en el blanco de todas las miradas; lo que precisamente querían evitar los Nakamura, para quienes la discreción era una de las virtudes más preciadas, especialmente en los tiempos tan complicados que estaban viviendo.

La tarde pasó entre ollas y cazos. Hiroko y Rai preparaban todos los manjares con los que celebrarían el final y el principio del año, y Violet ayudaba a las cocineras con las tareas más sencillas como hervir el arroz o la decoración de los platos junto a Sayumi. En los últimos meses, había aprendido más sobre cómo hacer que los alimentos pareciesen animalitos adorables que sobre cualquier otro tema, aunque debía reconocer que de esa forma todo se veía más apetecible.

Sin esperarlo, la chica sintió que le tapaban los ojos, una temeridad que casi paga rebanándose la yema del dedo.

—Yuki, ¿quieres acabar el año llevándome al hospital? —preguntó ella adivinando quién era el ser misterioso que le estaba gastando esa broma.

El japonés comenzó a reírse de ella y después pidió a las otras mujeres de la familia que si podía llevarse a Sumire un segundo.

A pesar del frío de la tarde, ambos salieron al jardín delantero buscando un poco de intimidad. Violet se abrazaba a sí misma con tal de mantener el calor corporal el mayor tiempo posible, pero todo esfuerzo fue en vano. Yuki se percató de ello y se quitó el jersey que llevaba puesto para dárselo a ella en un acto de caballerosidad.

—Ten —dijo de forma repentina sosteniendo una pequeña caja entre sus manos.

—¿Qué es esto?

—Estamos a 31 de diciembre y aún no te he dado tu regalo de Navidad…

—¡Oh, no, Yuki! —exclamó ella. Seguidamente, se lo devolvió—. No puedo aceptarlo. Yo tampoco te regalé nada y me estoy sintiendo fatal en este momento.

—¿Y qué más da que no me hayas regalado nada? ¿Te parece poco venirte a Japón conmigo? Además, no aceptar un regalo es de muy mala educación aquí.

—¿En serio?

—Un poco —rompió a reír a carcajadas—. Por favor, acéptalo, anda.

Violet volvió a sostener el paquete y lo abrió con cuidado de no romper el lazo, que era de su color favorito, el lavanda. No supo cómo reaccionar al descubrir lo que había dentro: una peineta de plata preciosa, con motivos florales grabados que se retorcían creando formas espectaculares y delicadas.

—Te la podrías poner mañana. Debo admitir que tengo muchísimas ganas de verte con kimono —confesó Yuki con las mejillas rojas y esquivando la mirada con timidez.

La estadounidense saltó a su cuello dándole un beso como los que solían compartir cuando vivían en la otra parte del océano pacífico.

—Te quiero, Yuki —suspiró mientras reposaba su cabeza en el pecho del chico y él la abrazaba.

Desde allí, el mundo que la rodeaba se volvía mucho más amable y comprensible para su entendimiento; sus brazos la hacían sentirse protegida de toda amenaza del destino.

—Yuki. —Una voz grave y autoritaria los interrumpió repentinamente.

El joven soltó a su novia y se alejó de ella irguiéndose como si fuese un soldado llamado a filas. La fantasía de Violet se había vuelto a hacer pedazos ante sus ojos y su realidad volvía a carecer de sentido.

—Lamento interrumpir —se disculpó Takeshi—, pero deberíais empezar a prepararos para la cena.

—Sí, ya vamos —contestó Yuki de forma obediente.

Violet agachaba la mirada, no tenía el valor suficiente para mirar a su suegro. Era la persona con la que menos había tratado desde que había llegado y tenía miedo de ofenderlo o alterarlo sin querer por un mero error cultural. Tanto Yuki como Rai ya le habían avisado del estado tan delicado en el que se encontraba. Siempre había sido un hombre muy fuerte, pero la agonía en la que se encontraba por culpa de la agresividad de su enfermedad se lo estaba llevando a pasos agigantados. Lo único que se podía hacer era callar y esperar.

—Es mejor que entremos. Mañana será un día muy largo. —El joven alargó el brazo en dirección a la casa y sin querer establecer contacto alguno.

Ella asintió en silencio y pasó al *genkan* aferrándose a su regalo con un halo de desesperación apenas imperceptible.

10

Las estrellas de la noche comenzaban a despedirse antes de que la luz del sol las eclipsara por completo. El frío se había convertido en un invitado más a esa velada para ver el primer amanecer del año, el *Hatsunohide* [12], una tradición que los Nakamura llevaban preservando durante generaciones. Creían en el poder regenerativo del sol, el astro rey, el único capaz de iluminar incluso a aquel que vivía en la más absoluta oscuridad; el único que podía aportar la energía suficiente a cualquiera que la necesitara para hacer frente a los avatares de la vida.

Violet abrazaba sus piernas para entrar en calor. A pesar del cansancio, su curiosidad por aprender algo nuevo sobre la cultura de los que la rodeaban la mantenía despierta. Sayumi, en cambio, no podía decir lo mismo. Rai le pegó un pequeño golpe en la nariz para evitar que se durmiera y que, para colmo, pescara otro resfriado.

—No me dejáis dormir, no me dejáis comer, ¿por qué estáis todos en mi contra? —se quejó la pequeña del clan enfurruñándose.

Su hermana le dio el paquete de galletas que le había confiscado previamente para que se callara y la dejara disfrutar del espectáculo de luces y sombras que traía consigo el alba.

Haru se mantenía en la última fila junto con *obāchan*. Vigilaba todos los movimientos y riñas de sus hermanas menores con una pequeña sonrisa en los labios. Aunque tuviese que mantener su imagen de seriedad, le causaban mucha ternura. La devoción que sentía por ellas dos era un hecho innegable. Siempre habían sido el

---

12. *Hatsunohide*: primer amanecer del año.

motivo que lo animaba y lo ayudaba a sobrellevar los dolores de cabeza que le causaban sus múltiples responsabilidades. Había noches en las que no podía evitar pensar qué habría sido de su vida si en lugar de haber nacido el primero hubiese ocupado el puesto de Yuki. ¿Habría tenido más libertad? ¿Podría haberse ido al extranjero? Se fijó en los dedos entrelazados de su hermano y su novia y esas dudas resucitaron. Sin embargo, no veía a Yuki soportando todo ese peso sobre sus hombros. Tal y como le repetía su abuela cuando le contaba algún problema, «la vida puede parecernos injusta, pero es mucho más sabia de lo que nuestro entendimiento puede abarcar».

De repente, una gran bola rojiza comenzó a salir tímidamente de entre las montañas; ahí estaba la diosa a la que le debían lealtad.

A pesar de conocer muy poco sobre esa costumbre, Violet admiraba la escena como si ese fuese el primer amanecer de su vida. Nunca había visto una estampa tan poderosa y bella, con un nivel de atracción que podía seducir incluso al más ateo. Era la naturaleza en pleno esplendor, haciendo uso de toda su gracia para bendecir a los que habían salido a rendirle pleitesía.

Takeshi ponía en antecedentes a la extranjera mientras los espíritus del bosque se comprometían a dar protección a aquellos que estuviesen dispuestos a cuidar de todo ser, inerte o móvil, que viviese en él. Violet ponía todos los sentidos entender el relato de su suegro. La verdad era que jamás había por el sintoísmo; sin embargo, la narración del todavía cabeza de familia había despertado en ella un gran sentimiento de profundo respeto y el deseo de conocer todavía más todo su folclore y misterios.

Volvieron a casa para desayunar y cambiarse para ir al santuario. Sayumi y Rai se vestían en la habitación de la segunda para ayudarse mutuamente e invitaron también a Violet, pero *obāchan* tenía otros planes para ella. La agarró por la muñeca rompiendo cualquier distancia protocolaria y la arrastró hasta su dormitorio sin contarle nada a nadie. Ella era la única que podía encargarse de arreglar a la extranjera para que estuviese perfecta para la ocasión.

Iba a ser la maestra de ceremonias de su *Hatsumōde*[13], su primer contacto con la vida religiosa de los Nakamura.

Hisa cepillaba la larga melena azabache de la joven; acariciaba sus ondas entrelazando sus dedos, separando los mechones con cuidado. Nunca había visto ese tipo de cabellera en persona; ese pelo no era como el de sus nietas.

—No, espere —la detuvo Violet antes de que le pusiera uno de sus adornos en el recogido—. ¿Podría ponerme esto? —le pidió mientras le entregaba la peineta que le había regalado Yuki la noche anterior. La mujer sonrió y asintió.

—¿Aún no han salido *obāchan* y Sumire? Vamos a llegar tarde —protestó Sayumi sentada en el suelo colocándose sus *zori*[14].

—Habló la reina de la puntualidad —comentó su hermana mayor—. Debes tener en cuenta que es la primera vez que Sumire lleva kimono.

La familia las esperaba en la puerta de la calle mientras las mujeres se daban los últimos retoques entre ellas. Yuki estaba impaciente por ver a su pareja. Sabía que ese día era muy importante para su padre y para la reputación de los Nakamura. Todo el pueblo ya sabía que estaba saliendo con una *gaijin*, la habían visto con Rai yendo a comprar a las tiendas; aun así, atraería las miradas, especialmente las de los más mayores, tan solo con su presencia.

Violet salió de la habitación, caminando con cierta dificultad por la longitud del traje y la presión del *obi*. Con cada paso que daba, comprendía mejor el porqué de las maneras de las mujeres japonesas. No podías portar un kimono si no llevabas la espalda recta ni la barbilla levantada.

—¿Te gusta, Yuki? —preguntó con las mejillas rojas de la vergüenza. Sus ojos brillaban más que nunca mientras esperaba con

---

13. *Hatsumōde*: primera visita al templo o al santuario. Debe realizarse durante la primera semana del año.
14. *Zori*: calzado similar a unas sandalias hecho de madera, aunque suele llevar otros ornamentos como el cuero o brocados, que se utiliza en las ocasiones especiales.

ilusión una respuesta afirmativa. Jamás había deseado tanto la aprobación de su chico como en ese momento.

Yuki no sabía qué decir. Se acercó a ella para ayudarla a bajar el pequeño escalón de la entrada a la vez que se recreaba en lo preciosa que estaba. El único que se atrevió a romper el silencio fue Takeshi, el cual admiró la belleza de la joven y felicitó a su madre por el buen gusto que había tenido. Sayumi miró a su padre con el ceño fruncido; los comentarios y piropos de los miembros de su familia hacia Violet, la ponían celosa. No entendía por qué su abuela había tenido que prestarle ese kimono a ella si ni siquiera estaba casada con su hermano todavía como para considerarla una más.

Haru se mantenía alejado del grupo. Observaba los arbustos del jardín delantero, que aguantaban la gélida ola invernal con valentía y admiraba las hojas con orgullo, como si fuesen sus propias hijas; los cuidados que les dedicaba durante todo el año las habían convertido en seres resistentes a todo temporal. De repente, escuchó las voces de sus familiares. Fue entonces cuando se dio cuenta de que Violet había dejado de ser una mera *gaijin* para él. Ese término despectivo ya no podía aplicarse a ella por muchas reticencias que se esforzase en mantener; no era una simple turista ataviada con un kimono para hacerse una foto de recuerdo. Le era imposible quitar los ojos de ella ni de la cándida aura de clase y saber estar que la rodeaba. Veía la pureza de su alma a través de su mirada, cuyo color se había intensificado gracias al reflejo de la tela turquesa en su piel.

El chico seguía su suave contoneo como si se tratara del vuelo de una preciosa lavandera blanca [15]. Veía cómo Violet caminaba agarrada del brazo de su hermano menor, dando pasos cortitos y gráciles, los únicos que le permitía el kimono y su calzado de madera. La pareja se miraba como si en el mundo los únicos que existiesen fuesen ellos aunque, por unos segundos, él también se sintió incluido, cuando ella desvió sus ojos y los posó sobre él con una tímida sonrisa. Haru no contestó. Giró la cara y dio un par de zancadas para sacarlos de su campo de visión. Sabía que no lo alcanzarían.

---

15. Pequeña ave que se puede ver en Hakone al llegar la primavera.

Sin poder evitarlo, la mente del hermano mayor viajó a la conversación que había mantenido con Rai unos días antes de la llegada de la pareja al Japón:

—¡No me puedo creer que Yuki vaya a volver a casa!

Ambos tomaban un té en el jardín mientras observaban los primeros rayos del otoño, todavía cálidos pero llenos de nostalgia. Él se había limitado a asentir y a suspirar con un tono fastidioso que no había pasado desapercibido ante la joven.

—No podéis seguir enfadados toda la vida, Haru —había comentado ella—. Además, ahora está mucho más centrado, se ha esforzado muchísimo en sus estudios, tiene novia… Deberías darle una oportunidad.

—Por mucho que alguien se vaya a los confines de la Tierra, siempre será el mismo —la había contradicho sin querer ser brusco—. La única persona que le importa a Yuki es él mismo: sus planes, sus ambiciones, sus sueños… Y eso es porque le han dejado que sea así. Le han dado todo delante de nuestras narices y nos han hecho incluso culpables de sus propios errores.

Haru se había levantado bajo la atenta mirada de Rai, quien lamentaba escuchar cada una de esas palabras. Sabía que Haru tenía razón, pero no soportaba ver cómo la brecha del rencor separaba cada vez más a sus dos hermanos. De pronto, el joven había comenzado a reírse con desgana mientras le daba la espalda a su confidente.

—¿Sabes? Me da pena la pobre chica que haya aceptado venirse aquí. ¿Cómo se llamaba?

—Violet.

—*Ba-yo-re-to* —había canturreado él con un marcado acento japonés a la vez que caminaba por el pasillo de forma despreocupada hasta su habitación.

Llegaron al santuario como las decenas de familias que deseaban conocer la suerte que les esperaba en el año que acababa de empezar y rendir culto a los espíritus para que las protegieran. No obstante, ellos no eran iguales; la calidad de las telas de las que estaban hechos sus kimonos era una mínima muestra de lo que los separaba de aquella multitud. Los ojos de los ciudadanos de Hakone repasaban cada uno de los pasos que daban los Nakamura desde que habían cruzado el tōri[16] de la entrada. Las plegarias quedaban silenciadas por el murmullo del gentío que comentaba la presencia de una de las extirpes más importantes del país.

Sayumi miraba a su alrededor mientras se arreglaba el traje con disimulo, pensando en que tendría algo en él por la forma en la que la miraban. Su inseguridad aumentaba por segundos. Entonces, se agarró al brazo de su hermana mayor, quien estaba bastante entretenida charlando con su abuela. Esta frunció el ceño con incomprensión y, en cuanto supo el motivo de la reacción de la pequeña, comenzó a reírse.

—¡No te burles! —se quejó.

—Eres demasiado ilusa si crees que todas esas miradas son para nosotras. Este año, le toca a Sumire ser la protagonista.

—Solo es una joven más con un kimono bonito.

—Sayumi, los celos lo único que te traerán son arrugas y granos —contestó *obāchan* provocando la risa de Rai.

Violet seguía sin separarse de Yuki hasta que este la abandonó para irse con su hermano a saludar a alguien. De repente, se encontró rodeada de gente que la examinaba y la saludaba sin conocerla. No entendía nada de lo que estaba sucediendo hasta que su suegra fue a rescatarla.

—Los hombres no dejan los negocios ni en festivo —le dijo Hiroko en voz baja mientras la acompañaba hasta la tienda de amuletos—. Es mejor que te quedes con ellas hasta que acaben.

Rai, Sayumi y *obāchan* miraron a la extranjera y la invitaron a que se pusiera en la cola con ellas. Esperaban su turno para conseguir el *omamori*[17] de ese año y saber qué les esperaría.

—Estoy segura de que este año tendré mucha suerte: éxito, novio… —fantaseaba la adolescente.

---

16. Tōri: puertas sagradas sintoístas.
17. *Omamori*: pequeño amuleto de tela con forma rectangular. Se adquiere en los santuarios.

—Deberías pedir que te dé un poquito más de inteligencia y menos apetito —bromeó la anciana.

—¿Por qué eres siempre tan dura conmigo?

—Porque no sé qué he hecho mal para tener una nieta tan quejica y lo quiero averiguar.

Las dos veinteañeras aguantaban la risa que les producía la disputa entre Hisa y su nieta. Según Rai, el primer día del año era mágico, porque era el único día en el que veía a su abuela tan llena de energía y habladora. Se comportaba como si hubiese rejuvenecido quince años de golpe.

La cola avanzó hasta que una chica las saludó con amabilidad y les felicitó el año nuevo. Ellas respondieron al unísono. Violet se fijó en ella. A juzgar por la pulcritud de su piel, parecía una jovencita de instituto. Llevaba su larga melena azabache atada en una coleta baja, con dos pequeñas bolas de cristal rojas en los cabos de la cinta con la que se la sujetaba, e iba ataviada con una especie de casaca blanca, que se ceñía a la cintura gracias al nudo que sujetaba su *hakama*[18] rojo. Era una *miko*[19].

Escogieron su amuleto y su *omikuji*[20] y salieron de allí. Ninguna de ellas pudo esperar a abrirlo. A pesar de que la no era supersticiosa, debía reconocer que el ambiente que la rodeaba hacía que el corazón le latiera a mil por hora por saber qué sería de ella los próximos doce meses.

—Excelente buena suerte y salud —leyó *obāchan* en voz alta—. Menos mal...

—Buena suerte y... ¿una pareja? —dijo Rai con cierta pena.

—Pequeña mala suerte y ¿trabajo? Esto es injusto. Los palillos de Sakura estaban confundidos. Seguro que este es el tuyo, Rai —se quejó la pequeña.

---

18. *Hakama*: prenda de vestir ancha, similar a unos pantalones, que forma parte del uniforme de los sacerdotes y sacerdotisas sintoístas.

19. *Miko*: mujer encargada de ayudar al sacerdote sintoísta en el santuario.

20. *Omikuji*: papel en el que aparece escrita una pequeña predicción de la suerte que va a tener una persona durante el año.

—Creo que un poco de trabajo no te vendría mal —respondió su hermana mayor.

—Según papá, mi trabajo ahora es estudiar.

—Sí, y el de tu compañera Sakura también y mírala: es *miko*. —Rai volvió a contestarle.

Las dos herederas de los Nakamura comenzaron a discutir sin querer aceptar las predicciones que les habían brindado los dioses; sin embargo, Violet intentaba descifrar lo que le deparaba la suya. La abuela le dio un pequeño tirón en la manga de su kimono para saber si necesitaba ayuda o si los espíritus no se habían portado bien con ella. Sonrió y le dijo que no entendía muy bien lo que ponía. Rai, que la escuchó a pesar de las niñerías de Sayumi, se giró y comenzó a leer el pequeño trozo de papel.

La japonesa pestañeó varias veces con sorpresa y frunció el ceño sin decir nada, lo que preocupó de forma extraña a Violet.

—¿¡Qué significa eso!? —preguntó la neoyorquina con cierta desesperación. Su voz llamó la atención de algunas de las chicas que estaban por allí deshaciéndose de las malas predicciones que les habían tocado—. Perdón… —se disculpó automáticamente, avergonzada por su comportamiento.

—Es raro, pero no es malo… creo. —Rai se aclaró la voz y tradujo en inglés—: «Excelente buena suerte futura. La nieve ha helado tus alas, pero las aves, al igual que las flores, siempre alzan el vuelo cuando llega la primavera».

—Definitivamente los palillos de Sakura están mal.

—¡Cállate, Sayumi! —exclamó Rai.

Violet miraba su *omikuji* sin saber qué debía hacer ni lo que significaba. Aunque le anunciaba buena suerte, las palabras de su cuñada retumbaban en la cabeza una y otra vez. ¿Qué quería decir con «alzar el vuelo»? ¿Tendría que ver con irse de allí? No sabía qué hacer. Levantó la mirada de la palma de su mano y la puso sobre Yuki, que seguía conversando con el mismo hombre, aunque habían asistido dos más desde que lo había perdido de vista. Si esa predicción estaba relacionada con abandonar su nueva realidad, lo mejor sería que la colgase en el árbol. A pesar de todas las dificultades, no quería separarse de él.

Inició su camino junto a la pequeña del grupo, que también quería deshacerse de su suerte, hacia el árbol sagrado del santuario, aunque no pudo ni dar dos pasos.

—Yo lo guardaría muy bien —le aconsejó Hisa tomándola de la mano. La mujer le sonrió dulcemente mientras le acariciaba la mejilla—. Y tú, Sayumi, ya te guardarás de deshacerte de ese papel —la amenazó alzando el tono mientras iba tras ella, levantándose ligeramente el kimono para poder andar un poco más rápido.

Rai y Violet se quedaron a solas en cuestión de segundos, fue entonces cuando la japonesa le propuso visitar todo aquel terreno para que la recién llegada conociera todavía más sus costumbres. Lo que realmente pretendía Rai era alejarse del batiburrillo de jóvenes solteros que no les habían quitado el ojo de encima desde que habían llegado. Muchas veces había sentido la tentación de quedarse mirándolos fijamente hasta que se encontraran tan incómodos como ella, pero era demasiado tímida para eso y, seguramente, habrían pensado que estaba interesada. Además, sabía perfectamente que la única motivación que los impulsaba a interesarse por ellas era la exótica fantasía de poder acostarse con una extranjera o ser yerno de uno de los magnates más influyentes del archipiélago.

Caminaron hacia el pequeño bosque que rodeaba el santuario dejando el ruido de la muchedumbre a sus espaldas. Paseaban sin rumbo, pero sin adentrarse demasiado. Lo único que querían era disfrutar de un poco de tranquilidad y deshacerse de las miradas de la mitad del pueblo, aunque solo fuese durante unos instantes. De repente, una voz masculina llamó a la japonesa congelando sus pasos por completo. El corazón comenzó a latirle con fuerza cuando se dio la vuelta y vio el rostro sonriente e iluminado de Ryō.

Se saludaron de forma respetuosa bajo la atenta mirada de Violet, que no entendía por qué guardaban tanta distancia si se conocían desde críos. Al final, tuvo que darle un pequeño empujón con disimulo a su cuñada para que se acercara más al librero y, así, poder hablar con él con más confianza.

—Rai —se aclaró la voz con nerviosismo—, pasado mañana abren una nueva pastelería en el centro. He oído que tienen dulces como aquellos que te traje cuando fui a Kioto, que te gustaron mucho.

—Sí, estaban deliciosos.

—Si te apetece, podríamos ir. Dicen que los venderán a mitad de precio en la inauguración. —El chico intentaba aparentar una tranquilidad impasible; sin embargo, el sudor de su frente y la sequedad de su boca delataban sus nervios.

Rai buscaba la mirada de su compañera, deseando que esta le dijese qué debía hacer. No tenía el valor de tomar esa decisión por sí misma. Sin embargo, Violet no se iba a achantar.

—¡Claro que le apetece! —respondió llena de energía.

—¡Ah, sí! Tú también puedes venir, Sumire…

—¿Qué? No, no. Tengo mil cosas que hacer. Gracias —rechazó la invitación, divertida.

—Yo también tengo mil cosas que hacer —contestó Rai intentando encontrar una excusa.

—Pero ya te cubro yo las espaldas, cuñada —insistió Violet haciendo hincapié en cada palabra.

—Bueno, está bien.

—¿Te recojo pasado mañana a las tres? —preguntó Ryō.

—¡No! —ambas gritaron al unísono espantándolo.

—Es decir, quedamos mejor por el centro. Así hago sitio para los pasteles con el paseo.

Rai seguía al librero con la mirada mientras su cuerpo se perdía entre los árboles tras despedirse. Era una mujer preciosa, pero el brillo de la felicidad se había apoderado de su belleza haciendo que esta resaltara todavía más. No podía parar de pensar en otra cosa que no fuese esa cita, su primera cita con un chico. Quizás ese año no tendría que dejar su suerte esperando en el árbol del santuario.

11

El nuevo año había comenzado de forma apacible para todo el país. A pesar de las bajas temperaturas, el sol brillaba con fuerza, regalando su energía a aquellos que disfrutaban de unos días de descanso al aire libre. El cielo de primavera había venido de visita por unas horas, llenando de color el paisaje que la nieve y las nubes habían dejado mohíno. Algunos pájaros, aturdidos por el buen tiempo repentino, se atrevían a entonar su canto con timidez pensando que la estación había cambiado sin avisar. Era un marco que invitaba salir a reencontrarse con la naturaleza antes de volver al asfalto y al cemento de la gran ciudad, donde la única luz era la de los fluorescentes de la oficina y los carteles de neón; sin embargo, no todo el mundo podía permitirse ese lujo.

Yuki llevaba encerrado en la habitación de su hermano desde primera hora de la mañana. Resoplaba con hastío mientras se frotaba los ojos para aliviar el cansancio que le estaba provocando la luz azul de las pantallas de su ordenador portátil y su teléfono móvil. Se le hacía imposible retener toda la información que debía examinar con Haru antes de volver el lunes a la empresa y retomar los trámites para la expansión europea. En sus manos estaba uno de los mayores hitos del negocio familiar; aun así, su mente hacía tiempo que había abandonado esas cuatro paredes.

Apoyó los codos en el escritorio y cerró los ojos con fuerza con la intención de deshacerse de esa fatiga. No obstante, una especie de aroma a flores captó su atención por completo haciendo que su mirada se fijara en un único punto en cuanto los abrió: la ventana de Violet. Jamás se había dado cuenta de las envidiables vistas que tenía Haru, aunque, conociéndolo, seguramente que a él le daban absolutamente igual. Según Yuki, su hermano mayor estaba tan centrado en el trabajo y en tenerlo todo bajo control que no se paraba a apreciar los pequeños detalles que le regalaba la vida.

—No me había fijado en lo bien que se ve desde aquí el dormitorio de Sumire... —comentó Yuki.

—¿Y eso es importante para nuestros futuros socios europeos? —respondió Haru sin quitar la vista de los documentos.

—Para ellos no, pero para mí sí —dijo justo antes de suspirar—. Estoy reventado, Haru.

—Y yo... —Se quitó de encima de su regazo el portátil y se acercó a su hermano estirando los músculos—. Pero tenemos que enseñarle una propuesta lo más detallada posible a papá esta tarde.

—Ya está lo más detallada posible. Podríamos descansar un poco, ¿no? —se quejó Yuki.

El mayor de los Nakamura asintió. A continuación, comenzó a caminar por la habitación para desentumecer las piernas. No podía aguantar más la tensión de las horas que llevaban flexionadas por muy cómoda que fuese la cama. Yuki, en cambio, seguía admirando a su hermana y a su novia desde la clandestinidad. Ambas parecían dos adolescentes. Se peinaban y maquillaban entre risas y cotilleos, ajenas a todo lo que las rodeaba, como solía pasar cada vez que pasaban tiempo juntas. Era imposible no sonreír al ver esa estampa.

—Me alegra que Rai vaya a salir con sus compañeras de instituto —comentó repentinamente Haru—. Es demasiado joven e inteligente para echarse a perder en casa... o con cualquier imbécil —acabó la frase en un tono casi inaudible.

—Bueno, fue su decisión no ir a la universidad.

Haru lo miró tensando la mandíbula con impotencia. Al igual que Sayumi, Yuki no conocía la verdadera historia de lo que había sucedido aquella noche, algo que el mayor había comenzado a sospechar al ver la normalidad que le daba a la vida de ama de casa de su hermana. Sin embargo, no podía evitar molestarse por su ignorancia.

—Voy a por algo de comer —dijo antes de salir de la habitación sin querer responder al comentario de Yuki.

En la otra ala de la casa, Sayumi estaba en su habitación intentando concentrarse en sus deberes. Los había dejado para el final de las vacaciones como siempre solía hacer, salvo que, esta vez, Haru había decidido no ayudarla. Su carácter hacia la pequeña de la familia se había endurecido desde ese día que trató tan mal a Rai. Aunque le doliera en el alma, debía hacerlo por su bien.

La chica se levantó para ir a la cocina a por un poco de agua y comida, pues el aburrimiento y el álgebra le habían abierto el apetito haciendo que el rugido de sus tripas sirviese de banda sonora en sus jornadas de estudio. Iba por el pasillo cuando unas risillas llamaron su atención. Se detuvo cerca de la habitación de Violet y se sentó en el suelo para escuchar qué era eso que se traían entre manos y a sus espaldas. Desde la visita al santuario, había notado que las veinteañeras estaban todavía más unidas que antes, con secretos y mensajes que solo ellas entendían. No las soportaba.

—¿Y así es como vais en Estados Unidos cuando tenéis una cita? —preguntó la japonesa mirándose en el pequeño espejo de la pared.

—No. Así es como vamos a comprar el pan —bromeó la extrajera—. Rai, estás preciosa. No tienes que preocuparte por nada, porque a Ryō ya le encantas tal y como eres; pero es que, así, seguro que le da un infarto.

—¡Qué boba eres! —rio con las mejillas encendidas.

Repentinamente, los labios de la adolescente se arquearon con felicidad, aunque también desprendiendo un aire de malicia. Su hermana, la «perfecta», iba a desobedecer a su padre saliendo con un chico a sus espaldas. Esa noticia era su salvación, un brillo de esperanza que hacía que sus ilusiones de ser ella la elegida por Ryūji renacieran con fuerza.

Cayó la tarde y Rai se despidió de su familia antes de emprender el camino hacia el pueblo. Yuki insistió en llevarla con el coche para que no tuviese que andar tanto, pero ella se negó.

—No quiero que mis compañeras de instituto me sigan viendo como la hermana pequeña de Yuki y Haru —respondió como excusa para evitar contar la verdad.

El mayor sonrió tímidamente al ver el temperamento que empezaba a asomar en la mirada de Rai. Su discurso se iba llenando poco a poco de determinación e independencia, dos cualidades que él admiraba aunque no lo admitiera en público.

Al cabo de un rato, Violet se encontraba en la sala de estar, leyendo el libro de cuentos de la familia que Rai le había prestado; todos y cada uno de los hijos de los Nakamura habían pasado por sus páginas cuando eran unos críos. Sin avisar, Sayumi apareció por la puerta con la mochila que llevaba al instituto.

—¿Estás muy ocupada? —interrumpió su lectura. Acto seguido, se sentó a su lado—. ¿En serio que estás leyendo un cuento para niños? —preguntó con un tono impertinente que enrojeció las mejillas de la joven.

Violet cerró el libro de golpe y lo apartó frunciendo el ceño; el comentario de la adolescente había herido sus sentimientos.

—¿Qué quieres? —dijo la norteamericana secamente.

—Era por si me podías ayudar con los deberes de inglés... —Sacó de la mochila una libreta y una adaptación de *Blancanieves*—. Debo hacer unas actividades y me cuestan mucho porque hay palabras que ni sé lo que significan y el traductor me dice cosas raras.

—Ya... —Violet sonrió con cierta superioridad al ver que la cría tenía dificultades con uno de los cuentos más famosos de la historia de Occidente, pero no iba a provechar la oportunidad para hacer que se sintiera mal. No se iba a poner a su altura; además, debía cumplir la promesa que le había hecho a Haru.

La joven comenzó a resolver las dudas y preguntas de Sayumi, corrigiéndole cada ejercicio para que estuviese perfecto antes de entregárselo a la profesora. *Obāchan*, que había llegado a la sala hacía unos minutos, miraba a la estadounidense perpleja, como si quisiera entender lo que estaba diciendo y prestándole más atención que su nieta. Le fascinaban sus gestos, su forma de hablar, la dedicación y el empeño que le ponía a las explicaciones a pesar de no comprender ni la más mínima palabra. Toda ella era un mundo nuevo para Hisa. Sin embargo, ese diálogo alumna-profesora desembocó en una incómoda conversación que avecinaba un desenlace amargo, aunque nadie pensó que llegaría a un nivel tan crítico.

En una de las actividades, Sayumi debía reflexionar acerca del amor romántico de los cuentos de hadas y la posición que ocupaban las princesas típicamente en ellos. A Violet le encantaba debatir sobre este tipo de temas, pero su mente todavía procesaba la realidad según los filtros culturales occidentales en los que se había criado. Agarró la libreta de la estudiante para comprobar la ortografía cuando, de pronto, abrió los ojos con horror.

—Sayumi, no puedes poner esto.

—¿No se supone que debo dar mi opinión? —contestó la adolescente con pesadez.

—Pero... ¿esta es tu opinión? —preguntó Violet, desconcertada, rezando para que dijese que no, aunque no recibió respuesta alguna—. Sayumi, cariño, tienes dieciséis años y lo que pone aquí... Bueno, no sé, parece que hubiese salido de la mente retrógrada de un tipo de ochenta.

—¿Cómo te atreves? —La pequeña de los Nakamura levantó la voz—. Son mis sueños y aspiraciones.

—¿Tus sueños son casarte con un hombre rico que te doble la edad y pasarte la vida cuidando de tus hijos y del hogar? Entiéndeme, Sayumi, me parece perfecto que quieras dedicarte a tu familia si realmente es tu deseo, no voy a meterme en eso, pero basar el amor en la posición social y económica de tu pareja es... ¡horrible!

—¿Ah, sí? ¿Y entonces por qué estás tú con Yuki con la cantidad de hombres pobres y estupendos que hay en *tu país*? ¿Qué haces además de aprovecharte del dinero de mi familia? ¿En qué se diferencian mis sueños de tu vida?

—¿Quién narices te crees que eres para hablarme así, niñata?

El grito de Violet silenció la sala durante unos segundos. El mundo parecía haberse detenido tras escucharse el golpe en la mesa que había acompañado esas palabras llenas de autoritarismo y rabia. Sayumi miraba sorprendida a su cuñada mientras aguantaba las lágrimas en sus ojos. La extranjera, en cambio, se sentía horrorizada con lo que acababa de hacer. No se reconocía a sí misma, a esa chica que había sabido mantener la calma y la paciencia durante situaciones mucho más estresantes que la que acababa de vivir, que jamás había creído en ese tipo de educación. Se tapaba la boca con las manos sin saber ni qué hacer ni qué decir.

—Sayumi, yo... —murmuró afectada, intentando articular una disculpa que, por muy sincera que fuese, jamás aliviaría su culpa.

—¡No me toques! —chilló la chica alejándose de ella—. Nada de lo que me diga una simple *gaijin* puede afectarme. —Se levantó y se dirigió a la puerta—. Quédate leyendo tu libro de cuentos, a ver si aprendes japonés bien de una vez.

Violet apoyó los brazos en la mesa y hundió la cabeza en el hueco que había entre ellos. Comenzó a llorar desconsoladamente como si fuese una niña pequeña. *Obāchan*, que lo había presenciado todo sin entender ni una palabra aunque no le hizo falta, se acercó a ella.

—No le has dicho nada que no mereciera oír desde hacía mucho tiempo, querida —dijo la anciana acariciándole el pelo para que se tranquilizara.

Sayumi iba con paso decidido a la habitación de su padre. En ese momento, la frialdad y la cordura eran dos palabras que no significaban nada para ella. Estaba llena de rabia e ira y solo la venganza podía calmarla. Iba a acabar con todo de un plumazo sin pensar en las consecuencias.

—¡*Papa!* —exclamó abriendo la puerta de golpe.

Sus hermanos mayores y el cabeza de familia la miraron sorprendidos al ver que estaba a punto de romper a llorar y con las mejillas rojas. De repente, corrió hacia él y se tiró dramáticamente sobre su regazo. Ninguno de los tres salía del pasmo, no entendían nada de lo que estaba sucediendo.

—Sayumi, pero ¿qué te ha pasado? —le preguntó Takeshi finalmente.

—Rai te ha mentido: no está con sus amigas; se ha escapado para verse con Ryō Aikawa, el librero —se chivó.

—¿Qué?

—Sí, *papa*. Y no solo eso, Sumire lo sabe todo y la ha ayudado con el plan.

—¿Qué demonios dices, Sayumi? ¡Son acusaciones muy graves! —exclamó Yuki enfadado.

—¡Es cierto! Es más, cuando le he dicho que no estaba bien y que os lo iba a decir, me ha chillado y me ha insultado —balbuceó entre sollozos.

Takeshi abrazaba a su pequeña para consolarla mientras miraba a su segundo hijo con severidad. El chico agachaba la cabeza, avergonzado por la actitud de su novia. Sabía que esos ojos lo acusaban y lo hacían responsable de toda la situación. Su deber era estar más pendiente de lo que hacía Sumire y enseñarle a comportarse como una mujer Nakamura.

Haru permanecía en silencio procesando todo lo que había dicho Sayumi. No se fiaba de sus palabras, y menos después de encargarle su educación a Violet. Desde que había comenzado a observarla, había podido ver cuáles eran sus valores y ninguno de ellos cuadraba con la versión de la pequeña de la casa. Además, no podía evitar sentir rabia hacia ella por haber desvelado el secreto de Rai. A pesar de todo, era su hermana mayor y le debía lealtad y respeto. Sin embargo, no podía llevarle la contraria a su padre. Lo mejor y lo único que podía hacer era convencerlo de que esperase a que llegara la joven para hablar con ella y con Sumire y aclarar lo ocurrido.

El sol daba sus últimos destellos cuando la puerta principal de los Nakamura se abrió. Rai entró cuidadosamente, intentando quitar el máximo de tierra posible de sus suelas para no ensuciar el *genkan*. Entró sin mirar al frente y cerró para que no pasara el frío; entonces, cuando se giró para quitarse los zapatos, descubrió que había alguien esperándola.

—Papá —musitó sorprendida al verlo allí sentado.

El hombre se levantó sin decir nada y la abofeteó. El golpe se escuchó en la sala de estar, donde Yuki y Haru tenían retenida a Violet sin darle ningún motivo, aunque no hizo falta. Ella misma lo descubrió cuando Takeshi trajo a su hija mayor del brazo y le ordenó que se sentara junto a ella. La estadounidense miró a su compañera de reojo para comprobar si estaba bien. Tenía la mejilla derecha enrojecida; aun así, no veía ningún atisbo de dolor en su expresión. Parecía estar más que acostumbrada a ese trato, algo que la apenaba profundamente.

El patriarca hablaba en japonés a toda velocidad y Violet levantó la mirada durante unos segundos buscando el apoyo de Yuki; no obstante, no lo encontró. El chico se mantenía detrás de su padre con los ojos clavados en el tatami, con una expresión de vergüenza y decepción que la inquietaba. Nunca antes la había visto en él por muchas meteduras de patas y errores que pudiera haber cometido.

De pronto, un minúsculo movimiento llamó su atención. Haru, que estaba de pie en una esquina con los brazos cruzados, desvió la vista alejándola de aquella escena. Parecía querer escapar de allí, pero no podía. No quería ser partícipe de lo que estaba sufriendo Rai simplemente por haber pretendido ser libre por primera vez en veinticuatro años. Por un segundo, Violet sintió en su corazón un extraño latido y un calambre recorrió toda su espalda en cuanto sus ojos se cruzaron sin querer con los de su cuñado. Era una sensación muy rara, como si Haru y Yuki se hubieran intercambiado el alma en un suspiro.

—¿Cómo has podido mentirme, Rai? Mi propia hija engañándome para irse a escondidas con un cualquiera.

—¡No es ningún cualquiera, papá! Él me quiere de verdad y yo a él —confesó la joven alzando la voz.

—¿Y crees que del amor se vive? Mi padre y mi tío trabajaron muy duro para levantar la empresa que te ha dado de comer todos estos años para que, ahora, un librero de pacotilla, sin comerlo ni beberlo, se lleve los frutos; *mis* frutos.

—Él no va detrás de nada de eso —lo defendió Rai con la garganta llena de impotencia.

—¡Todo el mundo va detrás de lo mismo, Rai! ¿Cómo puedes ser tan ilusa? —gritó Takeshi dando un golpe de mesa—. Se acabó, no quiero discutir más —suspiró con abatimiento y cambió de tema—. La semana pasada Ryūji Hino vino a visitarme para pedirme permiso para salir contigo. Obviamente le dije que sí.

—¿¡Qué!? —exclamó la chica con horror.

Haru miró a su padre con los ojos muy abiertos de la conmoción. Ryūji ya le había comentado sus intenciones, pero él mismo había intentado quitarle la idea de la cabeza por el bien de su hermana. Se conocían desde pequeños y era su mejor amigo, por eso mismo sabía que no era el hombre que Rai se merecía. Violet también contemplaba la escena estupefacta. Nadie podía obligar a una persona a que compartiera su vida con alguien al que no amaba. Estaba condenando a su propia hija a una infelicidad eterna.

—Pero… ¡eso es injusto! —intervino por fin la extranjera—. Usted no puede decidir con quién debe casarse su hija y menos a quién debe amar… ¡No es de su propiedad!

—¡Sumire, cállate! Bastante has hecho. —Yuki interrumpió el discurso de su pareja gritando una orden que hizo asentir con un ligero orgullo a su padre. Era la primera vez que se dirigía a ella en ese tono y con esa actitud tan autoritaria.

Los músculos de la joven se congelaron por completo, víctimas de la ola de terror que se apoderó de su cuerpo al escuchar esas palabras de sus labios. Jamás pensó que viviría nada parecido y menos con él.

Lo miró a los ojos buscando una vez más a esa persona con la que había pasado los mejores años de su vida, pero no la encontró y eso la asustó todavía más. No sabía qué contestar ni cómo comportarse.

Imaginaba que aquella actitud tenía más relación con el grito que le había dado a Sayumi que con la cita de Rai. Ella sabía perfectamente que no tendría que haber reaccionado de ese modo y se mortificaba por ello, pero cuando había intentado explicarle a su novio lo ocurrido, este se había limitado a decirle que ya lo hablarían más tarde. ¿Se refería a hacerla callar y ningunearla delante de su nueva familia? ¿A no tener la oportunidad de explicarse ni de disculparse? Violet se preguntaba qué demonios estaba ocurriendo con su vida, con todo lo que la rodeaba, y no era capaz de reaccionar.

Takeshi abandonó la sala de estar dejando a sus tres hijos y a Violet en un silencio que nadie se atrevía a romper. Yuki se levantó y dio un paso hacia su novia, aunque fue en vano. La chica volvió en sí y salió huyendo sin querer saber nada de él.

Corrió por el pasillo lo más rápido que pudo para poder llegar al único lugar de esa casa donde se sentía segura: su dormitorio. Cerró la puerta y la atrancó para que nadie pudiera abrirla. A continuación, se sentó en la cama y comenzó a llorar, aunque no sabía si era de rabia, de impotencia o del miedo que aún sentía en cada centímetro de su ser. Se encogió y abrazó sus rodillas intentando entrar un poco en calor; aun así, su piel seguía erizada del espanto por todo lo que acababa de vivir.

No entendía nada. Por más que se esforzara, no reconocía la realidad que la rodeaba hasta el punto de dudar incluso de ella misma y de sus actos. Primero, estaba desconcertada y avergonzada por su actitud con Sayumi y, después, por su reacción ante los gritos de Yuki. ¿Por qué no le había plantado cara? ¿Por qué había reaccionado con miedo ante sus palabras?

Su existencia se había convertido en un sinsentido constante que desataba en ella las docenas de lágrimas que había vertido desde su llegada. Se sentía más como una niña pequeña que debía actuar de una forma u otra sin más razón que un *porque sí* tras otro que como una mujer madura e independiente, pero es que ni siquiera ella misma era ya capaz de describirse como tal.

Se levantó para desentumecer sus articulaciones, agarrotadas por la tensión acumulada, y se sentó en su escritorio. Encendió la pequeña luz que utilizaba para estudiar alumbrando por fin la estancia, aunque solo fuese una mínima parte de ella, y abrió el libro de cuentos por la página en la que se había quedado, aunque no lo hizo para seguir con su lectura, sino por lo que albergaba dentro: el pequeño trozo de papel doblado que utilizaba como punto de libro.

Era su *omikuji*. «La nieve ha helado tus alas, pero las aves, al igual que las flores, siempre alzan el vuelo cuando llega la primavera», leyó. Aquellas frases se habían convertido en un mantra personal que repetía todas las noches desde la visita al santuario.

Repentinamente, un *flash* de luz captó su atención. Procedía de la habitación de Haru. Al igual que ella, la única lámpara que alumbraba su cuarto era la que tenía en su escritorio, solo que parecía ser más brillante que la suya. La ventana de su cuñado se había convertido en un mundo paralelo al suyo que era incapaz de descifrar, pero que cada vez la fascinaba más, así que intentó ver qué sucedía allí sin ser vista.

—Me mato antes de casarme con Ryūji —logró escuchar la extranjera. Era la voz de Rai, que estaba ahogada en un mar de lágrimas.

—No vas a casarte con él, tranquila —respondió Haru con solemnidad.

—No puedo más, Haru. ¡No puedo más!

—Ya falta poco, Rai.

La japonesa se echó a los brazos de su hermano buscando el calor que siempre le habían proporcionado en los peores momentos. Él la abrazaba con fuerza y ternura, balanceándola para calmar su llanto de desesperación y dolor. Violet no podía salir de su asombro. ¿Eso que estaba viendo era cariño?

La idea de Haru que se había creado en su cabeza había empezado a romperse desde hacía unos días. Y, ahora, cada segundo que pasaba consolando a su hermana con ternura era un golpe que destruía los juicios y creencias que Violet había vertido sobre él desde su llegada a la casa. Poco a poco, Haru se le mostraba como otra persona completamente distinta, alguien en el que confiar y al que recurrir cuando la vida dejaba de ser amable.

12

Haru abrió los ojos en cuanto el primer rayo de luz se coló por su ventana. Esa noche no había podido conciliar el sueño hasta bien entrada la madrugada porque le había resultado imposible quitarse de la cabeza todo lo que había sucedido esa tarde y lo que podría pasar con Rai a partir de la decisión que había tomado su padre.

«¡No es de su propiedad!»; las palabras de Violet viajaban de un hemisferio a otro convenciéndolo de que eran más parecidos de lo que jamás podría haberse imaginado cuando la había visto apearse del coche por primera vez. Su voz llenaba sus oídos como si estuviese allí mismo, susurrándole palabra por palabra.

Se levantó y repitió el camino que había hecho varias veces durante su insomnio: recorrió el pasillo silenciosamente, sin querer que nadie notase que estaba allí, hasta llegar a la habitación de su hermana. Llamó a la puerta con suavidad y la deslizó sin esperar ninguna respuesta.

—¿Haru?

—¿Ya te has despertado?

Al contrario que él, Rai había podido dormir, como había comprobado en cada viaje nocturno para asegurarse de que estaba bien. La resignación y la obediencia que su hermana había estado gestando desde su nacimiento habían ganado la batalla al coraje y el poco amor que se tenía a sí misma. Se acercó a ella y se sentó en uno de los cojines que tenía por ahí.

—No tienes muy buen aspecto —comentó la joven al verlo a su lado.

—Nunca lo he tenido —bromeó él escondiendo su cansancio tras una sonrisa de autoburla.

—Eres idiota… —dijo sonriendo ella—. Es mejor que me vaya a preparar el desayuno.

La joven salió del cuarto dejando a su hermano mayor allí solo, aunque por poco tiempo, ya que él hizo lo mismo al cabo de escasamente un par de minutos. Comenzó a caminar hacia la cocina cuando, tras solo un par de pasos, se fijó en un detalle que había en el suelo: un pañuelo de papel doblado por varias partes. Lo recogió preguntándose de dónde podría haber salido y entonces le vino un pensamiento a la cabeza: miró hacia su izquierda y vio otro igual entre las hojas de la puerta de la habitación de la estadounidense.

Llegó a la sala de estar y se sentó junto a su padre y su hermano. El primero leía el periódico tranquilamente mientras esperaba el desayuno; Yuki, en cambio, a pesar de querer aparentar la misma calma que Takeshi, no estaba en uno de sus mejores días. Haru sabía perfectamente que en su interior había un mar de pensamientos y remordimientos.

—¿Sumire no se ha despertado todavía? —preguntó repentinamente Hiroko sirviendo los cuencos de arroz.

—No me responde… —contestó Yuki abatido.

—No seas blando, Yuki —intervino el patriarca sin mostrar ningún atisbo de compasión ni por su hijo ni por su nuera—. Nadie se ha muerto por no desayunar. Ya saldrá cuando se le pase el berrinche. —Y añadió—: Parece una joven inteligente, espero que comprenda pronto cómo funcionan las cosas aquí en Japón y deje de meter las narices donde no la llaman.

Haru se mantuvo en silencio durante toda la conversación. Se metió la mano en el bolsillo y sacó el pequeño trozo de papel que había recogido del suelo unos minutos antes. De repente, lo entendió todo.

—Me voy a correr —dijo tras beberse la sopa casi de un trago.

Su madre, Hisa y su hermana mayor lo miraron extrañadas. Apenas había comido nada. No podía perderse por el bosque, como solía hacer cada domingo, con el estómago vacío. ¿Y si le ocurría algo? Aun así, Haru no prestó atención a nada de lo que le pudieran decir sus gestos de preocupación. No tenía hambre y lo único que podía abrirle el apetito y despejar su mente era reencontrarse con la naturaleza.

Salió de casa en dirección a uno de los lugares más preciosos de la zona. Siempre que le abrumaba algo se dejaba caer por allí para encontrar la paz o la idea que estuviera buscando. Cada zancada que daba era más veloz que la anterior. Su cuerpo se movía con mayor agilidad y sus músculos y articulaciones funcionaban con suavidad, como los engranajes de una máquina, liberándose del entumecimiento del gélido frío que traía la mañana. Aumentó el ritmo casi sin ser consciente de ello. Sus jadeos eran más notorios y desesperados con cada metro del camino, como si esa carrera no fuese simplemente una distracción.

Se detuvo al llegar a un gigantesco árbol que había allí y posó una de sus manos en la corteza. Luego, respiró profundamente para recuperar el aliento y bajó con cuidado hasta el lago.

—La goma es mucho más efectiva —dijo sacando el pañuelo doblado que guardaba en su bolsillo—. Te lo digo para la próxima vez que no quieras que se deslicen las hojas de las puertas.

Violet alzó su mirada levemente para comprobar aquello que le estaba enseñando. Después, siguió subiendo hasta encontrarse con los ojos del chico.

—¿Cómo me has encontrado?

—Eres bastante predecible.

El chico se sentó a su lado y comenzaron a mirar el horizonte sin decir nada más. Ambos contemplaban el monte como si fuese la primera vez que lo veían, pero es que su impetuosidad era suficiente como para atraer cualquier mirada. De pronto, un pequeño gimoteo interrumpió la calma del lugar. Haru apretaba los labios con incomodidad al darse cuenta de que Violet estaba llorando a centímetros de él; sin embargo, era incapaz de romper la barrera que había entre ellos para consolarla. Para él, una simple caricia inocente o un roce eran gestos cargados de sentido que jamás se atrevería a compartir con nadie que no fuese una mujer de su familia. Violet lo era, aunque, antes que eso, era la novia de su hermano.

—De pequeño, *obāchan* siempre me contaba una leyenda[21] que muchos dicen que sucedió en este bosque —comentó él para distraerla—. Había una vez un anciano leñador que cortaba bambú. Una mañana, mientras estaba trabajando, descubrió un tronco que resplandecía más que ningún otro. Fue a talarlo y, cuando lo hizo, se encontró a una niña preciosa, no más grande que un pulgar. El hombre y su mujer decidieron adoptarla y criarla como si fuese suya. La llamaron Kaguya.

»Pasó el tiempo y la pequeña se convirtió en una hermosa joven de tamaño humano. Cientos de hombres le propusieron matrimonio, pero ella los rechazaba a todos, algo que llamó la atención del Emperador. Este, que no se creía los rumores, fue a comprobar si Kaguya merecía realmente la pena y se quedó tan prendado de su belleza que le pidió que se casara con ella. La joven también lo rechazó y además le dijo que jamás volviese a espiarla ni a mirarla.

»El Emperador aceptó, aunque comenzó a enviarle cartas de amor y Kaguya las respondía, pues también estaba enamorada de él. Sin embargo, no podían casarse, ya que ella era la princesa del Reino de la Luna y volvería a su hogar en la próxima luna llena. El Emperador se enteró y envió a dos mil soldados a que custodiaran su casa, pero, cuando ese día llegó, todos quedaron cegados por la luz que venía a llevarse a Kaguya.

»Antes de marchar, la princesa les dejó a sus padres una última carta de amor para el Emperador y un obsequio: el elixir de la vida eterna. El Emperador ordenó a sus hombres que lo llevaran a la montaña más alta de todo el país. Cuando llegó a la cima, encendió una fogata y quemó la carta y el elixir, ya que no quería vivir eternamente si no podía estar con Kaguya. El poder del elixir fue tal que las brasas llegaron hasta las profundidades de la montaña, convirtiéndola en un volcán que jamás se apagaría y, de esta forma, Kaguya nunca olvidaría el amor que el Emperador sentía por ella.

---

21. Se trata del *Cortador de Bambú*, un cuento popular que forma parte del imaginario japonés.

Violet miró a su cuñado intentando averiguar qué quería decirle con esa historia, aunque no le importaba el significado. Esa conversación había sido el contacto más largo y amable que habían tenido desde que ella había llegado al país. Además, había conseguido que solo pensara en su relato durante unos minutos.

—*Fuji* procede de la palabra *fushi*, «inmortalidad», ¿no? —preguntó ella.

—Así es… —contestó él conteniendo una sonrisa.

—Es muy bonito ver la importancia que le dais al significado de los nombres.

—Es lo normal, ¿no?

—No lo sé… Hace tres meses que perdí el mío. Ni siquiera Yuki ya me llama Violet —murmuró clavando sus ojos en la tierra, húmeda por el relente, con tristeza.

Haru suspiró.

—El apellido le indica a la gente a qué familia perteneces, tu *yo* colectivo, y el nombre es la palabra que te describe como persona dentro de tu grupo, tu *yo* individual. En Japón, tu familia es mucho más importante que tú mismo. Por eso, aunque creas que le damos mucha relevancia al significado de los nombres, lo que realmente te definirá es el apellido y la historia que lo acompaña; así que, desde nuestro punto de vista, da igual si te llaman de una forma u otra —explicó él con la misma calma y cuidado con los que había contado el cuento. Lo último que quería era agravar su tristeza.

—Yuki significa «felicidad», ¿no? —Sonrió Violet de forma nostálgica.

—¡No! —Haru comenzó a reírse a carcajadas. Era la primera vez que lo hacía delante de ella—. A ver, *yuki* puede significar «felicidad», pero no es el significado del nombre de mi hermano. Espero que no utilizara esta excusa para ligar contigo… —Haru volvió a reírse y Violet lo miraba totalmente asombrada—. Perdona, no quería sonar grosero. Su nombre se escribe con el kanji de «nieve»; mis padres lo eligieron porque nació en febrero.

—¿Y tú te llamas Haru porque naciste en primavera? —preguntó Violet, con un destello de diversión y curiosidad en su voz.

—Mi nombre real no es Haru, sino Haruo, escrito como «hombre de la primavera». —Dibujó los kanjis de su nombre en la tierra para enseñárselos—. Y sí, me lo pusieron porque nací a finales de abril.

De repente, algo en la cabeza de Violet la paralizó por completo. Yuki y Haru no solamente eran dos seres con caracteres totalmente opuestos, sino que sus diferencias iban más allá: uno era la personificación del invierno y otro, la de la primavera; aquella estación que tanto había aparecido en su vida de forma indirecta desde que había llegado. Sin embargo, tal y como había dicho el mayor de los Nakamura, los nombres no eran tan importantes como se pensaba. Esa coincidencia que acaba de descubrir no podía ser más que eso: una mera casualidad que carecía de sentido, algo que no iba más allá de una anécdota curiosa.

—Es mejor que volvamos a casa —propuso Haru al ver la piel erizada de la joven, sin saber que no estaba así por el frío—. Tengo hambre. Además, Yuki estaba muy preocupado por ti.

La joven lo miró y asintió en silencio. Luego, se levantó y se sacudió la tierra de su abrigo, dejando caer su libro de cuentos. Se lo había llevado para seguir leyendo, pero ni siquiera había podido hojearlo por la cantidad de pensamientos y sensaciones que la abrumaban. El japonés se agachó y se lo devolvió con el ceño extrañado, pero no dijo nada.

Comenzaron a caminar sin hablar. La única sintonía que acompañaba su paseo era el susurro del viento y el crujido de las hojas cuando las pisaban. Ni siquiera se podía escuchar a algún pájaro despistado que quisiera cometer la osadía de cantar a pesar del frío y la niebla que persistían desde el alba. Haru alternaba su vista entre el camino y Violet. La observaba con la misma cautela de todas las noches, solo que, esta vez, no había ninguna ventana de por medio ni gozaba de la protección que le proporcionaba la oscuridad. La joven, en cambio, se encogía para mantener el calor, escondiendo la boca tras su bufanda y las manos dentro de los bolsillos. Se mantenía ajena a todo lo que pasaba a su alrededor porque no le importaba. Lo único en lo que podía pensar era en el cambio de actitud de Yuki y en que quizá debía comenzar a pasar todavía más desapercibida. Ver, oír y, sobre todo, callar.

Los dos llegaron a casa sorprendiendo a Rai, *obāchan* y Hiroko, que estaban en la sala de estar organizando la semana que entraba. La más joven de las tres se levantó para saludarlos y, después, le contó a Violet que Yuki llevaba más de dos horas intentando hablar con ella, ya que se suponía que aún estaba encerrada en su habitación.

La joven salió al pasillo para ir a hablar con él; no obstante, no le hizo falta ir mucho más allá.

—¿Violet? Pero ¿cómo? ¿Dónde...? —preguntó Yuki sin entender cómo había podido salir de su cuarto si su puerta estaba cerrada, aunque no le dio tiempo a que contestara. Corrió hacia ella y la abrazó con todas sus fuerzas mientras le repetía una y otra vez que lo sentía mucho.

Cayó la noche sin más alteraciones que pudieran romper la rutina de cada domingo. Haru se había pasado casi todo el día metido en su dormitorio sin que nadie lo molestase, removiendo las pilas de mangas que guardaba debajo de su cama, lejos del ojo público. De repente, salió de allí y comenzó a caminar en dirección a la otra ala de la casa, vigilando que nadie lo viera. Se detuvo y llamó a una puerta.

—Adelante. —Violet invitó a pasar a quien fuese que hubiera llamado, pero no obtuvo respuesta.

Corrió una de las hojas y se encontró con un par de mangas de los 90 muy bien conservados. No había ninguna nota ni señal de quién podría haber sido y por allí solo estaban *obāchan* y ella, por lo que no dudó en preguntarle.

La mujer abrió amablemente y miró los libros que la joven llevaba en la mano con cierta incomprensión. Era la primera vez que los veía, así que no podía serle de gran ayuda. Se disculpó y cerró la puerta sin dar muchas más explicaciones. Justo después, suspiró y miró a su nieto mayor, quien se había escondido allí para no ser descubierto. Volvió a su cojín, se sentó a su lado y comenzó a acariciarle el pelo como solía hacer cuando era un crío.

—Ya te lo dije cuando vino a casa —dijo la anciana.

Él apretó la mandíbula y negó con la cabeza desoyéndola, aunque era innegable que Violet había conseguido superar sus expectativas como nunca nadie lo había hecho.

13

El día comenzó más temprano de lo esperado. Hiroko esperaba sentada junto a Hisa sin moverse mientras que Yuki caminaba de un lado a otro a la espera de noticias. Violet y Rai estaban en la cocina preparando algo de comer y beber para la familia. Al contrario que el hijo menor, su hermana no quería estar cerca de ese cuarto. Prefería mantenerse lejos y ocupada; sentirse útil para no pensar en lo que estaría sucediendo ahí dentro porque, además, ninguno de los sentimientos que albergaba en ese momento se acercaba a la pena o a la preocupación por su padre. Su corazón parecía haberse secado golpe tras golpe. Sayumi, por el contrario, todavía dormía, ajena al ajetreo. Tanto sus hermanos como su madre habían decidido que era lo mejor, aunque las horas pasaban y pronto tendría que levantarse para irse al instituto. Inevitablemente, se enteraría de que su padre había sufrido una crisis por la noche y que había tenido que ir el médico de urgencias.

De repente, la puerta del dormitorio principal se abrió dejando salir al doctor, quien le informó a todos del estado del señor Nakamura. No había sido nada grave, solo otro achaque de la enfermedad; no obstante, debían acostumbrarse a ellos, ya que irían a más hasta su último día. Había entrado en una cuenta atrás que nadie podía detener.

—Le he recetado unos calmantes para paliar el dolor, pero no se puede hacer mucho más salvo esperar —le explicó a Yuki alejándose de las mujeres de la familia.

—Entiendo —contestó este afectado. Después, tragó saliva y continuó—: ¿Podemos pasar?

—Creo que todos necesitan descansar.

El joven acompañó al médico a la salida sin querer pensar demasiado en lo que acababan de hablar. Debía reponerse antes de irse a la oficina.

Se fue al lavabo para lavarse la cara y echarse un poco de agua por la nuca para despejarse. Luego, volvió a su habitación para cambiarse de ropa, aunque, cuando salió de ella, vislumbró algo al final del pasillo que lo hizo sospechar: Haru deslizaba las hojas de la puerta del dormitorio de su padre mientras inclinaba su cuerpo hacia delante y decía algo que no pudo escuchar por la distancia que los separaba.

A continuación, el mayor de los Nakamura se encaminó hacia el baño para darse una ducha antes de irse a trabajar. En ese instante, Yuki corrió pasillo adelante para interceptarlo y pedirle explicaciones de lo que había sucedido allí dentro. No sabía muy bien por qué, pero necesitaba conocer los detalles de la conversación que habían tenido, por muy trivial que hubiese sido. No quería estar fuera del círculo; quería dejar de sentirse ninguneado solo por ser el hijo menor. Como se repetía a sí mismo en múltiples ocasiones, él era tan válido como Haru.

—¿Qué ha pasado? ¿Qué te ha dicho? —irrumpió en la estancia de forma violenta.

Haru lo miró con los ojos abiertos de la sorpresa, aunque, en cuestión de segundos, su rostro mutó a la impasibilidad a la que lo tenía acostumbrado y continuó quitándose la camiseta ignorando a su hermano pequeño.

—¿Qué te ha dicho? —Yuki resopló con hastío—. Te recuerdo que es mi padre.

—Y yo te recuerdo que también es el mío —suspiró—. ¿Ni siquiera vas a dejarme tener una sola confidencia con él? ¡Vaya!

—Vaya, ¿qué?

—Me sorprende que, a pesar de tus viajes y el tiempo transcurrido, sigas siendo el mismo niñato egoísta que no soporta que nadie le haga sombra y que quiere conseguir todo lo que se propone sin esforzarse. Esto no es el instituto, Yuki. Es la vida adulta. Y hace falta mucho más que carisma, ambición y un padre o un hermano mayor que te solucionen tus meteduras de pata. —Haru respondió sin ningún filtro de compasión.

De pronto, Yuki comenzó a reírse de manera fingida para no mostrar ningún tipo de dolor ni enfado ante esas palabras. Era un hombre orgulloso, así que no iba a manifestar debilidad ante unos ataques que habían machacado cada uno de sus puntos débiles y menos si habían sido propiciados por una persona que él consideraba un acomplejado. Desde su infancia, había escuchado miles de comentarios despectivos referentes a su hermano por parte de su padre y de su tío abuelo que habían hecho mella en la opinión que tenía de él. Por ese motivo, a veces no entendía por qué le habían dejado la presidencia a Haru si él siempre había sido el ojito derecho.

—Paso de discutir contigo. —Yuki salió del cuarto de baño tensando todo su cuerpo y se encerró de nuevo en su dormitorio para descargar su rabia contra el futón.

Violet, quien se había acercado a esa ala de la casa para reconfortar a su pareja, escuchó los golpes y abrió la puerta acongojada. Nunca lo había visto de esa manera.

—Yuki… —murmuró acercándose por la espalda.

Sin embargo, él la apartó de su lado bruscamente y se fue de casa sin despedirse de nadie.

En ese momento, la estadounidense no pudo hacer más nada que llorar como una niña pequeña. Gimoteaba sin importarle que alguien la pudiera escuchar, porque la soledad de su alma la había encerrado en una burbuja que la hacía sentirse la única superviviente de la Tierra. Perdió el control de sus extremidades. Toda la fuerza de su cuerpo se escapaba paulatinamente con cada lágrima que se arrastraba por sus mejillas, precipitándose desde sus mandíbulas para morir en el tatami. Estaba agotada. Lo único que deseaba era despertarse de esa pesadilla en el momento en el que abriera los ojos; pero, por mucho que se pellizcara, esa era su vida ahora y no iba a abandonar a Yuki en el que era, probablemente, uno de los momentos más difíciles de su existencia. Ella no era así.

Rai tragaba saliva mientras oía de fondo el sufrimiento de su cuñada y cerraba los párpados con fuerza intentando aguantar su propio dolor. La entendía. Era de las pocas personas que podía comprender cada uno de sus sentimientos y sensaciones, pues había experimentado el vacío y la desesperación de la que estaba siendo víctima Violet.

Inesperadamente, sintió una mano en su hombro. La japonesa levantó la mirada y se encontró con la de su hermano mayor, quien se encontraba a su espalda pidiéndole con el dedo en los labios que no hiciera ningún ruido.

—Sácala de aquí antes de que se ahogue. Aléjala, aunque sea durante unas horas —le ordenó con una voz profunda y sosegada. Acto seguido, se fue en otro coche para no coincidir con Yuki.

Pasado un rato, Violet apareció en la cocina para comer un poco aunque no tenía mucho apetito. Sus ojeras continuaban rojas y sus ojos, hinchados. Aun así, estaba más entera de lo que Rai había esperado. Esta se acercó a ella y le propuso ir al pueblo a por las medicinas de su padre. La extranjera aceptó sin decir palabra y continuó comiendo.

Ya en el *genkan*, las jóvenes se calzaban y se preparaban para el viaje cuando Hiroko le pidió a su hija que se quedase en casa para cuidar de su padre. A pesar de que su madre no tenía nada en contra de Ryō, sabía que, si su marido se enteraba de que Rai había ido al centro y se había encontrado con él, su estado empeoraría. La joven obedeció y, pese a las reticencias de la familia, Sumire se fue sola hacia la ciudad. Se sabía la ruta, hablaba con la suficiente fluidez como para comprar y entablar conversaciones cotidianas y, además, llevaba todo bien apuntado para que no se le olvidara nada y no tener problemas.

La brisa de la mañana acariciaba y enfriaba sus facciones aliviando cualquier muestra de sufrimiento; la sensación de libertad que se apoderaba de ella con cada paso la hacía sentirse más viva y tranquila. El verdor oscuro del paisaje invernal refrescaba sus ideas y sosegaba los nervios que le tenían todavía erizada su piel de porcelana. Respiraba profundamente a la vez que esbozaba una tímida sonrisa que hacía tiempo que no se intuía en los labios. El tono azul de su mirada volvía a iluminarse dejando atrás el velo gris que la empañaba desde primera hora. Deseaba que ese paseo no se acabara nunca.

Llegó al pueblo sin problemas, aunque no le resultó nada fácil encontrar una farmacia que tuviera todo lo que necesitaba Takeshi. Pedía direcciones entre los transeúntes y tenderos, que la reconocían por ser la novia del joven Nakamura. Caminaba de un lado para otro, con la mirada en las fachadas y los sentidos todavía opacados por los golpes que había oído en la habitación de su pareja esa mañana, hasta que, de manera súbita, un claxon la devolvió al mundo real.

—¡Cuidado!

Sintió que alguien la agarraba del brazo con fuerza y tiraba de ella para retornarla a la acera antes de que un coche la atropellara por andar sin prestar atención al tráfico. Jadeando por el susto, alzó los ojos para conocer a la persona que le acababa de salvar a vida.

—¿Ryō? —balbuceó sorprendida.

—¡*Sumire-san*! —Sonrió con incredulidad.

Se ofreció a acompañarla a comprar y a llevarla de vuelta a casa en su bicicleta; sin embargo, ella quería seguir paseando. No soportaba la idea de encerrarse de nuevo en esas cuatro paredes y se inventaba cualquier excusa para retrasarse.

El sonido de sus pasos junto con el de la cadena de la bici se fundían con el rumor del viento entre las hojas de los árboles. El librero la escoltaba observándola sin saber cómo romper el hielo. Se moría de ganas por hablar con ella, por preguntarle cómo estaba Rai, ya que no sabía nada de ella desde su única cita. De lo último que se había enterado era de que salía con el hijo mayor de los Hino, pero la angustia que le corroía por dentro le secaba la garganta hasta el punto de constreñirle las cuerdas vocales y el pecho cada vez que pensaba en ella. Cada centímetro que recorría de ese camino era una espina que se clavaba justo en medio de su corazón; sin embargo, no quería dejar de andar. Sus deseos por la joven se habían hecho dueños de sus piernas y su raciocinio.

De repente se fijó en Violet, que llevaba mucho rato callada, con los ojos anclados en el horizonte.

—Sumire, ¿estás bien? —se preocupó Aikawa.

A pesar de no conocerla demasiado, su aspecto no era el de una persona que estuviera en su mejor momento. Ni siquiera cuando la había recogido aquella noche la había visto tan demacrada como esa mañana. Su rostro estaba muy pálido y sus pupilas se veían nubladas y ausentes. Parecía perdida en sus propios pensamientos, mientras apretaba con fuerza el asa de la cesta de los medicamentos.

—Sumire…

—¿Eh?

Ryō la detuvo posando su mano de forma gentil y momentánea en su hombro. Jamás se hubiera tomado un atrevimiento como ese si no fuera porque la tristeza que destilaba su sombra era la misma que llevaba viendo en Rai desde hacía años y no la soportaba. Ya no quedaba nada de la mujer que devoraba pastelillos de arroz mientras echaba pestes sobre Haru a gritos en su camioneta ni de aquella que le había ayudado a concertar una cita con su enamorada en el templo.

—Déjame que lleve esto —dijo él en tono suave a la vez que agarraba lo que llevaba en las manos y lo colocaba en el manillar de su bicicleta—. Irás más cómoda.

—Gracias —asintió Violet.

—¿Sabes? Cuando estábamos en el instituto, lo último que me imaginaba es que Yuki acabaría con una chica como tú.

El cambio de tema del joven, aparentemente inofensivo, activó los cinco sentidos de Violet provocando que entrara en un estado mental que transitaba entre la curiosidad y el miedo. Se cruzó la chaqueta para protegerse de la corriente que se había levantado de repente mientras se encaraba hacía él. El japonés la miró arqueando las cejas. Había conseguido hacerla resucitar en apenas unos segundos con tan solos unas frases.

—¿P-por qué lo dices? —tartamudeó temerosa—. ¿Por ser extranjera?

—¡Qué va! —Ryō rio a carcajadas—. Por él. Confieso que en el instituto no lo soportaba. Era arrogante, ambicioso y tramposo, aunque todo el mundo lo adoraba porque era guapo y tenía gancho. No lo llegaban a conocer nunca porque no se mostraba cómo era realmente con nadie y todo le salía bien porque Haru estaba ahí.

—¡Pero de eso hace muchísimo tiempo! ¡Ahora él no es así! —exclamó Violet defendiéndolo—. Soy su novia y conozco a la persona con la que convivo.

—Claro, no digo que no. Todo el mundo tiene derecho a cambiar.

—¡Por supuesto! Y —carraspeó—, por curiosidad, ¿cómo te caigo yo? Al ver la descripción que has hecho de Yuki no sé si es la mejor pregunta, pero…

—Es la peor pregunta que le puedes hacer a un japonés —bromeó él.

—Por favor…

—Tú me caes muy bien —respondió haciéndola sonreír tímidamente—. No hemos tenido mucho trato, pero Rai siempre me ha dicho que eres una mujer muy inteligente y amable; que te gusta ayudar a los demás. Me siento muy tranquilo al saber que ella te tiene a su lado.

—La quieres mucho, ¿verdad?

—Desde que era un crío ella ha sido la única mujer para mí —tragó saliva reprimiendo las lágrimas que se adivinaban en sus pestañas—, pero de amor no se vive, ¿no?

—¿Realmente piensas eso? —preguntó la norteamericana.

—No, yo no, pero tu suegro sí. ¿Crees que no lo sé? —chasqueó la lengua—. Yo lo sé todo de esa familia. He sido testigo de toda su historia desde que tengo memoria, compartiendo sus momentos, incluso sin que ellos se dieran cuenta de que yo estaba allí. He pisado esa casa tantas veces como la mía propia por los encargos que les hacían a mis padres o, simplemente, porque cuando era un niño jugaba en el jardín con Rai y mi prima. He crecido con cada uno de sus habitantes y hasta puedo decir que guardo un profundo cariño y respeto por algunos de ellos. Los Nakamura no tienen secretos para mí. Sin embargo, fui tan idiota de soñar que algún día podría casarme con Rai cuando desde el principio era consciente de que eso me sería imposible.

Violet agachó la cabeza al escuchar las palabras de Ryō. Cada sílaba era una carga más dolorosa, pesada e injusta que la anterior. Le daba mucha pena el japonés, aunque, a la vez, le nacía un sentimiento de profunda admiración por él al ver el sacrificio que estaba haciendo por Rai, para no causarle problemas en la familia. Su calidez y generosidad la reconciliaban con la sociedad que la rodeaba y redondeaba las aristas de la concepción del mundo que se tenía dentro de los muros de su casa.

Llegaron a la residencia familiar, aunque se pararon varios metros antes de alcanzar la entrada principal. La estadounidense frunció el ceño al notar que el librero no continuaba caminando. Se acercó a él y preguntó si le ocurría algo, pero este solo le respondió que era mejor así y le devolvió la cesta.

Mientras se alejaba, Sumire se dio cuenta de que un paso más hubiese supuesto para Aikawa otra herida innecesaria en su corazón. Entonces, gritó algo que le brotó directamente de la boca del estómago y no pudo reprimir. Ya lo había escuchado; no obstante, todavía no estaba preparada para comprender su verdadero significado.

—¡Ryō, ya falta poco!

Él detuvo su bicicleta en seco y se giró sonriendo. A pesar de la distancia, pudo percibir el rubor de sus mejillas y el brillo en sus ojos. Acto seguido, el librero levantó el brazo y respondió:

—Cuídamela hasta entonces.

14

—¡Andrea! —exclamó Violet con alegría al ver la cara de su hermano en la pantalla de su teléfono. Luchaba contra ese nudo que constreñía sus cuerdas vocales hasta dejarla sin habla. Estaba sentada en su escritorio, mirando la lluvia torrencial que caía con furia y que los había dejado sin corriente eléctrica durante varias horas.

Iba salvando la conversación hasta que escuchó la voz de sobrino de fondo. Sin remediarlo, sus lágrimas de nostalgia encharcaron sus mejillas emulando las gotas de lluvia que se acumulaban en el borde del canalón hasta que la fuerza de la gravedad las precipitaba. Se restregó los ojos con la mano e intentó guardar la compostura para no preocupar a su hermano, incluso llegó a decir que había una planta del jardín que le producía una alergia terrible. Todo eran excusas para intentar disfrutar de esos minutos que le servían de vía de escape hacia una realidad alternativa que hacía escasamente unos meses era su vida.

Tras media hora de conversación, Violet colgó el teléfono y respiró profundamente, tratando de serenarse y de recuperar el aliento antes de que alguien la viera. A continuación, abrió uno de los cajones que estaban a su derecha y sacó un pequeño sobre azul con señales de haber sido doblado un par de veces. Dentro de él se encontraba uno de los motivos por los que Violet había llamado a su hermano en lugar de a sus padres, aunque no había tenido el coraje suficiente de decírselo porque, para su familia, «todo iba de maravilla». Lo abrió y comenzó a contar el dinero que había. Después, resopló. Entre el viaje de vuelta a Hakone, los regalos para su familia, la cantidad de libros de texto para perfeccionar su japonés, libretas, algún detalle para Yuki y varias cosas que había tenido que comprarse para ella, como ropa y demás, solo le quedaban unos treinta mil yenes en efectivo y algo más en su cuenta corriente, pero no lo suficiente para mantener su independencia económica durante mucho tiempo.

Salió de su cuarto y se dirigió al de Rai, que estaba arreglando el uniforme de Sayumi aprovechando que ya había vuelto la luz. Violet se sentó a su lado y comenzó a mirar aquello que su cuñada hacía con atención. Ella no tenía demasiada maña con la costura; es más, sus únicos conocimientos sobre el tema se limitaban a enhebrar una aguja y coser un botón.

El tedio que le producía la escena sumió a la estadounidense en una sensación de ahogo de la que solo supo salir con un amplio y sordo suspiro. De pronto, sus pulmones se anegaron de un dulce aroma a flores frescas que procedía del jardín y que había impregnado cada rincón de ese hogar. Sin entender cómo, la mezcla de esencias la embriagó hasta tal punto que ni siquiera recordaba qué hacía allí. Solo era un cuerpo sin nada de qué preocuparse salvo respirar la naturaleza.

—Dicen que las flores más bellas son las que exhalan su aroma tras la tormenta. Si quieres, luego podemos dar un paseo.

Las palabras de su cuñada la devolvieron a la realidad. Las dudas que la corroían retornaron a su cabeza y a su estómago. Ningún olor podía volver a alejarla de su ansiedad. Asintió de manera automática, aunque apenas movió los labios para articular un breve sonido de afirmación o cualquier otra cosa. Luego, se acomodó en su cojín manteniendo un lenguaje corporal neutro que no delatara su zozobra interior, aunque no duró mucho tiempo.

—Rai, ¿te puedo hacer una pregunta? —Violet rompió el silencio de la sala con timidez. No se atrevía a hablar de un tema tan trivial, pero estaba realmente desesperada—. ¿De dónde sacas el dinero?

La japonesa abrió los ojos sorprendida por lo que acababa de decirle su amiga, aunque al ver su expresión de inocencia lo único que pudo hacer fue reír. La forastera no entendía esa reacción. Era una duda que se estaba planteando seriamente: Rai no trabajaba y, sin embargo, tenía dinero por si se le presentaba algún capricho.

—Papá, Haru y Yuki nos dan sus sueldos y mi madre los administra para cubrir las necesidades de la familia y para la cuenta de ahorros común. Lo que sobra, que todavía es una suma considerable, se divide en partes proporcionales al dinero que aporta cada uno, más una cuarta parte que nos repartimos entre las mujeres de la familia, aunque parece ser que Sayumi nunca tiene suficiente —explicó con naturalidad.

—Entiendo.

—Sumire, sé que hasta ahora todos tus gastos han corrido de tu propia cuenta. Sin embargo, ¿necesitas dinero? Si es así, solo tienes que pedírselo a Yuki. Al fin y al cabo, es tu novio.

Violet no sabía qué responder ante ese modelo económico tan nuevo para ella, pero que llevaba funcionando en Japón desde hacía décadas. En todos los años que llevaba junto a Yuki, jamás se le había ocurrido pedirle dinero, ni siquiera prestado. Desde pequeña, su madre y su abuela le habían enseñado que debía ser lo suficientemente fuerte e inteligente para mantenerse a sí misma sin necesidad de esperar a que ningún hombre viniera a rescatarla. ¡No iba a dejar sus ideales a un lado a esas alturas de la vida! Sin embargo, tenía que admitir que en Japón se estaba convirtiendo en alguien desconocido para ella. Sus únicas tareas eran ocuparse del hogar junto con el resto de las mujeres de la familia y su independencia, en todos los sentidos, brillaba por su ausencia... ¡Aquello no podía seguir así!

Se encerró de nuevo en su cuarto y comenzó a buscar información de cómo conseguir trabajo en Japón siendo extranjero. Sabía que sus oportunidades eran escasas por culpa de su nivel de japonés y el lugar donde vivía, pero debía intentarlo. Apuntó toda la información necesaria en su libreta y esperó a que llegase Yuki de trabajar para hablar con él. Era una charla pendiente que él llevaba semanas posponiendo, pidiéndole que tuviera paciencia, y la paciencia ya se le había agotado. Quería presentarle su propuesta en firme, sin que hubiese cabos sueltos que le hiciesen ver que su objetivo era algo impensable.

Les sirvió la cena tanto a su pareja como a Haru y, después, se sentó junto a ellos sin saber cómo podía sacar el tema. Bebió un poco de agua y respiró profundamente para tomar fuerzas. El mayor la miraba con extrañez, esperando a que dijese aquello que se reflejaba en todos sus gestos y en su expresión facial. Yuki, en cambio, comía como si no hubiera un mañana.

—Voy a buscar trabajo —soltó al fin sin ningún tipo de rodeo. Su novio la miró sin poder cerrar ni los ojos ni la boca de la sorpresa. Era la última noticia que esperaba oír ese día.

Haru seguía cenando mientras miraba sin disimulo a su hermano deseando ver cómo lograría salir airoso de la situación.

—¿A qué viene eso ahora? ¿No habíamos quedado que dejábamos este tema aparcado? —preguntó desconcertado—. ¿Acaso necesitas dinero? Si es eso, solo tienes que pedírmelo. No tienes que preocuparte de nada.

—Dios mío, Yuki. El dinero es lo de menos —resopló Violet con hastío—. Lo que quiero es volverme a sentir útil, ya lo sabes. Llegamos hace tres meses y sigo viviendo encerrada en estas cuatro paredes limpiando, cocinando, estudiando y esperándote cada noche para cruzar cuatro palabras contigo antes de irme a dormir y lo único que me pides es que «tenga paciencia». ¿Hasta cuándo? Tengo una carrera y un máster y no me dan miedo los retos ni el trabajo duro. Creo que me merezco algo más que ser simplemente esa mujer que te espera en casa. Necesito ser yo otra vez.

Repitió el discurso que había iniciado otras veces, pero el tono con el que lo pronunciaba era completamente distinto: ahora ya no había queja en él, ahora se negaba a resignarse a la vida que le había ofrecido Yuki desde que habían llegado a Japón.

El joven buscó con apuro los ojos de su hermano, que estaba muy atento a la escena de la que estaba siendo testigo accidental. No iba a darles intimidad, pues quería saber cómo acababa esa cena con espectáculo gratis. A continuación, Yuki suspiró y se rascó la cara de forma nerviosa. Violet lo había puesto entre las cuerdas.

—Cariño, a mí no me tienes que convencer de tu valía, pero es muy complicado conseguir trabajo aquí sin manejar el idioma perfectamente y todavía te falta un poquito —trató de convencerla empleando un tono dulce.

—Sé que mi nivel todavía no es extremadamente alto que se diga, pero cada vez lo entiendo mejor y me desenvuelvo con mayor soltura. Además, hablo otros idiomas, algo que la mayoría de vosotros, los japoneses, no podéis decir.

—Porque quien quiere hacer negocios con nosotros se molesta en aprender japonés —intervino Haru.

—¿No creéis que tenéis demasiado orgullo para ser una simple isla? —respondió Violet, molesta.

—Archipiélago —la corrigió él—. ¿Sabes? Deberías empezar tus entrevistas de trabajo así. Seguro que consigues un puesto de vicepresidenta en un periquete —prosiguió sarcásticamente.

—Haru, para —dijo Yuki—. Violet, cariño, mi hermano tiene razón. Lo mejor es que, de momento, sigas como hasta ahora: en casa. Debes tener...

—Sí, ya lo sé: «Debo tener paciencia», no paras de repetírmelo. Muy bien, pues entonces ve diciéndole a tu madre que ya me puede incluir en la asignación mensual.

—¿Qué?

La joven se levantó y se fue directamente a su habitación sin escuchar a nadie más. Le daban igual las burlas de Haru o no contar con el apoyo de Yuki. Iba a conseguirlo como todo lo que se había propuesto en la vida. Buscar trabajo era simplemente uno de los pasos que debía dar para encauzar de nuevo el viaje hacia su felicidad y realización personal.

Se encerró en su cuarto y se sentó en el escritorio. Unas semanas atrás, antes de comentarle a Yuki por primera vez que quería volver a trabajar, había descubierto que, para conseguir trabajo en Japón, debía rellenar un modelo estándar a mano con su currículum, así que había conseguido algunos de dichos formularios y ahora se disponía a rellenarlos fijándose en unos modelos que había encontrado por internet.

Al cabo de un par de horas, la pequeña papelera de su habitación estaba llena de bolas de papel con tachones y errores tipográficos causados por el agotamiento mental y la dificultad que tenía al escribir algunos kanjis. Empezaba a pensar que Yuki tenía razón y solo quería protegerla del duro golpe de realidad que se avecinaba si intentaba buscar trabajo.

Se levantó y fue a la cocina a por un poco de leche y algún dulce. Necesitaba calmar la ansiedad con algo que le recordara que la vida no siempre era cruel; unas galletas o un poco de chocolate servirían. No obstante, de camino a la cocina, vio que la luz de la sala de estar todavía estaba encendida. Miró a su alrededor e incluso preguntó si había alguien, pero no obtuvo respuesta.

Entró para apagarla, sin darse cuenta de que tiró por el suelo algunos de los papeles que había esparcidos por la mesa. Los recogió y los leyó por encima para ordenarlos. Había algunos en francés y otros en inglés. Parecían ser la traducción del contrato de fusión de la empresa de los Nakamura con sus socios europeos. Sin embargo, pronto se dio cuenta de que algunas cláusulas no coincidían del todo.

—¿Qué demonios haces aquí? —preguntó Haru repentinamente—. ¿Nadie te ha dicho que no debes tocar lo que no es tuyo?

Violet dejó de colocar los folios y se levantó con el mismo genio con el que el joven se había dirigido a ella.

—He entrado para apagar la luz y se me han caído un par de papeles al suelo. Solo los estaba ordenando para dejarlos de nuevo en su sitio.

—No hacía falta que lo hicieras.

—Claro y tampoco os hacen falta esos seiscientos millones de yenes que podría perder la empresa si la producción y la venta no llegan al objetivo marcado, ¿verdad? —comentó ella de forma sarcástica.

—¿Qué? ¿De dónde sacas eso? No figura en ningún sitio —preguntó desconcertado releyendo el contrato en inglés.

—Es que no está ahí. Lo pone en los papeles que están en francés. Mira, aquí. —Violet relajó el gesto y volvió a acercarse a él para indicarle el párrafo exacto—. Se supone que este párrafo en inglés debe coincidir con este, ¿no? —Haru asintió—. Pues no es así. En la versión francesa se estipula esta penalización en caso de que no alcancéis el objetivo acordado en el primer año, dato que no consta en la versión en inglés que os han entregado. Es más, lo que dice exactamente es que tendríais que indemnizarlos con el cincuenta por ciento de la inversión. ¿Ves? En esta línea. Y la verdad es que me ha parecido ver otras irregularidades, aunque solo lo he mirado por encima. No me gusta ser mal pensada, pero quien haya hecho esta traducción quiere timaros.

—¿Sabes francés? —se interesó su cuñado.

La extranjera asintió.

—Hablo cuatro idiomas, contando el japonés. Aunque, tras la conversación de la cena, es mejor que ni se me ocurra mencionarlo —respondió con pesadez—. En fin, si yo fuese tú, no firmaría ese contrato y encargaría una nueva versión a alguien de tu confianza. No me gustaría que Yuki no me pudiera seguir manteniendo por un error de traducción.

Haru esperó a que la joven abandonase la sala para poder responder a su último comentario con una sonrisa. Debía reconocer que la forma en la que usaba el sarcasmo cuando estaba enfadada le resultaba muy graciosa, aunque podría causarle más de un problema si lo usaba con alguien que no la conociera o no tuviese su mismo sentido del humor. La sociedad japonesa, al menos fuera de Kioto, no era famosa por utilizar la ironía como modo de vida.

La mañana llegó de una forma mucho más apacible que el día anterior. Haru y Yuki salieron pronto hacia la oficina casi sin poder acabarse el desayuno, pues tenían mucho trabajo y el tiempo se les echaba encima. Yuki se despidió de Violet con un beso, que ella aceptó sin rencores. La noche en vela intentando hacer su currículum le había servido de lección para dejar de luchar, por el momento, contra la realidad que le había tocado vivir. Su pareja tenía razón: ya habría tiempo para encontrar algo.

Los hermanos subieron al coche de la empresa sin cruzar palabra. El más joven no llevaba bien eso de madrugar y menos cuando tenía que salir con prisas. A Haru, por el contrario, no le pesaba la brisa del amanecer, aunque esa noche apenas había podido dormir por culpa de lo que le había dicho la estadounidense.

—Los franceses nos han querido engañar —dijo con absoluta seriedad.

Yuki acabó de despertarse por completo por el impacto de la noticia.

—¿Qué? ¿Qué dices? Eso es imposible.

—El contrato original en francés tiene una cláusula en la que nos comprometemos a asumir la pérdida de la mitad de nuestra inversión si no se alcanza el objetivo de la expansión, aunque no sea directamente por culpa de nuestra empresa. Los muy rastreros no incluyeron ese párrafo en la traducción en inglés de la propuesta que nos hicieron llegar, con lo que podríamos perder la totalidad de lo invertido —explicó.

—¿Cómo lo has sabido?

—Sumire. —Yuki miró a su hermano con recelo y este a él—. Ayer leyó los papeles por accidente y me avisó. No sabía que hablaba tantos idiomas. ¿Qué estudió?

—Traducción e interpretación —respondió—. Estuvo algún tiempo de becaria en mi antigua empresa, en el Departamento de Relaciones Internacionales, allí nos conocimos.

—A lo mejor no sería tan mala idea que comenzase a trabajar con nosotros.

—Haru, eso es una idea ridícula —rio Yuki—. Creo que una oficina japonesa es el último sitio donde le gustaría estar. Además, no sabe nada del sector tecnológico.

—Bueno, que yo sepa, el único ingeniero aquí soy yo —desmontó su excusa. Su hermano pequeño era el menos indicado para hablar—. Y si alguien puede evitar que me estafen seiscientos millones de yenes lo quiero a mi lado... Además, si pretendéis quedaros definitivamente, ella necesitará regularizar su situación, ¿o no se lo has dicho aún? —Lo miró de reojo levantando una ceja. Yuki no contestó; se limitó a tensar su mandíbula mientras esquivaba su mirada—. Me lo imaginaba. Encárgate de ayudarla a preparar su currículum y su entrevista en japonés antes del lunes que viene.

Haru se bajó del coche dejando a Yuki sin turno de réplica. Esa última orden no había sido una petición de hermano mayor a hermano pequeño, sino que había traspasado a un plano mucho más serio y que le dejaba con menos margen para manifestar su disconformidad: le acababa de hablar desde su posición de presidente de la compañía, así que no tenía más remedio que obedecerle por mucho que pensara que el sitio de Violet no estaba a diez metros de su despacho.

15

—En fin, repasemos una vez más... —Yuki se movía de lado a lado de la habitación de Violet repitiendo las mismas preguntas que llevaba haciéndole desde que le había anunciado que en su empresa había una vacante y que le había conseguido una entrevista de trabajo. No había querido explicarle la verdad y Violet había vuelto a confiar en la bondad y y en los milagros de su pareja sin ni siquiera imaginarse que a quien le debía esa oportunidad era a aquel que contemplaba desde su cuarto esas lecciones protocolarias.

La joven contestaba cada vez con más claridad y naturalidad. Se esforzaba en mostrar una actitud de absoluto respeto y no caer en vaguedades lingüísticas ni de comportamiento que la hicieran quedar como una turista. No obstante, los calambres en la espalda y en las piernas ya eran demasiado dolorosos para seguir prestando atención a las palabras de Yuki. Necesitaba un descanso o una silla normal.

—Yuki, ¿podemos parar un momento?

Él la miró seriamente, pero al ver el temblor de sus pies, sonrió con ternura.

—Violet —se sentó frente a ella mientras esta se masajeaba los gemelos—, ¿estás segura de querer hacer esto? El trabajo de oficina en Japón no es como en Estados Unidos —le acarició la mejilla con cariño.

—Yuki, quiero intentarlo. Sé que esto no es Nueva York, pero si vamos a quedarnos aquí, debo encontrar el término medio en el que encajar por mucho que no sea fácil ni cómodo. No sería justo vivir bajo tu sombra eternamente. —Violet se levantó del suelo—.

Bueno, voy a la habitación de Rai. Me ha dicho que me pase para dejarme un traje para mañana.

Se despidió de Yuki con un beso y una sonrisa de dulzura y se fue. El chico se quedó solo unos instantes pensando en aquello que acababa de decirle. No entendía muy bien por qué, pero le había molestado. Sintió un escalofrío, una especie de cortocircuito que lo puso en alerta. Apretaba los labios mientras perdía su mirada en la nada, imaginándose cientos de escenarios que podrían producirse a partir de esa entrevista. Miles de preguntas sin respuesta brotaban desde sus instintos más primarios. El pánico se iba apoderando de su raciocinio hasta que, súbitamente, sus oídos captaron la voz de Haru: «¿Y si se da cuenta? ¿Y si deja de necesitarte tanto?». Su hermano jamás había pronunciado esas palabras, ni siquiera esa tarde en su habitación, el mismo día que habían llegado. Sin embargo, no le hacía falta haberlo vivido para que su mente fuera capaz de reproducirlas. Incluso podía adivinar su expresión facial. Debía actuar.

De repente, una idea se cruzó por su cabeza. A lo mejor todavía había una oportunidad para que Violet no entrase a trabajar en la compañía.

Se puso de pie y se dirigió con decisión a la sala de estar. Abrió la puerta y tomó aire.

—Papá, ¿podemos hablar?

La alarma del despertador resonó por todo el dormitorio, rebotando en cada una de sus esquinas. Violet se dirigió a su mesilla y lo apagó. Hacía media hora que estaba levantada. Ya se había aseado y maquillado tal y como le había recomendado su cuñada: «Sumire, el aspecto de una mujer siempre debe ser impecable aunque trabaje diez horas seguidas. No estar mínimamente maquillada es visto como una falta de respeto. Es como si dijeses que no te importa la impresión que puedas causar», le había explicado mientras le probaba el traje que debería llevar a la entrevista.

Se recogió el pelo en una coleta y salió de su habitación para irse a preparar el desayuno como cada día. Hiroko se había mostrado muy amable y comprensiva cuando Violet le comunicó que buscaría trabajo, y le prometió que seguiría haciéndose cargo de las tareas que había tenido hasta ahora, tanto las del hogar como su estudio, así que no tendría que preocuparse de nada. Era el trato al que había llegado con Takeshi tras pedirle permiso para presentarse a la vacante tal y como le había indicado Rai. A Violet no le había gustado nada la idea, porque le parecía un procedimiento arcaico y que menguaba su libertad, pero empezaba a comprender cómo funcionaban las cosas en su nueva familia y era el proceso por el que debía pasar si realmente quería conseguir ese empleo.

—Sumire, hoy pon un plato menos. Haru ya se ha ido —le dijo su suegra al verla agarrar los cuencos para poner la mesa. La chica miró el reloj de la cocina para comprobar la hora. No lo entendía, todavía era muy temprano, aunque no quiso darle más importancia.

Pasó una hora y Yuki y ella se subieron al coche de la empresa. Violet estaba muy concentrada repasando las respuestas que debía dar en su entrevista. Cerraba los ojos mientras movía los labios practicando la pronunciación de forma silenciosa. Su novio la miraba de reojo y sonreía. Ella no podía verse, pero estaba muy graciosa y adorable y el joven empezaba a pensar que no era tan mala idea compartir ese trayecto con ella cada día.

Repentinamente, el chófer se detuvo. La chica bajó la ventanilla ligeramente para contemplar los altos edificios del barrio de Shinagawa en todo su esplendor.

—Cariño, es mejor que te bajes aquí —le propuso Yuki con las mejillas rojas. Ella clavó sus ojos de incomprensión en los suyos—. No sería correcto que una empleada, o futura empleada, y un superior llegasen juntos en el coche de la empresa.

Violet tragó saliva sin poderse creer lo que acababa de escuchar, pero no le pareció tan descabellado. Luego, salió y comenzó a caminar siguiendo las indicaciones que le acababa de dar su pareja. Se paró en un semáforo intentando pasar desapercibida entre todos los trajes oscuros y las gabardinas que esperaban junto a ella a que cambiara el disco y pronto se dio cuenta de que jamás podría ser una más debido a su aspecto.

Cada segundo que transcurría allí de pie se sentía más observada, tanto por hombres como mujeres. Agachaba la cabeza enterrándose poco a poco en su abrigo violeta. Quería salir de allí lo antes posible y cerraba los ojos con fuerza rezando para que la luz verde se encendiera por fin.

Repentinamente, sintió un pequeño golpe en la espalda que la desequilibró.

—¡Perdón! —expresó una voz femenina.

Después, observó unas manos que la ayudaron a recoger las cosas de su bolso. Era una joven que tendría más o menos su edad, aunque su vestimenta la hacía más mayor. Tenía el pelo más corto que ella y la cara redonda. Le recordaba a una versión joven de *obāchan*.

La desconocida volvió a disculparse y entró corriendo en un majestuoso edificio de cristal tintado, con las puertas abiertas de par en par para dejar pasar a ese río de oficinistas que parecía no acabar nunca. El mismo al que se dirigía ella.

—Buenos días. —Violet saludó a la recepcionista que había en la entrada. La mujer la miró muy sorprendida no solo por ser extranjera, sino porque se había dirigido a ella en japonés—. Me llamo Sumi... Violet Gentile. Vengo a una entrevista de trabajo.

La mujer asintió sin salir del asombro y agarró el teléfono para avisar a su superior. Luego, le indicó que subiera a la última planta, que ya la estaban esperando.

Se metió en el ascensor y pulsó el botón correspondiente pidiendo al cielo que no se subiera nadie más. Bastante bochornosa había sido la espera en el semáforo y la cara de la recepcionista al verla; por no hablar de los cuchicheos con sus compañeras en cuanto Violet se hubo dado la vuelta: «Esa *gaijin* sabe hablar japonés». Su deseo fue concedido, pero no pensó que, en cuanto se abriesen las puertas, vería la misma reacción en la secretaria que la atendería al llegar.

—¿Sumire? —preguntó esta intentando aparentar normalidad. Alguien había dado su nombre japonés.

—Sí...

—Pero... ¿Sumire de verdad?

—Sí —respondió ella de forma cortante.

La mujer la acompañó y, después, llamó a una puerta de madera muy oscura. A continuación, entró para anunciar su llegada y la hizo pasar. Violet le agradeció su atención a la trabajadora sin mirar tan siquiera a la persona que iba a decidir si se merecía el puesto o no, aunque, en cuanto escuchó su voz, se le congeló la sangre.

—¿Tú? —exclamó en inglés al ver a Haru allí sentado. Ella esperaba a alguien de Recursos Humanos, no al tipo borde con el que, sin más remedio, debía convivir.

Él arqueó las cejas con sorpresa y negó con la cabeza. Había empezado muy mal esa entrevista.

—Te daré una segunda oportunidad por pena y porque Yuki se ha esforzado mucho en enseñarte cómo hablar con tu posible empleador. Espero que no olvides que hablas con el presidente de la compañía, algo que no suele ocurrir en las entrevistas de trabajo. Soy un hombre muy ocupado —dijo sonriendo de forma cínica.

Violet abrió la puerta de nuevo y comprobó la placa que había en ella. ¿Haru era el presidente? Es decir, sabía que era un alto directivo, pero ¿presidente? Todo este tiempo había estado pensando que ese cargo lo seguía ostentando su padre. ¡Si ni siquiera tenía canas!

Repitió su entrada, esta vez, respetando los protocolos japoneses, y se sentó en la silla que había justo enfrente de él. Haru comenzó a realizarle las preguntas que se había preparado previamente. Parecía que el chico estaba siguiendo un guion escrito por su hermano para evitar que ella se encontrara en la tesitura de no saber responder por no haberlo entendido o por los nervios, aunque no fue así. Nakamura solo estaba comprobando de manera muy profesional si encajaba en el perfil que necesitaban y si la información del currículum era cierta.

Haru no pudo evitar no quedarse embobado mirándola. Se sentía gratamente sorprendido al ver los progresos que había hecho su cuñada en el poco tiempo que llevaba en casa. Un sentimiento de profundo orgullo se estaba apoderando de cada uno de los músculos de su cuerpo, dibujando en su cara una pequeña y tierna sonrisa mientras escuchaba con atención cada una de las palabras que Violet iba pronunciando con cuidado para no meter la pata.

Sin darse cuenta, su postura se había ido relajando hasta apoyar su sien en el puño como cuando estaban en casa mirando la televisión con *obāchan*. Violet agachó la cabeza con vergüenza a la vez que reprimía una sonrisa de diversión. Se había percatado de que el mismo Haru se había olvidado de que eso era una entrevista de trabajo. Incluso tuvo que indicarle con una mirada que eso no era del todo correcto, un detalle que hizo que el joven se recolocara en su silla con las mejillas rojas de la vergüenza.

—Señorita Gentile, está contratada —la interrumpió mientras hablaba de sus puntos fuertes.

—¿Eh?

—Está contratada. Cuando salga de mi despacho, hable con la señorita Watanabe para que recoja sus datos y podamos ayudarla a tramitar el visado de trabajo y su contrato.

—¡Claro! —exclamó saltándose el protocolo—. Muchas gracias, de verdad, señor Nakamura.

Se dirigió hacia la puerta, aunque, antes de irse, Haru la detuvo.

—Sumire-chan —la llamó. La chica se sorprendió al oír el tratamiento que acababa de emplear—. Dales mi enhorabuena a Rai y a *obāchan* por tener a una alumna tan aplicada.

Ella sonrió encendiendo sus mejillas. Ese era el primer cumplido que le había hecho Haru en esos tres meses y medio de convivencia.

Salió del despacho sin poder romper la curvatura de sus labios. Se giró y buscó desde allí a esa señorita a la que se había referido su cuñado hacía unos segundos, pero alguien la interceptó.

—¿Yuki? —preguntó extrañada al ver que la había escondido como si fuese una fugitiva. Él comprobó que nadie se había dado cuenta y suspiró con alivio.

—¿Qué tal ha ido?

—¡Ya tengo trabajo! —celebró ella en voz baja. Él forzó una expresión de alegría—. Tu hermano me ha dicho que debo hablar con una chica para formalizar mi contrato y mi visado de trabajo.

—Con Keiko, sí.

—Yuki… —susurró. Él levantó la mirada—. Muchas gracias por tu apoyo. Eres el verdadero motivo que me convence de que este es mi nuevo hogar cuando la vida se complica.

El joven sonrió con ternura y la dejó marchar sin decir nada más. Entonces, comenzó a replantearse su oposición a tener a Violet en su empresa y, para colmo, en un puesto tan cercano a su hermano. Si ella era feliz, debía dejar a un lado esos pensamientos intrusivos, fruto de los tradicionalismos que le había inculcado su padre cuando era pequeño y que se habían convertido en una especie de carcoma para su autoestima.

—Disculpe, ¿es usted la señorita Watanabe? —preguntó Violet con cordialidad y timidez frente a un escritorio repleto de papeles y material de oficina de colores.

Una joven pequeñita con unas enormes gafas de metal levantó la mirada clavándola en los iris azules de la estadounidense.

—Habla… —musitó con estupefacción al escuchar que se dirigía a ella en su mismo idioma.

Violet sonrió con incomodidad; no sabía qué decir ante esa reacción. Además, habría jurado que a esa chica la había visto antes… ¡Claro! Era la del semáforo.

—Me llamo Violet Gentile, aunque me llaman Sumire. Me acaban de contratar…

—Sí… —respondió la otra congelada en una expresión difícil de explicar—. Sí, sí. El señor Nakamura me acaba de enviar un mensaje. Soy Keiko Watanabe. Encantada. Perdón por mi reacción. Es que…

—Sí, lo sé. Mis ojos son gigantes.

—Sí… Quiero decir, no. Es decir… —Su cara, tan redonda y roja por la vergüenza, parecía un tomate maduro—. Necesito sus datos.

Yuki llamó al despacho de Haru y no esperó a que este le diese permiso para entrar. Su hermano mayor lo miró desde su butaca y lo invitó a que se sentara, pero él se negó. Ni siquiera se movió de la puerta. Entonces, al ver que Yuki no hacía nada, siguió comprobando los documentos que tenía en la pantalla de su ordenador.

—¿Cómo…? —preguntó finalmente el más joven de los dos. Haru apartó la vista del dispositivo y volvió a ponerla en él—. ¿Cómo conseguiste que a papá le pareciese bien que Violet trabajase en la empresa? —continuó.

Estaba nervioso. Sabía que no era nadie para pedirle explicaciones a un superior, pero este tema no era simplemente un asunto laboral.

—Solo le conté la verdad —contestó.

—¿Y cuál es?

—Que gracias a ella no nos vamos a ir a la ruina. Luego, le pedí a Rai que le dijese a Sumire que fuese a hablar con papá para que le mostrara sus respetos e intenciones y así evitar que tú pudieras convencerlo de lo contrario cuando fueses a contárselo. —Haru se levantó y se dirigió hacia Yuki. Este tragó saliva.

—¿Cómo demonios…?

—Yuki —se humedeció los labios con la punta de la lengua y suspiró—, al contrario que tu novia, yo sí que te conozco. Yo sí sé cómo actúas.

El joven salió despavorido apenas escuchó cómo su hermano descubría en voz alta aquello que se escondía en lo más profundo de su ser y que había comenzado a aflorar de forma inconsciente en cuanto había retomado su antigua vida. No era una amenaza, no era el estilo de Haru, sino un recordatorio de que la primavera era lo único que podía deshacer la nieve por completo. Con cada paso que daba hacia su despacho, más claro tenía que haber vuelto a casa había sido una mala idea.

16

Las semanas pasaban y Violet se iba acostumbrando cada vez mejor al ritmo de trabajo de la oficina. Keiko se dedicaba a ayudarla e instruirla en todas sus tareas, las cuales se limitaban, de momento, a comprobar las traducciones de los proyectos y acuerdos con otras empresas, recibir a clientes y hacer té, mucho té. De hecho, desde que había llegado, la expresión que más veces había oído de los labios de Haru había sido «*ocha*». [22]

A pesar de la dureza de las jornadas, seguía prefiriendo estar en la oficina a quedarse encerrada en casa, aunque echaba mucho de menos a Rai y la complicidad que tenía con ella. A excepción de Keiko, la mayoría de sus compañeras no hablaban inglés con la suficiente facilidad como para entender algunas de sus bromas o comentarios, y por lo general se limitaban a preguntarle por su ropa, su maquillaje, su vida sentimental y su grupo sanguíneo, algo que la extrañó bastante el primer día. Por lo que le había contado su cuñada una tarde, en Japón saber si eres A positivo es mucho más determinante para conocer la personalidad de alguien que saber si eres Libra.

—Y siendo del grupo O, ¿no tienes novio? —se interesó una de las secretarias una mañana mientras hacía fotocopias.

Violet desvió la mirada durante unos segundos para encontrarse fugazmente con la de Yuki. Él estaba por allí hablando con uno de sus empleados, aunque parecía más pendiente de la respuesta de ella que de la subida de las ventas de los nuevos productos en Estados Unidos y Canadá.

---

22. *Ocha*: té. En algunas empresas japonesas, servir el té a sus superiores es una tarea muy frecuente entre las empleadas.

—Pues, no. Por el momento no tengo pareja —respondió.

—No te preocupes. Además, aquí hay muchos hombres solteros y algunos cobran muy bien. ¿Conoces a Kazama?

Su relación con los Nakamura debía ser inexistente para el resto de los trabajadores. La versión oficial era que Violet era una traductora experta en relaciones internacionales que se había mudado a Japón por su cultura y para aprender el idioma, a la que habían contratado en el marco de la expansión internacional de la empresa. Cada tarde, a las seis, cuando acababa su jornada laboral y en la oficina solo se quedaban los padres de familia haciendo un par de horas extra y los jefes, ella salía en grupo con sus compañeras. Se acompañaban mutuamente hasta llegar a unas calles más abajo, donde se encontraba la academia de japonés en la que había empezado a estudiar. Y, a las ocho, cuando las clases terminaban, se subía al coche negro de Kenta y se volvía a casa junto a Yuki y Haru, restableciendo los lazos que los unían hasta la mañana siguiente.

—Déjame a mí, Sumire. Tú vete a la bañera. Ya te la he preparado yo —insistió Rai sonriente mientras le quitaba el delantal a su cuñada.

Al contrario que para los dos hombres, para Violet llegar a casa no era sinónimo de descanso, pues todavía debía completar sus tareas del hogar tal y como le había prometido a Takeshi, quien estaba pendiente de que cumpliera su palabra. Al primer paso en falso, hablaría con Haru para que la «invitara» a marcharse de la compañía. Es más, él creía que eso iba a suceder durante la primera semana; sin embargo, febrero ya había comenzado y ella seguía sin fallar. No quería hacerlo, pero quizá él debía darle la razón a su madre y admitir que esa joven era más inteligente de lo que había pensado.

—Te he traído toallas limpias. —Rai entró a la habitación de Violet—. Te las iba a dar antes, pero se estaba a punto de quemar el pescado y se me ha olvidado.

—No te preocupes. Muchas gracias, Rai.

—Solo son un par de toallas. —Sonrió con dulzura.

—No, gracias por cubrirme las espaldas. Si no fuese por ti, por tu madre y por *obāchan*, tu padre ya le habría dicho a tu hermano que me echase a la calle.

—A nosotras no nos cuesta nada. Además, las tres estamos muy orgullosas de ti, eres un sueño hecho realidad. —Violet la miró sorprendida mientras su rostro se tornaba rosa. Rai se aclaró la garganta y prosiguió—: Verás, yo tuve que dejar de estudiar por órdenes de mi padre, pero ellas querían que yo trabajase con mis hermanos, codo con codo, o, por lo menos, que pudiera ganarme mi propio sueldo.

—¿Y nadie dio la cara por ti? ¿Ni tu madre ni *obāchan*? —preguntó.

—¿Nunca te has fijado en la pequeña cicatriz que tiene Haru cerca del ojo izquierdo? Ni Yuki ni Sayumi saben lo que pasó, pero la forma en la que me defendió esa noche le costó caro. —La japonesa agachó el mentón y tomó aire—. Sin embargo, tú lo has conseguido por todas y te vamos a proteger —sonrió—. Deberías ver la cara de *obāchan* cuando le cuento lo que me explicas de la oficina, como ese día que Haru te descubrió debajo de tu mesa porque hubo un pequeño terremoto y te asustaste.

—¡No fue tan pequeño! —se defendió la neoyorquina entre risas—. Pero toda la oficina me miró muy raro esa semana —suspiró—. Muchas gracias por todo, Rai. A las tres —dijo abrazándola con fuerza.

La mañana siguiente a esa conversación llegó con nieve. Haru miraba la previsión meteorológica de Tokio para saber si en la ciudad también se encontraría con el mismo temporal, pero parecía que la nevada solo cuajaría en Hakone.

—Cuatro de febrero y nieva, ¿cómo no? —comentó observando el cielo por la ventana de su habitación mientras se abrochaba los botones de su camisa.

De repente, una voz femenina comenzó a chillar por el pasillo.

—¡Felicidades, Yuki! —dijo Sayumi entrando como un vendaval a la sala de estar.

Violet salió de la cocina con todos los boles de arroz para el desayuno. Esa mañana había madrugado todavía más para preparar junto con Rai y Hiroko los platos favoritos del cumpleañero, un detalle que este no pasó por alto.

—¿Y este festín? —preguntó sonriendo a la vez que se arremangaba para disponerse a comer—. Muchísimas gracias, cariño —se lo agradeció dándole un beso en la frente que fue interrumpido por el carraspeo de Haru, que acababa de entrar.

Terminaron de desayunar y los tres se apresuraron en salir hacia Tokio antes de que la nieve bloqueara por completo el camino. Durante el trayecto, Haru y Violet iban repasando los planes del día, los cuales coincidían en su mayoría por girar en torno a la expansión europea. Yuki ni siquiera los miraba. Prefería no prestar atención a aquella compenetración que mantenían cada semana, de lunes a sábado, de siete de la mañana a seis de la tarde. Se había convertido en una especie de ritual al igual que lo de dejar a la chica a un par de manzanas de la oficina. Ella ya les había pedido que pararan antes de llegar al cruce, porque allí era donde quedaba con Keiko para ir juntas al trabajo. Habían congeniado muy bien en poco tiempo, lo que supuso un regalo para la vida social de la neoyorquina, que había disminuido a cero desde que había llegado al país.

—Hoy nos espera un día divertido en la oficina —comentó Watanabe conforme caminaban. Violet frunció el ceño—. Es el cumpleaños de Yuki Nakamura, el director del Departamento Comercial, el hermano pequeño del señor Nakamura hijo.

Violet se aguantaba la risa con todas sus fuerzas para no explotar a carcajadas delante de ella. Le hacía mucha gracia la forma en la que se refería a Haru. Sin embargo, su rostro de diversión cambió drásticamente cuando su compañera continuó con su discurso.

—Yuki es uno de los solteros más cotizados de la oficina. Ayer mismo, escuché a las de Administración comentar lo guapo, lo perfecto y lo buen partido que era.

—¿Ah, sí? Y ¿por qué es buen partido según ellas?

—¿Te parece poco ser hijo de Takeshi Nakamura? La que se case con él no tendrá que preocuparse nunca por el dinero. Además, según tengo entendido, en cuanto muera su padre, pasará a ser el vicepresidente de la compañía.

—Pero Haruo también está soltero y él ya es el presidente.

—Está a otro nivel, inalcanzable para cualquiera en nuestra posición; por eso les corre prisa por cazar a Yuki.

—¿Y a ti? ¿No te gusta? —Violet se interesó por la opinión de su nueva amiga.

—No —comenzó a reírse con vergüenza—. Debo admitir que, cuando tenía catorce años, estaba colada por él —la forastera abrió los ojos sorprendida—. Nací y crecí en Hakone, el pueblo donde vive la familia Nakamura. De hecho, fui al colegio con Rai Nakamura, su hermana pequeña. Nos llevábamos muy bien, aunque ella era más amiga de mi primo Ryō que mía.

Horas más tarde, la extranjera siguió pensando en la conversación que había tenido con Keiko. Miraba desde su mesa cómo algunas de sus compañeras se habían maquillado más de la cuenta, provocando que los hombres de la oficina despegasen sus ojos de la pantalla durante unos segundos. Yuki parecía ajeno a todo eso. Ni siquiera se había dado cuenta de la cantidad de bentō [23] que habían dejado sobre su mesa con una pequeña felicitación.

A la hora de comer, Violet aprovechó para pedirle a Haru permiso para salir unos minutos de la oficina. Tenía que ir a recoger el regalo de Yuki para entregárselo en casa. Envolvió el paquete en una bolsa de la compra y lo guardó en su bolso para que nadie la descubriera. Le parecía increíble que ella tuviese que esconderse mientras que las admiradoras de su novio campaban a sus anchas, regalándole comida y comportándose como si estuvieran en un *casting* para la esposa japonesa ideal; no obstante, esa era otra

---

23. *Bentō*: fiambrera con distintos compartimentos rellena de diferentes tipos de comida.

de las múltiples normas que debía respetar si quería seguir trabajando allí: nadie podía conocer su relación con los Nakamura.

Llegó el final de su jornada laboral y, como todos los días, se fue a la academia. Cada minuto que pasaba, las mariposas de ilusión que había en su estómago revoloteaban con más y más fuerza. Miraba el reloj con impaciencia mientras la profesora explicaba algo que le hubiera parecido muy interesante cualquier otro día, pero no esa tarde. Su cabeza estaba completamente anclada en el escenario ficticio que había creado ella misma del momento en el que vería a Yuki y le diese su regalo.

Cuando acabó la lección, salió corriendo del edificio sin comprobar tan siquiera si se dejaba algo. Buscó a Kenta con la mirada y se acercó al coche más sonriente que nunca. Incluso él mismo se sorprendió al verla tan radiante, aunque, cuando le abrió la puerta, su rostro se apagó por completo.

Se sentó en el asiento trasero dejando un gran espacio entre Haru y ella. Yuki no iba a ir con ellos. Aprovechando que era su cumpleaños, sus compañeros de trabajo le habían dicho de ir a tomar unas copas para celebrarlo. Según su hermano, Yuki la había estado buscando durante el descanso de la comida para contárselo, pero no la había encontrado y después había estado en varias reuniones. Violet se abrazaba en silencio a la bolsa que contenía el regalo de su novio conforme escuchaba la historia. Su escenario mental había quedado completamente destruido, al igual que las alas de las mariposas de su estómago.

El coche avanzaba por la carretera a una velocidad prudencial. El frío del exterior empañaba los cristales al chocar con el calor que desprendían los tres cuerpos dentro de ese espacio tan reducido. El ruido del motor era el único sonido ambiental que rompía la lóbrega tensión que se respiraba entre Haru y Violet. Ninguno había dicho nada más en los treinta minutos de trayecto que llevaban hasta que, de repente, el callado llanto de la joven se convirtió en unos sollozos que llamaron la atención de Haru.

El japonés la miró sin saber muy bien cómo actuar. Ordenó a Kenta que parase el coche y buscó una bolsa para contener el ataque de ansiedad que comenzaba a asomar en la respiración entrecortada de Violet. Agarró la que tenía ella en las manos sacando lo que fuese que contenía sin ningún cuidado y se la puso en la boca mientras abría un poco la ventana. Era la primera vez que rompía esa distancia que siempre había mantenido con ella. Sin darse cuenta, se había introducido en su espacio vital hasta el punto de tocarla, algo que jamás había hecho.

—Estoy harta, Haru —dijo ella en cuanto recuperó el aliento.

Sus ojos enrojecidos por las lágrimas se clavaron en los de él buscando un pequeño destello de comprensión. El japonés se quedó con la boca entreabierta. Nunca había tenido esos iris tan cerca ni de una forma tan desesperada. Algo en su interior empezó a removerse, provocándole una punzada en el pecho que lo dejó sin habla y sin poder controlar sus músculos. Lo único que podía hacer era tragar saliva.

—Estoy harta de todo —prosiguió—. Mi vida se ha convertido en una evaluación exhaustiva de todo lo que hago o digo. Mi existencia gira en torno a un sinfín de normas, pactos y chantajes para poder tener un poquito de libertad, aunque todo es una farsa. No soy libre ni nada que se le parezca. Cuando vine aquí, sabía que iba a ser difícil, pero nunca me imaginé que tendría que renunciar a tanto, incluso a mí misma. Estoy harta de ser invisible, Haru. —Se abrazó a él sin darle tiempo a reaccionar y escondió su rostro en el pecho del joven a la vez que este la rodeaba tímidamente con sus brazos.

Él no sabía si eso estaba bien o mal; no obstante, no se veía capaz de alejarla en el estado que se encontraba. Buscó la mirada de Kenta por el retrovisor y este asintió cerrando los ojos. Ese gesto no solo fue un acuerdo de absoluta confidencialidad entre ellos dos, sino una aprobación de que hacía lo correcto. A continuación, reanudaron la marcha.

Llegaron a casa y Kenta le abrió la puerta a la estadounidense para que saliera del coche. Haru se dispuso a hacer lo mismo, aunque, cuando ya tenía medio cuerpo fuera, vio brillar algo debajo del sillón del copiloto. Se agachó y descubrió que era el regalo de Violet para Yuki. Con el berrinche, se había olvidado por completo de él.

—Kenta —lo llamó para que se subiera de nuevo y arrancase.

No le dirigió más la palabra hasta que detuvo el coche en el corazón de Shinjuku. Haru se guardó el paquete de listas azules y verdes en uno de los bolsillos interiores de su abrigo negro y entró en el local con la fachada más llamativa de la calle.

Caminaba por allí obviando a las decenas de *hostesses* [24] que llenaban hasta arriba los vasos de sake o cerveza de sus clientes. Estos solían ser oficinistas cansados de una vida sin lujos, a pesar de las horas que pasaban en el trabajo, y con esposas que solo los veían como una máquina de dinero para mantener la economía familiar. Haru nunca se había inmiscuido en cómo disfrutaban de su tiempo libre sus empleados. Es más, él mismo había tenido que frecuentar más de una vez ese bar para poder cerrar algún que otro trato con algún que otro cliente. Sin embargo, ese día no estaba allí por negocios.

—¿Haru? —preguntó Yuki con los ojos fuera de las órbitas. Era la última persona que se esperaba ver allí.

Los compañeros de Yuki se levantaron rápidamente y comenzaron a saludar a su jefe con reverencias mientras lo invitaban a que se sentara con ellos. Él rechazó la invitación.

—He venido en calidad de hermano mayor, chicos —respondió para que se relajasen—. Y para darte esto —entonces, sacó del abrigo el regalo—. Tu novia se lo ha dejado esta tarde en el coche. Supongo que es para ti, ¿no?

Yuki lo miró con estupefacción mientras sus amigos comentaban con jocosidad y sorpresa lo que acababa de decir Haru. En ese preciso instante, Violet dejó de ser invisible.

---

24. *Hostess*: chica que trabaja en locales nocturnos japoneses y se dedica a servir bebidas y hacer compañía y a animar a sus clientes.

17

—Pues, yo creo que la novia de Yuki debe ser una chica de buena familia.

—Hombre, según he oído por ahí, su hermana es la prometida del mayor de los Hino, así que su nivel será el mismo.

—¿Rai Nakamura es la prometida de Ryūji Hino? ¿Y ya puede aguantar los cuernos?

—¡Basta!

Violet dio un golpe en la mesa haciendo callar a sus compañeras de trabajo. Keiko, que estaba comiendo junto a ella, la miró estupefacta. Jamás había visto a una mujer con un temperamento como el suyo. Cada día que pasaba, sentía más fascinación por todo lo que hacía y decía su nueva amiga y la única que tenía en la oficina. Watanabe era una chica callada y obediente, y nunca le había sido fácil establecer ningún tipo de relación social por esa timidez que se apoderaba de su cuerpo y su mente cuando alguien se acercaba a ella. A pesar de que había entrado en la compañía nada más acabar la universidad, no había conseguido congeniar con el resto de las chicas. Los descansos de la comida se los pasaba en su escritorio leyendo alguna de sus novelas románticas mientras se comía un par de bolas de arroz rellenas de atún que había comprado en el *konbini*[25] de debajo de su casa, aunque todo eso había cambiado con la incorporación de la neoyorquina.

—Nadie debería opinar de la vida privada de la gente y menos a sus espaldas —prosiguió con su discurso en japonés sin importar si se equivocaba en alguna palabra.

---

25. *Konbini*: tienda abierta veinticuatro horas en la que venden comida precocinada, artículos de primera necesidad, revistas, etc.

Desde que media empresa se había enterado de que Yuki tenía novia, Violet estaba más irascible de lo normal. Todas las mañanas debía aguantar cientos de comentarios sobre cómo debía ser esa chica misteriosa con la que compartía su vida el hermano menor del presidente. Conforme iba pasando las jornadas, su corazón se iba acelerando al pensar que en cualquier momento la descubrirían y tendría que dejar su puesto por el bien de su pareja y de la empresa. Takeshi se lo había dejado bien claro una tarde, días después del cumpleaños de Yuki, cuando sus amigos ya habían esparcido la noticia:

—Sumire, piénsalo así: ¿quieres seguir siendo vista como alguien que está ahí por sus méritos o como la extranjera que está ahí por ser la futura esposa del próximo vicepresidente? Además, ¿cómo quedaría la compañía a ojos de sus competidores si se enteraran?

Esas palabras la atormentaban hasta el punto de sentir que todo el mundo la estaba observando y juzgando.

—Señorita Gentile —Haru entró a escena rompiendo la tensión que se respiraba entre las chicas de Administración y Violet. Miró a todas con extrañez, aunque no le dio más importancia—, necesito que prepare un *nomikai* para mañana por la noche para unas veinte personas y, cuando tenga la reserva, pásele el mensaje que le voy a enviar al personal de Contabilidad y Ventas. Normalmente le encargo este tipo de eventos a Sakamoto, pero ha sufrido un percance.

Ella asintió y volvió a su puesto de trabajo para ponerse a ello sin demora.

Keiko la observaba disimuladamente desde su escritorio y sonreía con timidez al ver los problemas que estaba teniendo la recién llegada para organizar la tarea que se le había encomendado. De repente, una pequeña bola de papel rosa cayó en el teclado de Violet. La abrió y leyó algo que le salvó el día: «¿Necesitas ayuda? Deja caer un bolígrafo y nos veremos después de las seis». Violet sonrió y tiró uno de sus bolígrafos contra la moqueta gris del suelo. Se agachó a recogerlo y buscó la mirada de Watanabe, que asentía indicando que había captado el mensaje.

Esa tarde, Violet y Keiko se quedaron en la oficina hasta que las luces se apagaron y no pudo ir a sus clases de japonés; sin embargo, las lecciones de protocolo que le estaba dando su compañera le iban a ser mucho más útiles que repasar durante una hora y media una larga lista de kanjis.

Desde su silla, Yuki contemplaba el empeño que ponía su pareja para encajar en su mundo. Sonreía tiernamente mientras apreciaba cada uno de los esfuerzos que había hecho Violet desde que había llegado a Japón. Abrió el cajón de su escritorio y sacó el álbum de fotos que le había regalado por su cumpleaños. Lo tenía bien escondido, pero cada día se quedaba mirándolo embobado durante unos minutos, evocando cada una de las escenas de su vida en común que había representadas.

El chico salió del despacho con la excusa de ir a por un té él mismo. Solo quería pasar por la mesa de Violet y admirarla de cerca sin levantar sospechas. Le dio un pequeño golpe a una de las carpetas que tenía cerca del filo del escritorio y la tiró al suelo para cruzar algunas palabras que le alegraran el día. Ella, en cambio, solo le contestó con frases cortas en japonés y miradas esquivas que le alertaron de que algo iba mal, aunque, en realidad, solo eran fruto de la nueva presión a la que se estaba viendo sometida.

—Nakamura, ¿es que ni con novia te cortas? —le preguntó uno de sus compañeros mientras esperaba a que se calentara el agua.

Él sonrió sin saber muy bien a lo que se estaba refiriendo. A ellos se unieron dos compañeros más, muy cercanos a Yuki.

—Kazama, vigila a Nakamura que lo he visto mirando mucho a Sumire-san —comentó Honda.

—¡Nakamura, eso no vale! Tú ya tienes novia, deja algo para el resto, ¿no? —protestó Kazama ignorando la historia que había entre el hijo de su antiguo jefe y Violet.

—Con Nakamura no hay quien pueda, chicos. Acordaos la noche de su cumple en el bar o, si no, mirad lo desconsoladas que están las chicas hoy.

Los tres comenzaron a reírse a carcajadas mientras Yuki apretaba con molestia los labios y pedía que bajasen la voz, que alguien los podría escuchar. Los oficinistas se miraron entre ellos extrañados por la reacción del chico y le hicieron caso, aunque no zanjaron la conversación tan fácilmente.

—Pues, lamentándolo mucho, Kazama, creo que no tienes muchas posibilidades con Sumire-chan.

—Uh, Sumire-chan… ¿Por qué dices eso, Yoshida? Kazama no es tan feo —bromeó Yuki aparentando normalidad.

—¿No sabes lo que dicen de ella y tu hermano? —continuó—. Las chicas de Contabilidad me contaron que se rumorea que Haruo y ella están juntos o, por lo menos, que se la tira.

—Pero ¿¡qué tontería es esa!? —exclamó Nakamura nervioso. Tenía el rostro desencajado—. Las chicas se inventan cada tontería… —comentó entre dientes, escondiendo su enfado con la taza.

—No sé, pero dicen que es por la forma en la que se comporta Haruo últimamente. ¿Tú no le has notado ningún cambio?

Yuki se quedó mirando a la nada con el ceño fruncido y tratando de desoír a sus amigos. Luego, miró el reloj y volvió a su puesto sin pasar por la mesa de Violet. Lo único que necesitaba en ese momento era estar solo y ocupar su mente en algo que no fuese la imagen de su hermano y su pareja juntos.

⁂

—Watanabe, Gentile, deberíais iros a casa ya —dijo Haru saliendo de su despacho con el abrigo y el maletín en la mano.

—Sí, señor —respondió la japonesa sin rechistar—. Sumire, ¿vas a la estación? Podemos ir juntas.

—No, ve tú. Tengo que ir a hacer unos recados por aquí antes de volver a casa.

Keiko se despidió de su jefe y de su compañera y se metió en el ascensor mientras se ponía los auriculares para escuchar un poco de música. Era su forma de evadirse del mundo y sentir que pasaba desapercibida entre la multitud.

Salió del edificio y comenzó a caminar calle abajo hacia la estación de Shinagawa a paso ligero. Pensaba en si quedarían sobras de la cena de la noche anterior o tendría que visitar otra vez la *konbini* de debajo de su casa y de la que ya era clienta honorífica. No se le daba bien cocinar y, entre su trabajo y lo distraída que era, nunca tenía tiempo para ir a hacer una compra semanal como la que solía hacer su madre cuando vivía en Hakone. Según su familia, era un caos de persona, pero por lo menos tenía un puesto fijo y no le pagaban mal.

De repente, vino a su memoria un detalle que la hizo detenerse en seco a solo una manzana de la estación.

—¡La cartera! —exclamó en voz alta al recordar que se había dejado el monedero en un cajón de su mesa.

Corrió lo más rápido que pudo, desandando todo lo que había adelantado hasta llegar al semáforo de delante del edificio de la compañía. Miró el disco, acababa de ponerse en rojo, una pausa que le permitió respirar profundamente para recuperar el aliento.

Un coche oscuro y de alta gama arrancaba frente a ella. Era el de los Nakamura, lo reconocía a la perfección tras los cuatro años que llevaba en la empresa; aun así, hubo algo nuevo en él que le llamó la atención. «¿Sumire-san?», se preguntó al ver una silueta femenina tras los cristales tintados que le recordaba a ella.

Un despertador en forma de gato comenzó a maullar como cada día a las seis de la mañana. Keiko intentaba apagarlo sin querer abrir los ojos, pero acabó tirándolo al suelo accidentalmente, también como cada día. Se aseó, se arregló y, después, se hizo un pequeño desayuno con un poco de arroz y lo que había sobrado de la cena. Le puso un par de verduras frescas en la jaula a su mascota, Tsuki, un conejo blanco con manchas, y salió de casa rumbo al trabajo.

El trayecto en tren que había desde su barrio hasta el distrito de la compañía siempre le había gustado. Desde pequeña sentía fascinación por los amaneceres y ese recorrido era el perfecto para ver cómo el sol llegaba a la ciudad de Tokio, aunque la mayoría de las veces lo único de lo que podía disfrutar era de las cabezas de cientos de oficinistas que la apretujaban hasta dejarla casi sin respiración. Sin embargo, esa mañana había un pensamiento que la tenía absorta. No se había olvidado de lo que había visto la tarde anterior al volver a la oficina. Sumire era inconfundible, aunque esa idea que le rondaba era tan absurda que incluso la hacía sentir ridícula.

—¡*Keiko-san*! —la llamó Violet al verla venir hacia ella tan distraída.

La japonesa la miró fijamente, intentando convencerse de que la tarde anterior no la había visto a ella, porque, simplemente, era una locura. Sin embargo, estaba confundida. Keiko la consideraba una amiga, pero llevaban casi dos meses trabajando juntas y no conocía nada de ella. No sabía dónde vivía, nunca iba a las reuniones de después del trabajo, siempre evitaba hablar de ese compañero de piso que la traía cada mañana, y la forma en la que había defendido a Rai Nakamura la tarde anterior… Una nube de incógnitas difíciles de resolver nubló su entendimiento haciendo que sospechara de ella.

—Keiko, ¿te encuentras bien? —le preguntó Violet preocupada al verla tan mohína.

—Sí… Oye, ayer… —dudó en si debía decírselo o no. Un nudo le constreñía las cuerdas vocales y el pecho—. Sumire, ¿tú y yo somos amigas? —dijo finalmente con un halo de vergüenza y desilusión.

—¡Claro! Al menos yo te considero mi amiga. —Sonrió Violet—. Y ¿tú a mí?

—Sí, aunque… —levantó la mirada—, aunque siento que me ocultas algo. Bueno, a todos. —Violet abrió los ojos con terror—. Mira, yo… Ayer por la tarde tuve que volver a la oficina a por mi cartera y me pareció verte en el coche de los Nakamura… No, no me lo pareció: sé que eras tú.

El corazón de Violet se paralizó al igual que sus músculos. Agachó la cabeza al escuchar lo que le acababa de decir la persona que le había tendido una mano desde el primer momento, sin ningún tipo de prejuicio ni interés. Se sentía una mentirosa, una mala persona. Había traicionado a una amiga, a una de las pocas personas que había sido capaz de mostrarle la cara amable de Japón fuera de la familia Nakamura. Tragó saliva intentando suavizar su expresión de vergüenza y respiró profundamente.

—Soy la novia de Yuki —confesó haciendo que los ojos de Keiko aumentaran hasta alcanzar su máximo tamaño—. Llevo saliendo con él desde que acabé la universidad prácticamente y me mudé a casa de los Nakamura en octubre. No podía contártelo porque se lo prometí a su padre y, por consiguiente, a toda la familia. —La japonesa seguía sin hablar—. Lo siento muchísimo, Keiko. Me siento fatal por no habértelo contado antes, pero, entiéndeme, es una promesa. Nadie puede saberlo. De lo contrario, perderé mi trabajo.

—¡Dios mío! —Keiko comenzó a reverenciarse mientras pedía perdón insistentemente.

Todos los que pasaban por allí giraban su cabeza hacia esa escena tan inesperada. Violet trataba de detenerla mientras sonreía con incomodidad a los transeúntes, pero ella seguía disculpándose por haber sido tan entrometida e implorando que no se lo dijese al señor Nakamura ni a su hijo.

—¡Keiko, para! —Le levantó la cabeza con sus propias manos.

—Eres la señora Nakamura —musitó sin salir del *shock*.

—¡No, por Dios! —exclamó con rechazo—. Soy Sumire. No, ¡soy Violet! Aunque… —relajó su expresión al ver los ojos temerosos de la chica— me encanta lo de Sumire-chan, sobre todo si me lo dice alguien al que aprecio. —Sonrió.

—Tu secreto está a salvo conmigo, Sumire-chan —le devolvió el gesto—. Además, ahora entiendo muchísimo mejor todo lo que sucedía a mi alrededor, sobre todo esto. —Sacó de su bolso un par de cartas—. Muchos domingos, mi primo Ryō me viene a visitar y, hace unos días, empezó a traérmelas, justo cuando tú llegaste a la empresa. Me dijo que debía hacérselas llegar a Rai a través de una de mis compañeras, pero jamás imaginé que se trataba de ti.

Violet agarró esos sobres y los guardó en uno de los bolsillos interiores de su bolso. Allí nadie se atrevería a mirar. Después, volvieron a ponerse en camino antes de que se hiciese más tarde y las amonestaran.

18

—¡No! —El grito de Sayumi inundó cada una de las esquinas de la residencia de los Nakamura.

Violet levantó la cabeza de sus ejercicios de japonés del susto, aunque Haru y Yuki seguían leyendo impasibles, como si esa negativa desesperada solo hubiese existido en su cabeza. Volvió a sus deberes de estudiante, aunque solo por unos minutos. Estaba demasiado preocupada como para prestar atención al diálogo entre los tres personajes ficticios de su libro de texto. Se puso de pie y salió de la sala en dirección hacia el cuarto de baño. De allí procedían las voces, que se volvían más profundas y claras conforme se iba acercando.

—¿Qué sucede? —preguntó al ver a *obāchan* y a Hiroko sujetando a Sayumi mientras Rai preparaba algo dentro de un bol de plástico.

La escena era lo suficientemente extravagante como para creer que eso era fruto de su cansancio; sin embargo, las lágrimas de la adolescente eran reales. A pesar de lo distanciadas que estaban, no podía pasar por alto ese chillido de auxilio que entonaba desde su corazón y que solo ella era capaz de escuchar. No sabía qué estaba pasando, pero debía hacer algo.

—Le estamos tiñendo el pelo de negro —respondió su hermana mayor haciendo la mezcla.

—Pero ¿por qué? —insistió Violet con los sollozos de Sayumi de fondo.

—El nuevo consejo estudiantil ha elevado una queja aprovechando el cambio en la dirección para que todos los alumnos vayan iguales y, así, acabar con la discriminación —explicó Rai—. Es algo muy común.

—¿Y cómo se acaba con la discriminación obligando a que cada uno de sus estudiantes renuncie a su personalidad? —protestó Violet. No podía salir de su indignación.

—Sumire…

La joven se giró al escuchar su nombre en los labios de Haru. Había decidido intervenir al darse cuenta de que Violet había ido a investigar de dónde venían esos lamentos que tanto él como su hermano se estaban esforzando en ignorar.

Corrió la puerta del baño delante de ella y la llevó hasta su dormitorio. Quería hablar, aclararle por qué no debía inmiscuirse ni juzgar lo que estaban haciendo Rai y su madre. Como siempre, la culpa de todo la tenían las convenciones sociales, aquellas que Violet no entendía a pesar de que con el tiempo había aprendido a ceder ante ellas.

—La nueva presidenta del consejo estudiantil es una de las chicas que siempre han estado acosando a Sayumi —confesó Haru con cansancio. Violet se sentó en su cama intentando asimilar la noticia y la gravedad de la voz de su cuñado—. Llevo días intentando hablar con el director del colegio para que hagan algo desde el centro, pero el único acuerdo al que hemos podido llegar es este: teñirle el pelo de negro para que, por lo menos, no puedan reírse de ella por su apariencia.

—Es absurdo.

—Tienes toda la razón.

Sin poder salir de su asombro, Violet levantó la mirada hacia Haru. Era la primera vez que le daba la razón desde que se habían conocido. No obstante, él no la miró en ningún momento ni retiró la vista del jardín. No se atrevía a dar la cara por culpa de la vergüenza que le producía todo ese asunto. Sentía como si hubiese fallado en su deber de proteger a su hermana y sus intereses, una sensación que había sentido años atrás al enfrentarse a su padre para defender a Rai.

La mañana siguiente se despertó cálida. Cada día que pasaba, la primavera iba tomando más fuerza, liderando los cielos y los campos de todo el país. El invierno parecía un recuerdo lejano, casi una especie de ilusión, cuyo único vestigio era la nieve que cubría el monte Fuji. Violet ayudaba a Hiroko y a Rai a preparar toda la comida para el *Hanami*. Iba a cumplir uno de los sueños que más anhelaba desde que había sabido que irían a Japón: ver los cerezos en flor. Sabía que era una escena demasiado prototípica, una atracción turística, pero a ella le daba igual. Le hacía demasiada ilusión como para caer en los comentarios desalentadores de Yuki. Según Ryūji, lo único que le pasaba era que no le gustaba compartir la comida con los demás. Él también los acompañaba. Desde la discusión con Takeshi, Rai y él quedaban cada fin de semana. Para la chica, los domingos se habían vuelto una especie de clases de interpretación para aprender a comportarse en sociedad. Lo único que le gustaba de esas jornadas era que podía salir de casa sin tener que darle explicaciones a ningún miembro de su familia.

Violet echaba de menos a alguien en la cocina: Sayumi no había salido todavía de su cuarto y eso le preocupaba. Era la primera persona que aparecía en cuanto la casa comenzaba a oler a comida recién hecha; sin embargo, no se sabía nada de ella desde la noche anterior. Ni siquiera había cenado.

Salió a buscarla para comprobar si al menos se encontraba bien.

—Sayumi —la llamó antes de deslizar la puerta de su dormitorio.

La chica estaba sentada en la cama contemplando la porción azul de cielo que se veía desde su ventana. Violet se acercó y se sentó junto a ella; no sabía qué decirle para animarla, y se le partía el alma al verla tan triste y por un motivo tan injusto.

—¿Sabes que yo también tenía el pelo diferente a mis compañeras de clase? —La adolescente la miró de reojo—. Cuando iba al colegio, la mayoría de las niñas eran rubias y con el pelo liso. Yo, en cambio, era el bicho raro: pelo negro y ondulado, bueno, encrespado —rio intentando conseguir una sonrisa—. Un día, cuando tenía unos quince años o así, intenté plancharmélo para que, al menos en la forma, fuese como el del resto.

—¿Qué pasó?

—Me quedé con un mechón en la mano. —Sayumi abrió los ojos con perplejidad. Seguidamente, echó a reír a carcajadas—. ¡Te lo juro! Era la primera vez que lo hacía y no sabía ni el tiempo ni la temperatura a la que debía estar la plancha, así que imité lo que veía por la tele.

—¿Y qué hiciste?

—Comencé a hacerme distintos peinados para disimularlo hasta que creció lo suficiente como para volver a llevarlo suelto. Aunque, sin ni siquiera intentarlo, todas las chicas empezaron a copiarme mis trenzas, recogidos, semirrecogidos... —suspiró—. Sayumi, sé que el instituto puede ser muy cruel con los que son diferentes. A pesar de que el negro sea tu color natural, entiendo que tú te sintieras más cómoda con ese castaño claro rojizo tan bonito.

—¿Te gustaba? —preguntó ilusionada.

—Me encantaba, pero también me encantas de morena. —La chica agachó la mirada con tristeza—. Mira, te quedan menos de dos años y, después, podrás volver a tener el color de pelo que quieras. El problema real lo van a tener tus compañeras, que no tendrán más remedio que hacer frente a sus propios problemas de personalidad cuando acaben el instituto. Ahora, lo único que puedes hacer es reinventarte para seguir siendo tú misma y, de este modo, enseñarles que no dependes de un simple tinte para ser feliz.

—Sumire... ¿podrías hacerme uno de esos peinados?

Violet agarró el cepillo que la chica tenía en uno de los cajones de su escritorio y comenzó a peinar su larga cabellera azabache. Era exactamente igual a la de su hermana. La dividió en los partes y comenzó a trenzársela con cuidado de no hacerle daño. De repente, un «gracias» sincero brotó de los labios de Sayumi, que entendió por fin que la estadounidense nunca había estado en su contra.

—¿No es maravilloso? —preguntó de forma retórica *obāchan* al sentarse sobre la manta que acababa de extender Haru, justo debajo de uno de los mayores cerezos que había allí. Era muy temprano. Todavía no había llegado ni la tercera parte de la gente que solía ir a esas alturas del año a ver uno de los espectáculos naturales más bonitos de la primavera.

—¿En tu país también hay cerezos, Su-chan? —preguntó la abuela. Violet asintió con una sonrisa—. ¿Y son tan bonitos como los de aquí?

—No, la verdad es que no.

—Me alegro de no haberlos perdido. Es de las pocas cosas que pudimos salvar de la guerra —suspiró—. Una flor tan hermosa jamás debería vivir tanta penuria, aunque es por eso por lo que prefiere morir antes de que el tiempo la mate.

—¿A qué te refieres? —se interesó la extranjera.

—La *sakura* siempre cae antes de marchitarse, así nunca pierde su belleza —respondió Haru sentándose al lado de la anciana. Jugueteaba con el rollo de cinta adhesiva con el que había unido todas las mantas—. Cuentan que ese es el motivo por el que los samuráis la adoptaron como su emblema, porque preferían morir en su momento de máximo esplendor a que la vejez les arrebatase la persona que habían sido.

El chico agarró un par de florecillas que ya habían caído en el mantel y se las puso a su abuela en el pelo riéndose como si fuese un crío. Ella le devolvió la broma colocándoselas a él. La joven los observaba sin dejar de sonreír. Disfrutaba de la complicidad que había entre abuela y nieto, mostrando una faceta del japonés que apenas había empezado a descubrir.

Rai y Hiroko sacaban galletas y té por si alguien tenía hambre mientras que Violet se había ido con Sayumi a explorar el lugar y a hacer fotos. La pequeña de los Nakamura no se había separado de ella en lo que llevaban de día, un gesto que hacía sonreír de satisfacción y tranquilidad a Haru. Parecía que, por fin, Sayumi se estaba dando cuenta de que las rabietas de adolescente solo eran una pérdida de tiempo y energía y todo eso había sido, en parte, gracias a la influencia de la extranjera.

El día iba transcurriendo con normalidad. La pradera cada vez estaba más concurrida; aun así, cada uno estaba pendiente de pasar un buen rato con sus seres queridos, sin inmiscuirse en qué hacía o dejaba de hacer el grupo de gente que estaba a su derecha o a su izquierda. Takeshi jugaba a las cartas con Yuki y Ryūji; Haru, en cambio, se distraía leyendo, con la espalda apoyada en el tronco del árbol que lo cobijaba. Prefería otros pasatiempos para matar las horas que quedaban hasta la comida, aunque se distraía fácilmente de su lectura con las risas y canciones de un par de niños que había allí cerca, jugando a la pelota. No le molestaban, al contrario. Sentía una profunda envidia sana al escuchar la pureza y la vitalidad que derrochaban sus voces. Le recordaban a cuando Yuki y él salían a jugar al bosque, aunque siempre debía andar con mil ojos para que a su hermano pequeño no le ocurriera nada. Desde bien pequeño, aprendió que su papel en esa familia era cuidar y proteger a cada uno de sus miembros, una tarea demasiado pesada para encomendar a alguien que solo debería haberse preocupado de disfrutar de su infancia antes de que se le escapara.

—¡Oh, no! —exclamó Rai abriendo la pequeña nevera que habían preparado para conservar la comida—. Mamá, te dije que tenía la sensación de que se nos olvidaba algo. Eran la cerveza y los dulces. Solo hemos metido los refrescos y el zumo.

—Bueno, no pasa nada —intervino Violet—. Sayumi y yo hemos visto un quiosco de comida y bebidas aquí cerca. Podemos ir en un momento, ¿verdad? —Miró a su cuñada más pequeña y esta asintió.

—Os acompaño —dijo Ryūji. Haru, que hasta el momento no parecía formar parte de la escena, arqueó las cejas con sorpresa, aunque pensó que seguramente era uno de sus actos de caballerosidad exacerbada—. Hay que traer demasiadas cosas.

Los tres se pusieron en camino hacia la pequeña tiendecita de madera, aunque Violet no estaba demasiado conforme con que Hino fuese con ellas. A pesar de que siempre se había mostrado muy amable, los comentarios de sus compañeras de trabajo sobre él pesaban demasiado como para ignorarlos. Ella nunca había sido una persona que se dejase llevar por las habladurías de la gente ni los rumores. Sin embargo, esta vez no le resultaba tan fácil, pues siempre había notado una especie de aura enrarecida alrededor del nipón, una alarma que hacía que sospechara de él y de sus intenciones. Por otro lado, también estaba el cariño que sentía por Rai. Desde que era una niña, Violet solía crear una gran burbuja de protección que envolvía a sus seres queridos. No era una persona violenta; aun así, cuando se trataba de defender a alguien que quería o que estaba en situación de desigualdad respecto a sus agresores, era incapaz de quedarse callada. Era una característica que compartía con Haru.

—Me he enterado de que ahora trabajas en la compañía —comentó Ryūji intentando establecer una conversación con ella.

Violet agachó la cabeza para asentir sin decir nada. No le apetecía hablar con él, aunque no quería ser descortés.

El grupo se separó para guardar turno en las dos colas que se habían formado delante de la caseta: Sayumi en la de comida y Ryūji y Violet en la de bebida. Esta prefería tener que aguantar un poco más de tiempo cerca de él que dejarlo con Sayumi, aunque al tipo también le gustaba mucho más esa opción.

La cola de la comida iba más rápida que la de la bebida, así que la adolescente estaba a punto de ser atendida mientras que a los dos adultos les quedaban todavía cuatro clientes por delante.

—¿Y cómo lleva Yuki eso de trabajar contigo? —insistió el japonés.

—Bueno, eso debería respondértelo él, ¿no?

—No creo que lo lleve demasiado bien. —De pronto, se acercó a ella rápidamente, envolviéndole la cintura con su brazo derecho mientras abría la mano, como si quisiera abarcar la máxima porción de muslo posible—. Yo no podría resistirme teniendo que pasar diez horas en una oficina contigo —le susurró al oído.

En ese momento, Sayumi pagó los pastelitos que había comprado y buscó con la mirada a Ryūji y Violet para reunirse a ellos.

Entonces, se percató de la cercanía que había entre ambos y algo en su pecho comenzó a acelerarse hasta el punto de hacerle sentir náuseas. ¡Ella era la novia de su hermano! Apretaba las cajitas con los dulces que llevaba en la mano contra su pecho mientras un nudo de incomprensión agarrotaba su garganta. Sin embargo, un gesto de su cuñada acabó en un segundo con la imagen de príncipe azul que Sayumi había construido a lo largo de su vida en torno a Ryūji. Era como si hubiesen lanzado una piedra contra sus ilusiones haciéndolas trizas como un espejo viejo que cae al suelo.

—A mí no me engañas —dijo Violet mientras retorcía disimuladamente el brazo de Hino—. Te conozco bien. Conozco muy bien a los tipos como tú. Por mucho que vayas de protagonista de *dorama* [26], eres esa clase de hombre que quiere una buena esposa que cocine, friegue y calle mientras te paseas por los locales de *hostesses* noche sí y noche también. Rai no se merece a un ser como tú.

Inesperadamente, el chico sonrió con un aire burlón que la desconcertó y provocó que su ira se incrementara todavía más. Se estaba riendo de ella.

—Deberías dejar de malgastar tu tiempo protegiendo a Rai y cuidar más de ti misma. —La chica frunció el ceño—. Por cierto, ¿ya te ha contado Yuki dónde celebró su cumpleaños?

Violet lo soltó sin saber qué responder. Se había querido deshacer del recuerdo de esa noche en cuanto Yuki y ella habían hecho las paces, pero el halo de misterio y secretos que lo envolvían no la dejaban cerrar ese capítulo por completo.

En aquella ocasión, su novio había llegado antes de las doce, pero hacía dos horas al menos que en esa casa ya no había ni un alma por los pasillos. Ni siquiera la luz de la luna era lo suficientemente brillante para iluminar alguna de las estancias. Yuki había aparecido en su habitación inundándola de palabras de arrepentimiento y súplicas de perdón bañadas en cerveza de importación y tabaco. Sin embargo, al ver que sostenía su regalo de cumpleaños, el alma de

---

26. *Dorama*: término japonés derivado de la voz inglesa *drama* utilizado para dar nombre a las series de temática amorosa y/o dramática.

Violet se había apiadado de él hasta el punto de dejar que se deslizara por debajo de su edredón. Esa había sido la primera vez que hicieron el amor desde su llegada al país, el primer instante de verdadera intimidad que habían podido compartir en casi cinco meses.

El lunes siguiente, al volver a la oficina, todo el mundo sabía que Yuki había dejado de ser uno de los solteros más cotizados de la compañía, aunque Violet no sabía quién había sido la persona que había delatado su existencia sin desvelar su identidad.

Cuando les llegó el turno de comprar las bebidas, Violet salió de su recuerdo y los tres regresaron con el grupo para empezar a comer. Sayumi, sin decir nada, se cambió de sitio y se sentó entre su hermana mayor y Ryūji. A continuación, clavó sus ojos oscuros en los del joven con severidad. Él la miró con una sonrisa encandiladora, como solía hacer; no obstante, con lo único con que se encontró fue con una extraña sensación, una flecha que se clavó directamente en su columna vertebral produciéndole una descarga eléctrica paralizante. Sentía como si, de repente, Sayumi ya no fuese la misma cría estúpida que estaba enamorada de él y de la que se podía aprovechar para seguir engordando su ego masculino mientras jugaba con sus ilusiones. Tenía razón.

19

Yuki caminaba de lado a lado. El vaivén de sus acelerados pasos comenzaba a hacer estragos en la moqueta gris que cubría toda la oficina menos los lavabos. Haru llevaba un rato de pie mirándolo como si nada. Lo seguía con los ojos mientras se bebía el té rojo con sabor a melocotón que se había comprado en la máquina de refrescos que había justo al lado de la puerta del edificio. Era una de las cosas que más le gustaban de la llegada del buen tiempo: las bebidas frías. Esa en concreto solo estaba disponible unos meses del año, de abril a agosto para ser exactos. Desde que la había probado en el instituto, había creado una especie de adicción que hacía que su carácter mejorara con tan solo ver los pequeños melocotones dibujados que adornaban la lata.

—No, Haru. No le doy permiso para ir a Kioto —dijo deteniéndose delante de él y con las manos en los bolsillos.

Haru dejó la bebida encima de su mesa y se colocó en la misma posición que su hermano menor, solo que parecía mucho más relajado: no despegó su trasero del borde de cristal y sus hombros seguían formando dos arcos descendientes. Sonrió con incredulidad al escucharlo.

—Cuando tuve que ir a Osaka a cerrar el contrato con Sumida, ¿tuve que pedirle permiso a la esposa de Honda para que me pudiera acompañar? —preguntó.

—Hiro es un hombre y, además, padre de familia —respondió Yuki.

—Bien, y cuando tuve que ir a Kobe, ¿tuve que decirle algo al novio de Watanabe o al marido de Sakamoto?

—Keiko no tiene novio que yo sepa.

—Aunque lo tuviera, la respuesta es «no». —Se levantó y fue hacia a él—. Contraté a Sumire precisamente para eso, Yuki. Sabes perfectamente que tiene que ir, por el bien de la empresa. Habla con fluidez varios idiomas y se conoce el contrato de fusión con los franceses a la perfección, de las veces que ha tenido que repasar que todo encajara. Además, es nuestra arma secreta después del intento de estafa; nadie se espera que tengamos a alguien como ella en nuestro equipo. Así que me da igual si no le das permiso: es mayor de edad y yo soy su jefe.

Yuki salió del despacho de su hermano a toda prisa sin esconder su enfado del resto de trabajadores. Keiko se lo quedó mirando como varios de sus compañeros y, seguidamente, posó sus ojos en Violet. Evitaba reaccionar con algo que no fuese sorpresa o indiferencia, las dos expresiones que abundaban entre los trabajadores ante lo que acababa de suceder; sin embargo, sus cejas de preocupación la delataban. Tarde o temprano, el resto sabría que entre Yuki y ella había más que una cordial relación entre administrativa y directivo.

—¿A Kioto? ¡Qué envidia! —exclamó Sayumi levantando la mirada de su libro.

Estaba intentando leer la novela adaptada para extranjeros que su profesora de inglés le había recomendado para subir nota, aunque la historia de Violet la tenía más enganchada que la trama de la página que llevaba sin cambiar desde hacía media hora. Rai, que estaba sentada en su pequeño tocador, se giró al percatarse del tono con el que le había dado la noticia su cuñada. No estaba bien, y su rostro era un espejo del estado en el que se encontraba su yo más profundo.

—Sayumi, ¿nos dejas a solas un momento? —le pidió su hermana mayor sin rodeos ni excusas. La adolescente asintió con obediencia y se fue.

La relación que había entre ellas había cambiado completamente desde ese día entre los cerezos. De la noche a la mañana, Sayumi se había convertido en una chica centrada y con ideas más de este mundo que de aquel que solo existía en su imaginación. Comenzó a cooperar más en las tareas de casa, especialmente en aquellas de las que solo se encargaba Rai porque requerían más fuerza; se comportaba con más amabilidad y entereza cuando algo no salía como ella esperaba, e incluso había tardes en las que se iba al santuario a ayudar a su compañera de instituto, Sakura.

—A Yuki no le hace mucha gracia que me vaya a Kioto con Haru —dijo Violet sin esperar a que Rai se lo preguntase. Ella agachó la cabeza.

—¿Te lo ha dicho?

—No, pero un par de minutos antes de que Haru me llamase para anunciarme el viaje, Yuki salió de su despacho muy enfadado. Además, no ha estado demasiado receptivo el resto del día. El trayecto de vuelta ha sido muy incómodo —explicó la joven encogiendo las piernas para acabar abrazando sus rodillas, como solía hacer cuando estaba triste.

—Yuki es idiota —comentó Rai mostrando indignación. La estadounidense la miró estupefacta—. Él sabe perfectamente que rechazar un viaje de negocios, y más cuando te lo propone el presidente de la compañía, es cavar tu propia tumba laboral. Sumire —gateó hacia ella con decisión—, debes ir. No sabré muchas cosas sobre cómo funciona el mundo empresarial, pero lo que sí sé es que esa reunión es muy importante para la compañía. Por lo que me ha explicado Haru, no solo va el presidente, sino también otros directivos. Es por eso por lo que Haru, ese señor que odia las reuniones sociales —sonrieron ambas—, ha decidido encargarse personalmente de este asunto. Y si te ha pedido que vayas es porque te necesita allí.

—Tengo claro que Haru me necesita como intérprete, para eso me contrató.

Rai negó insistentemente con la cabeza al escucharla.

—No, no es solo eso. Haru… —suspiró. Luego, tensó su gesto—. Haru te respeta y te aprecia más de lo que piensas. No solo como traductora e intérprete, créeme.

Violet abandonó la habitación de Rai y se dirigió a la de Yuki para comunicarle su decisión.

La japonesa se quedó mirando la puerta que su cuñada había dejado entreabierta al irse mientras pensaba en todo lo que guardaba en su interior y que no podía contarle. Era quien más secretos conocía y protegía en aquella casa; todos recurrían a ella cada vez que necesitaban hablar con alguien para tranquilizar su alma, sin pensar que haciéndolo solo estaban deshaciéndose de gran parte del peso que ellos mismos cargaban para ponerlo sobre las espaldas de su confidente. A veces pensaba que *obāchan* había elegido el nombre de Rai, «confianza», para ella porque conocía el destino de su nieta, como si se tratara de una especie de profecía que debía cumplir sin opción a librarse de ella.

Yuki y Violet discutieron esa noche; no obstante, no fue como otras veces. Esta fue a la occidental y la voz de la chica pudo oírse claramente por toda la casa, ahuyentando a todo aquel que quisiera defender la postura del japonés; aunque nadie quería hacerlo, ni siquiera Takeshi. El hombre cada vez estaba más débil y se pasaba la mayoría del día encerrado en su habitación, sin alejarse demasiado del futón. La intensidad del dolor que había empezado a sentir un día en la espalda hacía tiempo que había aumentado, extendiéndose por cada uno de sus músculos de una forma que no podía soportar sin la ayuda de un calmante. Además, tenía que admitir que la joven había demostrado con méritos que era alguien que convenía tanto a la familia como a la compañía; así que, de tener fuerzas para ello, tampoco habría salido en defensa de su hijo. Yuki se había quedado solo.

—¿No vas a hacer nada? —le preguntó Rai a Haru en cuanto lo vio por el rabillo del ojo.

El joven había salido al jardín para alejarse de los gritos de la pareja. Se sentó en el suelo del *engawa*, al lado de su hermana, y respiró profundamente. Luego, fijó su vista en el estanque. Muchas veces deseaba ser como aquella carpa de colores con la que compartía nombre y que nadaba tranquilamente sin tener que atormentarse por los errores cometidos a lo largo de su vida, ya que su memoria hacía un borrado general con cada puesta de sol.

—Yuki no se la merece —comentó Haru sin expresión en la cara—. Yuki no se merece nada de lo que haya podido disfrutar a lo largo de su vida. Es un farsante.

—Todos lo somos —respondió la joven. Su hermano la miró—. Cada uno de nosotros ha estado interpretando el papel que se nos designó desde que Sumire llegó, sin darnos la oportunidad de empezar de cero con ella, de decidir quiénes queremos ser. Cuando Yuki nos llamó para darnos la noticia de que vendría con ella, ya se nos predispuso aquello que debíamos hacer: yo, la cuñada perfecta que la ayudaría en todo; mamá, la que le enseñaría a cocinar y las costumbres japonesas, y tú...

—Nadie —completó él—. Mi papel era ser nadie relevante en su vida, solo el hermano de Yuki.

—Sin embargo —prosiguió—, no contamos con lo que significaría Sumire para nosotros y eso ha hecho que, poco a poco, sin apenas darnos cuenta, fuésemos abandonando nuestros papeles, convirtiéndonos en seres que actuaban según lo que sentían y no según lo que se esperaba de ellos. Yo, por ejemplo, dejé de ser la cuñada perfecta hace mucho tiempo para convertirme en su mejor amiga. Un día, sin saber cómo, me di cuenta de que había dejado de seguir el camino que se me había marcado. Cada vez que imaginaba cómo sería mostrarme ante alguien tal y como soy, los músculos se me engarrotaban del miedo. Pensaba que nadie me aceptaría por quién soy yo como individuo; pensaba que mi único valor residía en ser una Nakamura, pero... —sonrió con dulzura—, pero me equivocaba. En la mirada de Sumire jamás he visto ni un solo atisbo de falsedad ni de interés. En su sonrisa solo hay amor y dulzura reales, ganas de vivir. Cada mañana le agradezco a los dioses que la hayan puesto en mi camino para despertarme.

Haru no podía quitar la vista del rostro de Rai. A pesar de la oscuridad de la noche, su piel irradiaba una luz de felicidad que era imposible ocultar. Sus palabras salían directamente de su corazón, sin haber pasado por ningún filtro racional que pudiera censurar lo que realmente sentía por Violet. Era la primera vez que hablaba con su hermano con tanta sinceridad. Siempre había podido contar con él, pero nunca habían sido capaces de conectar tanto como en ese momento.

—Me alegro —musitó él sin mucho ánimo en la voz.

—Ella tampoco te ve como el hermano de Yuki —añadió Rai. A continuación, giró la cabeza hacia él encontrándose con su gesto de perplejidad—. Tienes tu propia identidad, tu propio lugar en su cabeza, solo que no sé si es el que te corresponde en realidad porque ni tú ni yo somos capaces de decirle la verdad de todo lo que la rodea. Así que somos tan farsantes como Yuki.

Rai estiró los brazos y el torso hacia atrás mientras respiraba profundamente. Acto seguido, comenzó a mirar las estrellas. Aquella noche, a pesar de las horas que eran, no hacía frío.

La discusión ya había acabado. La paz había vuelto a bañar cada una de las estancias de la casa, incluida la habitación de Violet, quien pasó por allí para desearles buenas noches con una sonrisa de victoria. Los dos hermanos asintieron a su reverencia con la cabeza, aunque hubo un brillo en su mirada que le comunicó a Rai que debía reunirse con ella para contarle lo que había sucedido. Esta se levantó y se despidió de su hermano con complicidad; sin embargo, antes de alejarse, él la detuvo.

—A Keiko se le cayó esto en la oficina esta mañana —dijo Haru sosteniendo un sobre doblado dirigido a ella—. Su primo, Ryō, es un gran tipo —comentó tranquilizando la expresión de pavor que se había congelado en el rostro de Rai.

Entonces, ella retrocedió un par de pasos y le dio un gran abrazo que lo tomó por sorpresa, aunque le hizo sonreír. El té rojo con sabor a melocotón no era lo único que anunciaba el despertar de la primavera.

20

Violet contemplaba el paisaje a través de la ventana del *shinkansen*[27]. Hacía rato que los edificios tokiotas habían abandonado el horizonte dando paso a una estampa mucho más bucólica y primaveral. El gris y el neón se convirtieron en escenas de las que aún no había podido disfrutar: casas unifamiliares, llanuras y extensas plantaciones verdes, árboles en plena floración... Era incapaz de apartar la mirada. La atracción sobrehumana de la naturaleza la tenía completamente hechizada, alejándola y protegiéndola de todo lo que había conocido hasta ese momento. Sentía como si el mundo se estuviera escapando delante de sus narices y no podía hacer nada para detenerlo, aunque tampoco quería intentarlo.

Haru estaba sentado junto a ella. Antes de salir de la estación, ya había colocado el portátil sobre su regazo; sin embargo, todavía no lo había encendido. Su mente estaba demasiado ocupada dándole vueltas a esa última conversación que había mantenido con Rai. Recordaba cada una de sus palabras mientras perdía sus ojos en los bucles azabaches de la melena de Violet, adornada con un precioso lazo de color crema con pequeñas flores rosas estampadas. De repente, una pequeña exclamación lo sacó de sus pensamientos.

—¡Vaquitas! —dijo la joven en japonés señalando unas vacas que pastaban tranquilamente.

Sus enormes iris azules se clavaron en sus pupilas negras transmitiendo una absoluta inocencia infantil que removió su corazón. Él sonrió de forma automática, rindiéndose al aura de ilusión que la rodeaba.

---

27. *Shinkansen*: línea de tren bala.

Llegaron a Kioto en menos de tres horas, aunque el trayecto podría haber durado días si hubiese sido por Violet. ¡Le había encantado el viaje! En Estados Unidos no había tenido la oportunidad de ir mucho en tren, y solo ahora entendía por qué a Keiko le fascinaba tanto ese medio de transporte.

Haru bajó el equipaje de ambos sin esperar a que ella le diera tiempo a reaccionar. Lo miró con cierta sorpresa y timidez a la vez.

—Gracias —murmuró con una leve reverencia.

Él no le prestó atención. Solo había sido un gesto de educación y lógica: era más fuerte y alto que ella; no había ningún misterio.

Caminaban por el andén abriéndose paso entre la muchedumbre. Violet seguía a Haru para no perderse, pero se le hacía difícil no despistarse entre los múltiples estímulos que recibía del exterior: conversaciones en japonés que se mezclaban con las de los turistas que intentaban salir de esa estación o no equivocarse de línea, los anuncios por megafonía, carteles publicitarios...

—¡Sumire!

Un grito hizo que la extranjera volviera a centrarse antes de chocarse con una columna. Haru la había agarrado por la muñeca para evitar el golpe. Ella posó su mirada sobre la mano de su cuñado y después sobre su rostro, el cual permanecía, como de costumbre, inalterable. Sin embargo, había algo en el arco de sus labios y de sus cejas que lo hacía más amable.

Finalmente, salieron a la calle y se encontraron un coche negro con un señor de unos sesenta años que los estaba esperando. Violet abrió los ojos sorprendida y dio dos pasos hacia su jefe.

—No quiero caer en tópicos racistas, pero ese tipo de ahí es igual a Kenta —comentó Violet en voz baja y en inglés al ver al hombre uniformado que había delante de un coche negro.

—Es que es Kenta —respondió él.

—¿Y cómo demonios ha llegado antes que nosotros y en coche?

—Porque llegó ayer. El hombre que hoy nos ha llevado hasta Tokio ha sido su hermano, Hattori —explicó Haru. Luego, sonrió con un aire sarcástico—. No haberte dado cuenta de ello sí que te hace un poco racista, sí.

Miró a su empleado y le tradujo lo que había sucedido. Luego, el conductor comenzó a reírse a carcajadas junto a su jefe.

—Somos mellizos, señorita Nakamura —dijo en japonés provocando que las mejillas de la extranjera se volvieran del color de los melocotones. Nunca se había dirigido a ella por su nombre, ni siquiera por su apellido real. Desde que llegó, para Kenta, tanto ella como Rai como Sayumi eran la misma persona: la *señorita Nakamura*.

Subieron al automóvil, que era igual al que los llevaba cada día al trabajo. «¿Será el mismo o su mellizo?», pensó Violet en silencio. A pesar de que le habían tomado el pelo, le había hecho gracia. Poco a poco, había empezado a entender el sentido del humor de Haru. Era sarcástico y ácido, y algunas veces pecaba de oscuro, aunque le resultaba muy interesante.

Un día, Keiko y ella habían salido a comer fuera de la empresa, a un pequeño restaurante que quedaba cerca de allí. Durante el tiempo que duraba el descanso, le había contado anécdotas de su familia política, de cuando estudiaba con Rai y conocía a las versiones adolescentes de quienes convivían con ella.

—Haru es el mejor de esa familia —había asegurado Keiko mientras esperaba a que se le enfriara un poco el plato de tempura que había pedido—. Nunca ha sido muy social; aun así, no hace falta estar hablando constantemente con alguien para saber que es buena persona.

—Conmigo se comportó como un imbécil cuando llegué —había contestado Violet antes de meterse un trozo de atún en la boca, provocando las risas de su compañera—. Luego mejoró, pero creo que sigue odiándome.

—Haru no te odia —seguía con su risa contagiosa y ultrafemenina—. Es más, cuando te vi en el coche ese día, pensaba que con quien tenías algo era con él, no con Yuki.

—¿Por qué?

—No sé. —Se encogió de hombros con timidez—. Los dos irradiáis las mismas vibraciones.

Desde aquella comida, Violet se había dedicado a observar con más detenimiento el comportamiento de su cuñado: analizaba sus gestos, cómo cambiaba la curva de entonación de su discurso según la persona con la que hablaba o el tema, su forma de expresar cariño o cercanía con la gente que lo rodeaba... Había convertido su cuarto en una especie de laboratorio desde el que estudiaba cuidadosa y clandestinamente a aquella persona que dormía frente a ella. Kioto no sería un simple viaje de negocios, sería la oportunidad perfecta para conocer al verdadero Haru, ese que Rai siempre defendía con vehemencia, ese que se preocupaba por el bienestar de su hermana pequeña en el instituto, ese al que Keiko admiraba desde que era una cría, ese que, sin ella saberlo, también la vigilaba desde su ventana.

Llegaron a un precioso *ryokan* [28] donde los recibieron dos mujeres ataviadas con un kimono de color crema. Violet no podía cerrar la boca de su asombro y contemplaba ensimismada aquel lugar, sin poder centrar su atención en un solo punto, ya que todo le resultaba digno de admirar. Entraron a la recepción mientras Kenta hablaba alegremente con una de las mujeres con kimono. Era una antigua compañera del colegio.

«No sabía que era de Kioto», pensó Violet.

—Es un placer verlo de nuevo, señor Nakamura —dijo la recepcionista. En ese instante, la joven se acercó un poco más a su jefe—. Y acompañado.

—¿Llegamos a tiempo? —preguntó Haru.

—Por supuesto. Puntuales como siempre —sonrió—. El señor Bernard y su esposa llegaron anoche. ¿Quiere que les avisemos o prefieren ver su habitación antes?

Haru y Violet siguieron los pequeños pasos de la recepcionista hacia una gran puerta corredera del mismo color que su vestimenta. La abrió y después los invitó a entrar con una reverencia.

—La suite está dotada de aire acondicionado, conexión wifi, una pequeña nevera... —Las palabras de la mujer se perdían en el vacío que había creado sin querer la neoyorquina. Esa estancia,

---

28. *Ryokan*: tipo de alojamiento tradicional japonés muy popular en Kioto y en las zonas rurales.

aunque le recordaba mucho a la casa de los Nakamura, la tenía absorta. Se acercó a la puerta que daba a un pequeño jardín, sin darse cuenta de que la mujer seguía hablando hasta que hubo algo que la hizo reaccionar.

—También dispone de una pantalla para dividir la habitación y dar más intimidad a los huéspedes; no obstante, podemos llevárnosla para que la señora Nakamura y usted tengan más espacio.

—¿Cómo? —contestaron al unísono.

—¿Es que no es su pareja? Cuando mi madre apuntó la reserva, pensó que vendría con su novia estadounidense —respondió azorada la trabajadora. No se atrevía a mirarlo—. Estas noticias vuelan…

—La señorita Gentilees…

—Una de las encargadas del Departamento de Relaciones Internacionales —interrumpió Violet para salvar a Haru de una respuesta que podría haberlo incomodado—. La señora Nakamura a la que se refiere usted es la cuñada del señor Haruo Nakamura.

Haru la miró de soslayo escuchándola con atención. Acababa de desdoblar su personalidad, desvinculándose completamente de esa parte de *mujer de* para ser solo su empleada.

—Lo lamento mucho, señor Nakamura. —La recepcionista se inclinó profundamente ante él—. En este momento no tenemos otra suite para su acompañante. Podríamos prepararle una de las habitaciones para grupos si a ella no le parece mal, pero no tiene las mismas prestaciones.

—¿Sabe qué? Deje la pantalla. Dividir la habitación será suficiente.

Violet se volvió a encarar hacia el patio interior, se apoyó en una de las puertas de estilo *shōji*[29] y comenzó a reírse tapándose la boca para no hacer ruido. Le había hecho mucha gracia la forma en la que Haru se había dirigido a la empleada para arreglar la situación; era como si hubiese vuelto a esa fase de adolescente solitario y tímido a la que había hecho referencia Keiko en más de una ocasión. No obstante, debía admitir que entendía su nerviosismo. A

---

29. *Shōji*: puertas correderas hechas, principalmente, de madera y papel de arroz.

ella tampoco se le hacía del todo cómodo compartir un escenario tan íntimo con él y menos después de la pelea que había tenido con Yuki por culpa del viaje a Kioto.

Se instalaron en cuanto se quedaron a solas y, a continuación, decidieron buscar a los señores Bernard, aunque no tuvieron que ir muy lejos porque, en cuanto salieron de su habitación, se toparon con un matrimonio de unos cincuenta y muchos que vestía el yukata de cortesía que ofrecía el hotel. Su rudimentaria excusa en japonés llamó la atención tanto de Haru como de Violet, que alzaron sus cabezas y se encontraron dos rostros caucásicos de ojos gigantes. Eran ellos.

Haru se apresuró a saludarlos con una reverencia y, justo después, presentó a la señorita Gentile como su ayudante. Ella extendió su brazo hablando un perfecto francés, mientras su jefe la miraba fascinado por la facilidad con la que parecía producir esos sonidos tan armoniosos y dulces. De hecho, lo mismo había sentido al escucharla practicar japonés por primera vez, sola en su cuarto o cuando conversaba animadamente con *obāchan*.

De repente, la pareja comenzó a reírse; sus carcajadas eran ruidosas y estrambóticas. Hubo algún que otro trabajador que se asomó disimuladamente para comprobar qué estaba sucediendo. Nakamura no entendía nada, solo sonreía de forma forzada sin saber el motivo de sus risas ni lo que se estaban diciendo entre ellos, aunque debía confesar que envidiaba la complicidad que derrochaban con cada uno de sus gestos. Se acercó ligeramente a Violet y se inclinó un poco para ponerse a su altura.

—Sumire, ¿qué ocurre? —susurró en japonés para que no los entendieran.

Ella mantenía la misma sonrisa fingida que él.

—Que les he dicho que están muertos —respondió. Luego, se tocó el cuello de su camisa y Haru se fijó en la posición de los yukatas de los franceses: la parte derecha estaba por encima de la izquierda; un detalle del que no se había percatado hasta entonces. Al parecer, Sumire estaba mucho mejor instruida en costumbres japonesas que él o, por lo menos, era mucho más observadora.

—Nakamura, mis socios aún no han llegado. Se han equivocado de tren. ¿Qué le parece si paseamos por los alrededores y, mientras tanto, adelantamos un poco de trabajo? Nina —se dirigió a su esposa—, tú podrías quedarte con esta encantadora *mademoselle*.

—Verá, señor Bernard. La señorita Gentile...

—Por supuesto. —Violet interrumpió a Haru antes de que este pudiese decir algo que incomodara al francés. Seguidamente, miró a su jefe en silencio y este asintió.

Ese mínimo y sutil gesto le bastó a Haru para entender que las costumbres japonesas no eran lo único que se le daba bien a la extranjera, que también conocía el arte de hacer negocios.

Violet se fue con la francesa mientras le preguntaba cuál era su grupo sanguíneo.

—¿De verdad que no conoce lo que nuestro tipo de sangre puede decir de nuestra forma de ser? Pues, debe saber que aquí, en Japón, a los A como usted se los considera unos verdaderos artistas —comentó Violet entreteniendo a la mujer, que estaba totalmente embelesada por todo aquello que escuchaba de sus labios.

Haru contemplaba cómo se alejaban dibujando una pequeña sonrisa imposible de ocultar. Ella se giró levemente y se la devolvió junto con un guiño. Su complicidad, casi telepática, no tenía nada que envidiar a la que habían forjado los señores Bernard tras treinta y cinco años de matrimonio y mucho menos a la que la misma Violet tenía con Yuki.

El resto de socios del señor Bernard llegaron a media mañana, justo cuando volvieron del paseo por los alrededores del alojamiento. Desde entonces, no había podido reunirse con Violet, aunque no importaba, ya que la reunión iba a ser esa tarde. Haru mantenía su papel de anfitrión de forma estoica, escuchando conversaciones triviales sobre fútbol y más tópicos que los europeos pensaban sobre los japoneses y que no le interesaban lo más mínimo, pero a los que tenía que asentir y sonreír si quería que el negocio llegara a buen puerto. Entonces, se preguntó si esa situación habría sido más interesante si Violet hubiese estado allí.

Tenía un carisma natural que la hacía brillar en cualquier situación, algo que él había descubierto al conocerla, pero de lo que se había cerciorado al ver lo bien que había encajado en la empresa. Y no era él único que pensaba así.

En ese momento, recordó la charla que había mantenido con Keiko unos días antes:

—Keiko-san —la había llamado como solía hacerlo cuando eran más jóvenes. Esa tarde, la chica se había quedado haciendo horas extra para acabar unos informes—. ¿Qué opinas de la señorita Gentile?

—Es una chica muy alegre e inteligente. Has hecho bien en contratarla, Haruo-kun. —Ella había sonreído con dulzura y él le había devuelto el gesto.

⁂

Una vez reunidos todos los socios, entraron a un salón que habían reservado previamente para poder hablar de negocios de una manera más formal. Haru llamó a Violet para que se uniera a él y trajese todos los papeles de la fusión. La joven apareció por la puerta un par de minutos más tarde, ataviada con un yukata al igual que la mitad de los asistentes, solo que su tela estaba estampada en preciosos tonos morados que resaltaban el celeste de sus ojos.

—¿No se supone que «las chicas» vienen cuando se cierra el trato? —preguntó jocosamente el socio británico a su acompañante en un tono lo suficientemente audible para que llegara hasta los oídos del japonés y de la estadounidense.

Ambos los miraron con desprecio, rompiendo la cortesía y el protocolo. Seguidamente, Violet comenzó a repartir los dosieres entre todos los hombres y, después, se sentó al lado de su jefe.

—Soy Violet Gentile, la intérprete de la empresa Nakamura, asistente del señor Nakamura y buena traductora de cláusulas de contratos del francés al inglés. Lamento si mi cargo ha desilusionado a alguno de los presentes —se presentó aludiendo al desafortunado comentario del inglés y al engaño de los franceses.

Haru sonrió victorioso al escucharla.

—¡Vaya! La única mujer de esta reunión tiene más agallas que todos nosotros juntos —añadió el señor Bernard antes de soltar una profunda carcajada.

Tras dos irritantes y soporíferas horas de reunión y una no menos pesada cena de negocios para seguir perfilando el acuerdo, Violet y Haru se dirigieron a su habitación. La fusión estaba garantizada al igual que la colaboración con el resto de los socios del señor Bernard a pesar de que la arrogancia de los británicos había sido inaguantable, especialmente, después de que la joven hubiese herido su orgullo masculino.

Después de extender la pantalla de separación, el mayor de los Nakamura ayudó a su cuñada a sacar los futones.

—Gracias —dijo ella en un japonés muy dulce, aunque solo obtuvo un movimiento de cabeza como respuesta, antes de que él volviera a su lado del dormitorio rápidamente.

Haru comenzó a desnudarse de espaldas a la pantalla y buscó su pijama. Hubiese jurado que ya lo había sacado de su bolsa, pero no sabía dónde lo había puesto. Al darse la vuelta para ver si lo encontraba, halló algo que lo paralizó por completo y lo sumió en un mar de deseo: la silueta femenina de su cuñada se desnudaba con delicadeza y naturalidad, ajena a todo lo que sucedía en la mente de su compañero de habitación. Las voluptuosas curvas de su cuerpo se proyectaban de forma definida sobre los paneles que los separaban, una sensual sinuosidad que se grabó en la memoria de Haru en cuanto impactó contra su retina. Jamás había visto nada igual. A pesar del peso que había perdido desde que había llegado, Violet mantenía una anatomía que distaba mucho de la de cualquier mujer japonesa. Curva, curva y curva. La unión de dos eses, una frente a otra. No podía quitar la mirada de allí. Esa imagen lo había hechizado por completo, adueñándose de su razón. ¿Eso estaba bien? Ni siquiera podía plantearse si contemplar aquella escena se podía considerar infidelidad, pero Yuki había desaparecido por completo y no existía en esa realidad paralela formada solo por Violet, él y el separador.

—Haru. —La voz de la joven lo trajo de nuevo a la realidad. Acabó de vestirse rápidamente y le respondió.

—¿Sucede algo?

—¿Te importaría quitar esto? —preguntó ella con timidez—. Te parecerá una tontería, pero me estoy agobiando un poco. —Ella tragó saliva y respiró soltando una pequeña risa semejante a un suspiro—. Quizá... quizá es que no puedo dormir sin verte, ya ves.

Él abrió los paneles sin responder, aunque algo en su interior se llenó de una sensación muy cálida: Violet se había acostumbrado a él. Tal y como había dicho Rai, Haru tenía un lugar solo para él en la mente de la neoyorquina que lo alejaba de la sombra de Yuki. Alzó la mirada para preguntarle si así estaba mejor, pero la candidez de sus facciones lo dejó sin habla. Jamás había tenido la oportunidad de tenerla tan cerca y menos así, con la melena alborotada, volviendo a su estado natural, y con un pijama rosa que la alejaba todavía más de la oficialidad y la frialdad de ese viaje de negocios. De repente, las palabras de *obāchan* eclipsaron cualquier reacción de rechazo hacia ella. Esta vez no se alejaría ni apartaría la vista ni contestaría con un simple gesto.

—Yo tampoco puedo dormir sin verte —dijo frente a ella relajando la expresión de su rostro, abriendo su corazón de par en par por primera vez desde ese día de octubre en el que se habían conocido.

21

Algunos rayos de sol conseguían traspasar levemente la niebla de esa tarde de invierno. Pronto se dispersaría, aunque la negrura que se acercaba por el oeste indicaba que la lluvia irrumpiría en la escena de un momento a otro. Un niño corría con todas sus fuerzas por el bosque sin atreverse a mirar atrás. Sus mejillas estaban llenas de lágrimas y de barro; su cara, más roja que la estrecha línea de luz que se divisaba en el horizonte. Comenzó a llover.

«Desde que naciste solo me has traído desgracias»; esas palabras sonaban en su cabeza ensordeciendo los truenos y las gotas que caían con violencia contra el suelo. Corría a más velocidad. «Siempre estás con la cabeza en las nubes o en esos dibujos de *maricón*», el viento le traía de vuelta esas palabras. Él seguía corriendo. «Si algo le pasa a tu hermano, solo será culpa tuya, Haruo».

Haru se despertó súbitamente de esa pesadilla. Hacía mucho tiempo que no la tenía; más o menos desde ese viaje a Tokio con Sayumi y Violet. Fijó su mirada en los listones de madera que cubrían el techo de la habitación mientras recobraba el aliento. No lo entendía, habían pasado más de veinte años de esa tarde y todavía temblaba al recordar cada fotograma, como si se tratara de una película. Podía reproducir con claridad la voz de su padre, el sonido de la tormenta, los crujidos de las hojas al pisarlas, el olor a tierra mojada… Todo recobraba vida en su cabeza, despertando un terror que no le dejaba ni conciliar el sueño de noche ni vivir en paz de día.

Cambió de postura y su corazón encontró de nuevo el sosiego. Por unos segundos, había olvidado que Violet estaba a un par de metros de él durmiendo plácidamente. Al parecer, lo único que le hacía falta a la joven para acostumbrarse al futón era usar dos almohadas. «*Gaikokujin*...», pensó mientras esgrimía una pequeña sonrisa. Observaba su respiración: era tranquila y equilibrada; los tiempos en los que inhalaba y soltaba el aire parecían ser exactamente los mismos. Envidiaba esa apacibilidad que se desprendía de cada centímetro de su piel. Se preguntaba en qué estaría soñando, qué era eso que la hacía permanecer en un descanso tan profundo y placentero.

Extendió y enrolló de nuevo la toalla sobre la que apoyaba su cabeza y volvió a cerrar los ojos, aunque, esta vez, contagiándose de su calma.

—Sinceramente, es una pena que, estando en una ciudad tan bonita, vayamos a pasar el día aquí encerrados charlando con tipos pedantes —comentó Violet mientras miraba el sol que hacía esa mañana a través de la ventana.

—Ya —Haru apoyó en la mesa el cuenco de arroz blanco que había estado sosteniendo mientras comía—, pero así son los viajes de negocios, Sumire.

—Lo sé... —respondió con abatimiento—, era un simple pensamiento en voz alta. Es que llevo casi medio año en Japón y todavía no he podido hacer ni un poquito de turismo. Me gustaría conocer mi nuevo hogar. —Sonrió posando su mirada en las vetas de la madera oscura de la mesa. La nostalgia había bañado su semblante por mucho que quisiera sonreír para ocultarla.

Haru se levantó y se marchó sin decir nada más. Violet se estaba acostumbrando a no pedir explicaciones; aun así, comenzó a pensar que quizás lo había ofendido. Su intención no había sido ser impertinente ni reprocharle nada, sino todo lo contrario. Estaba muy agradecida de que la hubiese elegido para ese viaje. Las últimas veinticuatro horas que habían pasado juntos habían sido muy entretenidas e interesantes. Había descubierto que le gustaba estar con él y que había algo en sus silencios que la hacían sentir cómoda y acompañada; era la primera vez que no veía la necesidad de llenarlos con frases estúpidas sobre el tiempo o lo que habían comido. «No hace falta estar hablando constantemente con alguien para saber que es buena persona», las palabras de Keiko vinieron a su memoria de forma inesperada.

Tras terminar de desayunar, abandonó el comedor y se dirigió hacia su habitación para comprobar si Haru estaba allí; quería disculparse. Abrió la puerta y allí estaba él, aunque no llevaba la misma ropa que hacía unos minutos y estaba despeinado. Se había deshecho de esa imagen de hombre de negocios que había mantenido desde que habían abandonado Hakone para adoptar una totalmente distinta y que le quitaba años de encima.

—Vamos, cámbiate —le ordenó mientras se ataba los cordones de sus zapatillas deportivas blancas—. Los señores Bernard también quieren hacer un poco de turismo y me he ofrecido a acompañarlos mientras el resto de los socios pasa el día en un complejo termal. Al parecer, los dioses están muy contentos con alguien y le conceden todo lo que quiere. —Se incorporó fijándose en la expresión de ilusión que reflejaba el rostro Violet.

Él no entendía por qué la hacía tan feliz tener que pasarse todo el día caminando por una ciudad y más con el calor que habían anunciado para esa mañana. Sin embargo, ese cambio de planes había valido la pena solo por verla así.

Haru se fue a la recepción y llamó a Kenta para pedirle que los recogiera lo antes posible y entabló un poco de conversación con la mujer que regentaba el lugar. Los Nakamura siempre habían sido muy buenos clientes; ya en tiempos de su abuelo, visitaban el *ryokan* con asiduidad, especialmente en otoño, en la época del *momiji* [30].

—Haru.

La voz de Violet pronunciando su nombre los interrumpió, aunque lo que verdaderamente lo cautivó fue su imagen. «Las violetas

---

30. *Momiji*: época del año en la que enrojece el arce japonés. Es una de las mayores atracciones turísticas del otoño.

solo florecen con la primavera»; escuchó a *obāchan* como si estuviera a escasos centímetros de él. No podía apartar la vista de ella. Su aura de candidez y vitalidad brillaba más que nunca, como si fuese la personificación de esa estación que le daba nombre. Las flores de su vestido le recordaban a las de su jardín; seguramente estarían todas abiertas y él se lo estaba perdiendo, aunque no le importaba.

—¿Cuál es el plan, *monsieur* Nakamura? ¡Estoy deseando conocer Kioto como un verdadero japonés! —exclamó el señor Bernard rompiendo la magia del momento.

—Mi chófer está a punto de llegar —respondió todavía aturdido.

—Dicen que Kioto es una de las ciudades que mejor conserva la esencia del Japón más tradicional, ya que durante muchos años fue la capital —explicó Violet de forma acertada—. Es la ciudad de los templos, los samuráis, las geishas y las casas de té.

—¡Geishas! ¡Qué ilusión, Jacques!

Las miradas de Violet y Haru coincidieron, al igual que aquello que les rondó por la cabeza al escuchar a la francesa. Posiblemente, la estadounidense había pecado de usar demasiados tópicos en su discurso, pero sabía cómo encandilar a la esposa del empresario y tenerla contenta era una estrategia muy inteligente para asegurarse el éxito del negocio.

Subieron al coche de Kenta y emprendieron su viaje hacia el santuario de Fushimi Inari Taisha. Haru le había dejado a su conductor la responsabilidad de elegir qué ruta turística seguir; él era quien se había criado allí, al fin y al cabo. Durante el trayecto, perdió sus ojos en el paisaje que veía a través de la ventana, aunque no le prestaba ni la más mínima atención. Su cuerpo aún no se había recuperado de la pesadilla que había tenido esa noche. No quería mostrarse mohíno; sin embargo, Violet se había dado cuenta de la tristeza que se escondía tras sus pupilas, duplicadas en el reflejo del espejo retrovisor.

—Oh, dios mío. ¡Qué preciosidad! —exclamó la señora Bernard al apearse del auto.

Violet no podía creer lo que veían sus ojos. Podía reconocer esos tōri rojos a la perfección: eran los protagonistas de una de las escenas cinematográficas que mejor guardaba en la memoria. Haru se esperaba su comentario y, obviamente, sus expectativas fueron más que cumplidas.

—¿Incluso en esto debes ser tan yanqui? —preguntó el japonés con ánimo de chincharla.

—¿Qué? ¡*Memorias de una Geisha* es una película maravillosa! —protestó Violet.

—Una maravillosa sarta de mentiras querrás decir.

—Bueno, tiene alguna que otra incoherencia, sí, y fallos bastante resaltables, de acuerdo; pero es muy romántica. Lo que pasa es que como tú eres tan... —suspiró—. Paso.

—No, no, dilo —insistió Haru metiéndose las manos en los bolsillos.

—Señor soso.

—¿Soso? —Su cuñado abrió los ojos con sorpresa.

—No, *señor soso*, que no es lo mismo. —Violet lo imitó frunciendo el ceño y apretando los labios en una línea completamente recta.

Los dos comenzaron a discutir de forma infantil olvidándose de sus acompañantes hasta que el ruido de un capturador los distrajo. Nina sostenía sonriente su cámara profesional mientras comprobaba si la foto había salido bien. Luego, se la enseñó a su marido y rompieron a reír a carcajadas.

—Salen muy adorables, ¿no crees? —comentó la mujer en su idioma, provocando que las mejillas de Violet tomasen el color de los tōri.

Tras caminar un par de kilómetros a través de ese camino celestial, siguieron con su ruta por la antigua ciudad imperial. Violet traducía a la esposa del señor Bernard las explicaciones de su jefe, que ejercía de guía privado. Estaba impresionada con la cantidad de datos históricos y leyendas que conocía sin necesidad de libros ni de teléfonos con internet. Cuando volvieron al coche, tuvo incluso que preguntarle a Kenta si lo que estaba contando durante el viaje era cierto o se lo estaba inventando para no quedar mal delante de los señores Bernard. El hombre rio. «Ese chico es una especie de enciclopedia humana andante. No sé cómo no tiene una cabeza gigante con todo lo que almacena en ella», respondió.

La visita turística acabó antes de tiempo debido a un dolor en la rodilla que la señora Bernard había comenzado a notar después de comer. Hacía dos años que la habían operado, pero todavía se resentía si hacía muchos esfuerzos. La mujer se disculpó, especialmente con la que se había convertido en su amiga de viaje durante su estancia en Japón. Violet no entendía demasiado por qué había hecho esa distinción con ella; además, la excursión había sido idea suya. Entonces, la francesa desvió la vista fugazmente hacia Haru y, a continuación, sonrió de forma nerviosa.

Volvieron al *ryokan* sin más demora. Nakamura insistió en que podían llevarla al hospital si le dolía mucho, pero Nina declinó su propuesta con amabilidad. No había de qué preocuparse, solo necesitaba un baño y descansar.

—Sumire-chan. —Haru la detuvo antes de que entrase al alojamiento.

Hacía mucho tiempo que Violet no escuchaba esa forma de llamarla de sus labios y lo miró con un brillo especial mientras bajaba los escalones que llevaban a la puerta principal.

—¿Te gustaría dar un paseo? —le preguntó él con una voz sosegada, relajando los músculos de la cara—. Aún quedan algunas horas de luz y aquí cerca hay un bosque de bambú precioso.

—Claro.

El silencio imperó durante el trayecto como solía pasar cada vez que se quedaban a solas; no obstante, en lugar de crear una barrera entre ellos, parecía aislarlos del resto del universo. Era una especie de enlace con aquello que guardaban en lo más profundo de su ser y que ellos ni siquiera conocían. Haru agachó la cabeza para observarla: estaba distraída contemplando la longitud de aquellos tallos que parecían tocar el cielo. El sol cada vez estaba más bajo y los rayos dorados de la tarde se proyectaban sobre las hojas otorgándole una luz verde cálida y reconfortante al paseo. El olor a savia le trajo a su memoria un amargo recuerdo de la última vez que había estado allí:

—Haru, no me es fácil decirte esto, pero desde hace un tiempo, creo que siento algo por Hokuto —había confesado Midori.

—No te culpo —había respondido él sin ningún atisbo de ira ni enfado en su voz. Ambos se detuvieron—. Midori, tú quieres casarte, ¿verdad? —Ella lo había mirado sorprendida—. Quieres casarte, vivir en una casa bonita, formar una familia feliz... Es un sueño precioso y no conozco a nadie mejor que Maeda para cumplirlo.

—¿Y tú? —había preguntado la chica—. ¿Qué hay de ti? Llevamos saliendo desde que empezamos la universidad; sin embargo, siento que hay algo en ti que no me cuentas. Y ahora, te estoy diciendo que quiero a tu mejor amigo y lo único que recibo de ti son deseos de buena suerte. Es como si no permitieses que nadie te quisiera demasiado como para querer pasar el resto de su vida contigo y me da mucha rabia porque... —había soltado una gran bocanada de aire—, porque eres un hombre muy especial, Haru. —Midori había sonreído con ternura mientras aguantaba las lágrimas de impotencia.

⚜

—¡Me encanta este lugar! ¿Me puedes hacer una foto? —Violet lo devolvió al presente. Sostenía sonriente su teléfono móvil mientras esperaba a que él lo agarrara.

Haru asintió sin decir nada. Ella posaba con una alegría incandescente; parecía ser su estado natural, aunque su cautiverio en casa de los Nakamura la había obligado a reprimirlo. Ella sí que era una mujer muy especial, se dijo el mayor de los Nakamura.

—¿De qué conoces este lugar? —le preguntó la estadounidense apoyada en la barandilla de un pequeño puente que había en el camino de vuelta al *ryokan*. Se habían parado a descansar.

—Vine con mi exnovia hará unos años. Fue aquí donde me dejó. —El joven hizo una pequeña mueca difícil de leer, pues tenía la vista fijada en los peces naranjas del riachuelo.

—¡Vaya! —exclamó Violet sin saber cómo reaccionar—. Pues ella se lo pierde.

Él la miró arqueando las cejas.

—¿Eso crees? Ella quería algo que yo no le podía dar: felicidad. Ahora está casada, vive en una preciosa casita a las afueras de Tokio y tiene una hija. Yo, en cambio, en un par de días cumpliré treinta y tres años y mis planes de futuro se centran en aquello que necesite la compañía. Soy yo quien se lo pierde, creo —contestó en un tono más grave de lo habitual.

—Bueno, si te digo la verdad, en un par de semanas cumplo veintiocho y ni siquiera tengo planes de futuro —dijo ella intentando consolarlo.

—Casarte con Yuki, ¿no? —Ella se sorprendió al escucharlo; era la primera vez que lo nombraba en ese viaje—. Porque… te casarás con él cuando mi padre muera, ¿verdad?

Haru no entendía por qué se lo había preguntado. Realmente no quería oír de sus labios una respuesta que conocía de sobra. Violet, en cambio, carraspeó con incomodidad llamando la atención del japonés.

—Sé que aquí, la mayoría de las mujeres de mi edad ya están casadas o piensan en el matrimonio, pero yo no —confesó con temor. Haru se incorporó y clavó sus ojos expectantes en ella—. Acabo de llegar a un país que es totalmente distinto a lo que me había rodeado desde que nací. Estoy conociendo una cultura nueva, nuevas formas de vida, personas nuevas y… —Tragó saliva. Inesperadamente, su semblante había palidecido. Su piel rosada ahora se asemejaba a la ceniza y sus ojos nunca habían tomado un tono tan oscuro—. Estoy conociendo la verdadera cara de algunas personas que creía conocer a la perfección y… Ahora mismo, pensar en casarme con Yuki lo veo innecesario.

Se separó de la barandilla agarrotando los músculos de sus extremidades. Su espalda estaba completamente recta. Acababa de abrir una puerta que ni siquiera sabía que existía, pero que, en realidad, guardaba tras ella la verdadera causa de esos nudos en la garganta y esos dolores de cabeza que la visitaban de noche sin previo aviso y no la dejaban dormir. Apretaba la mandíbula y los puños con fuerza, como si estuviera reprimiendo algo que hasta ese momento había podido controlar, pero que ahora estaba fuera de sí. No sabía qué hacer.

Esa experiencia era totalmente nueva para ella. Había perdido la habilidad de reconocer lo que sentía y poder expresarlo o quizá jamás había llegado a desarrollarla por completo. Su primera queja de Japón había sido la falta de comunicación que existía entre las personas, pero ¿ella se había comunicado realmente con sus seres queridos alguna vez? En Nueva York, tenía que quedar a solas con su madre para poder hablar un poco sin que nadie ni nada las coartara, como si fuese un evento inusual. Entonces, ¿en qué se diferenciaba su relación familiar de la que había entre Rai y Hiroko, por ejemplo? A lo mejor nunca había sido tan sincera como siempre había creído y no por decisión propia, sino por miedo a herir a la gente. A lo mejor no era tan distinta a *ellos*.

Haru se acercó a ella con preocupación. Violet no reaccionaba; se había quedado inmóvil y fría, con la mirada perdida entre los surcos de la madera de la barandilla del puente.

—Haru —dijo por fin con un hilo de voz—, cuando volvamos a casa, ¿vas a cambiar de nuevo? ¿Vas a volver a ser ese hombre que solo me ve como una intrusa en su familia? ¿Como una *gaijin*? —incidió dolorosamente en ese término. Él se humedeció los labios con la punta de la lengua y abrió ligeramente la boca—. ¡No! —lo interrumpió—. No me respondas. Solo prométeme que seguirás vigilándome desde tu ventana y que me irás a buscar cuando me escape al bosque y que siempre recordarás que, pase lo que pase, pienso que eres un hombre maravilloso. —Sonrió mientras sus pupilas titilaban por el esfuerzo que le suponía aguantar el llanto que nacía desde la boca del estómago.

—Violet… —Se abrazó a ella como esa tarde cuando había roto a llorar en el coche, aunque esta vez era distinto. Sabía que era lo más indicado sin tener que buscar una señal que lo convenciera de que estaba haciendo lo correcto, que era lo que ambos necesitaban—. Lo siento, Violet. Perdóname, perdóname por todo —pronunció aquellas palabras que guardaba dentro de su corazón desde hacía meses. Repetía su nombre, su verdadero nombre, aquel que ella tanto reclamaba como si fuese el último vestigio de esa persona que había sido un día.

Haru apoyó su mejilla en la parte superior de la cabeza de la joven, sintiéndola, aferrándose a esos segundos antes de que el mundo que formaban se rompiera por completo en trozos tan minúsculos que fuese imposible reconstruirlo. Su idea de la felicidad más absoluta se reducía a ese abrazo, a ese calor de hogar que le transmitía su piel a pesar de la brisa primaveral que traía el ocaso, a ese olor a flores frescas que desprendía cada mechón de su pelo. Nunca había considerado que se merecía a alguien tan bueno como ella, porque nunca había tenido la oportunidad de sentir lo que Violet le había provocado. Rai llevaba razón: toda su vida había sido un farsante porque no había tenido la valentía de dejarse conocer, de luchar según lo que él creía que era justo. Sin embargo, Violet le había quitado la careta y le había hecho ver que ser él mismo no era nada de lo que avergonzarse.

Se alejó unos centímetros de ella y enjuagó las lágrimas de la estadounidense con sus propias manos sin deshacerse de esa minúscula sonrisa que sus labios habían dibujado al sentir su cuerpo entre sus brazos. Violet lo miraba contagiándose de su serenidad. Llevaba mucho tiempo sin encontrarse tan bien como en ese instante, cuando el calor y el aroma de Haru todavía la envolvían.

—Es mejor que volvamos —propuso él.

Caminaron hacia el *ryokan* compartiendo el mismo espacio vital. Sus manos se habían rozado un par de veces, pero ninguno de los dos se alejó del otro. No se miraban, pero tampoco les hacía falta. Ambos estaban perdidos en sus pensamientos, tratando de asimilar y entender lo que acababa de suceder. De repente, a escasos metros del alojamiento, se encontraron con una figura que reconocieron a la perfección: Kenta corría hacia ellos con el rostro desencajado; el día había llegado.

22

Violet abrazaba a Sayumi con fuerza mientras miraba a la nada. La chica llevaba llorando desde el último suspiro que había dado su padre, justo después de despedirse de su hermano mayor. No quería soltarse de la neoyorquina y se agarraba a su blusa como si sus brazos fuesen el único refugio en el que se sentía protegida de verdad. No sabía cuánto tiempo había pasado, pero confiaba plenamente en que no la abandonaría, en que no se levantaría de esa esquina del suelo de su habitación ni la arrastraría a que afrontara la dura realidad que la esperaba al final del pasillo.

Era cierto, Violet no se movería de allí; sin embargo, su cabeza hacía tiempo que no estaba en ese dormitorio. No podía parar de pensar en Haru y en todo lo que estaba haciendo solo. «Ser el hijo mayor no es fácil»; las palabras de Rai cobraban más vida que nunca. Ahora entendía su verdadero significado. Ahora entendía el motivo de sus desvelos, de esa expresión de preocupación en su rostro que parecía ser perpetua. Ser el hijo mayor en una familia tradicional era una tarea solitaria y dura, capaz de amargar el carácter de cualquiera. Era incapaz de imaginarse a su hermano Andrea lidiando con un proceso así él solo, aunque ella tampoco lo permitiría.

—Sayumi, deberíamos ir preparándonos —propuso la joven con dulzura. La adolescente asintió serenamente.

Violet salió del cuarto de su cuñada pequeña con la intención de ir al suyo, aunque antes se fue al lavabo para lavarse un poco la cara. Al igual que cualquier habitante de esa casa, se había pasado la noche en vela.

Observaba su rostro en el espejo. Estaba más pálida de lo normal, las ojeras cubrían parte de sus mejillas y sus párpados estaban hinchados por la falta de descanso. De repente, abrieron la puerta sobresaltándola.

—Perdón —se disculpó Haru volviéndola a cerrar, pero ella no lo dejó. Alargó el brazo e impulsó el tablón de madera oscura hacia afuera. Era de las pocas puertas con bisagras de toda la casa.

Sin duda, él aspecto del mayor de los Nakamura era mucho peor que el suyo. La tristeza y el cansancio se habían instalado en cada una de sus facciones, dándole una expresión fúnebre a juego con su traje negro. Aun así, no encontró en él ni un solo rastro de llanto. Mostraba una entereza que para muchos era digna de admirar, pero que en ella solo conseguía que el corazón se le encogiera de dolor.

A Violet le parecía increíble cómo podía cambiar la vida en un solo momento. En un solo segundo, se podía pasar de la felicidad al abismo sin ni siquiera tener un mínimo margen de reacción. Kioto parecía un espejismo, un sueño que solo había sido real en la imaginación de ellos dos, un secreto que traspasaba la frontera entre lo onírico y la realidad en cuanto sus miradas se encontraban.

La joven volvió a su habitación para vestirse sin cruzar ninguna palabra con él. Después se fue hacia la cocina junto a Rai y a Yuki, donde este ayudaba a su hermana reemplazando a su madre. Violet lo miró con cariño: él nunca había tenido unas grandes dotes culinarias; cuando estaba en Nueva York, antes de que comenzaran a vivir juntos, se alimentaba a base de comida precocinada hasta que se compró un hervidor de arroz de segunda mano, aunque aquello tampoco había sido un hito que cambiase mucho su dieta.

—Ya sigo yo, Yuki —dijo Violet quitándole el cuchillo que sujetaba con poca maña.

Él se sentó en la mesa de la cocina y, a continuación, suspiró con abatimiento. Ninguna lo miró.

—Rai, ¿me acercas un bol? Voy a llevarle un poco de sopa a Haru. Lleva mucho tiempo sin comer nada —dijo la estadounidense mientras picaba un poco de puerro.

—No te la aceptará —respondió ella.

—Pues lo obligaré a tomársela. —Llenaba el recipiente con cuidado de no derramar nada.

Yuki resopló, aunque, esta vez, de hastío. No paraba de darle vueltas a ese viaje de negocios. Durante los casi dos días que había durado, apenas había podido hablar con ella. No respondía a sus mensajes y, cuando lo hacía, siempre se disculpaba con frases como «tengo mucho trabajo» o «después te llamo», pero esas llamadas nunca habían llegado. Cada hora que había pasado sin saber de ella se había convertido en combustible que avivaba los celos que sentía por su hermano desde que la había contratado.

Violet salió de la cocina con una bandeja y se dirigió a la habitación de Haru. Lo llamó y esperó hasta que le dio permiso para entrar.

—Te he traído un poco de sopa y arroz —anunció tras apoyar la bandeja sobre el escritorio.

Haru permanecía sentado en su cama, con la mirada perdida entre sus sábanas y sin importarle que se le arrugara el traje. Rechazó la comida diciendo que no tenía apetito, aunque le dio las gracias de todos modos. Había sido la única persona que se había preocupado por él. Ella insistió con vehemencia, pero pronto la callaron.

—Si te ha dicho que no quiere, déjalo —alzó la voz Yuki con severidad. Por un segundo, tanto Haru como Violet pensaron que había sido Takeshi; había sonado exactamente igual a él—. Ya es mayorcito.

—Me da igual si es mayor o no —contestó ella enfrentándose a él—. Tiene que comer. Se avecina un día muy largo.

—Tranquila, Sumire. —Haru ya no estaba en la cama, sino detrás de ella. Su semblante aparentaba serenidad—. Me lo comeré con mucho gusto. Gracias.

Ella se marchó dejando a solas a los dos hermanos. Repentinamente, los rostros de ambos se transformaron en la viva imagen del odio. ¿Desde cuándo Haru era tan amable con ella? ¿No le había dejado bien claro cuál debía ser su posición respecto a Violet?

—Recuerda que tú serás su jefe, pero *yo* soy su novio y pronto seré su marido —dijo Yuki con aire amenazante.

El mayor sonrió de forma torcida al escucharlo y, embistiendo a su hermano, lo acorraló contra la estantería. Algunos libros cayeron por el impacto del cuerpo contra el mueble. Yuki lo miraba aterrorizado; su altanería de hacía unos instantes se había esfumado. Nunca había visto a Haru tan lleno de rabia como en ese momento, ni siquiera cuando eran críos y se enfadaban por cualquier tontería.

Entonces, algo en Haru hizo que se alejará de él y le soltara el cuello de la camisa. Se había visto a sí mismo años atrás en las manos de su padre. Había retrocedido a esa tarde en la que se había ganado la cicatriz que tenía en la cara, cerca del ojo, y que le recordaba quién era realmente ese hombre que ahora estaba de cuerpo presente.

—Desde pequeño has sido un niño quejica al que se le han concedido un millón de oportunidades simplemente por ser el favorito, el nacido entre algodones al que nunca se le decía que no ni se le podía hacer responsable de nada. —De la boca de Haru comenzó a brotar una retahíla de reproches—. No conoces ni la mitad de lo que hemos tenido que pasar Rai y yo para que tanto tú como Sayumi disfrutarais de todo lo que habéis querido sin ni siquiera dar las gracias. —Tragó saliva para deshacer el nudo que tenía en la garganta—. En vida, papá te consintió todo, pero ahora yo soy el jefe de la familia y te juro que, si conviertes a Violet en lo que papá convirtió a mamá o a Rai, me importará muy poco que compartamos sangre.

—Mi relación con Violet no es asunto tuyo.

—No te equivoques, tu relación con Violet dejó de ser asunto *tuyo* hace tiempo —interrumpió la protesta de su hermano menor antes de echarlo de allí.

La casa empezó a llenarse de gente en cuestión de horas. Takeshi era una de las personas más respetadas del pueblo y parte del país, así que a su velatorio fue gente de todo tipo: directivos de otras empresas de la competencia, habitantes de Hakone, amigos de la familia… Incluso asistieron algunos empleados de la empresa para presentarle sus respetos; una visita que preocupó mucho a Violet, que quería pasar desapercibida, como si hubiese ido con Keiko como otra compañera más. Sin embargo, hubo un gesto que la desenmascaró:

—¿Podrías llevar estos sobres de ofrenda a la habitación de Haru, por favor? Cuidado, no pierdas ninguno —le pidió a Sayumi con cariño.

Yoshida, uno de los jóvenes de la empresa, se percató de que sucedía algo raro. Al principio, no entendió qué hacía ella sosteniendo todos esos sobres, aunque al ver la cercanía que tenía con la adolescente y *obāchan* o cómo se refería al presidente, ató los cabos que faltaban.

Ryūji los había estado acompañando casi desde el amanecer y no se separaba de Rai aunque esta no le prestara atención ni un segundo. Su rostro no reflejaba ni un solo atisbo de tristeza, al contrario que los del resto de su familia, y se mantenía al lado de Hino sin abrir boca y asintiendo con la cabeza de forma sumisa mientras él hacía gala de su don de gentes y atendía y agradecía las condolencias de los visitantes. Aquello la ponía enferma, pues nunca había soportado su fingida galantería, por eso intentaba no pensar mucho en él ni en nada de lo que estaba viviendo. Quería salir huyendo de allí aunque solo fuese mentalmente.

De pronto, vio una figura masculina que se acercaba a ella y el corazón comenzó a palpitarle como si quisiera salir de su cuerpo para ir al lugar que le correspondía: con Ryō.

—Lo lamento mucho, Nakamura-san. —El librero le dio el pésame tratándola con distancia; hacía más de diez años que no la llamaba así. Aquello hizo asomar unas pequeñas lágrimas en los ojos de la joven que no tenían nada que ver con la muerte de su padre. Eran de dolor y frustración.

Rai miró a Ryūji y después, a Ryō. Ninguno tenía nada que ver con el otro. Ambos eran hombres altos y de apariencia atlética, pero eso era lo único que compartían. El traje de Ryūji era de mucha más calidad que el de Ryō, algo que se notaba echándole un simple vistazo. El pelo de Ryūji era un poco más largo y claro que el de Ryō, aunque su piel era más oscura, un detalle curioso que su madre justificaba como reminiscencia de sus antepasados chinos. No obstante, el rasgo que más los diferenciaba era la luz que desprendían sobre los demás: Aikawa era un hombre bueno, sensible y humilde, agradecido con la vida por los pequeños detalles que la componían; el otro, en cambio, era todo lo opuesto a él. Jamás se atrevería a decir que era mala persona, pero tampoco alguien que mereciera ningún tipo de admiración.

—Necesito tomar el aire —comentó Rai.

Fueron las únicas palabras que pronunció antes de salir corriendo al jardín y esconderse en el hueco que había entre el muro que envolvía la propiedad y el ala donde estaban su habitación y las de su hermana y Violet. Una vez allí, rompió a llorar como una cría. Sollozaba sin control en el que había sido su refugio de niña, alejada del tumulto que la rodeaba. Por fin se había quedado sola, se había librado de todo aquello que reprimía sus verdaderos sentimientos. No podía soportar más fingir algo que no sentía: ni quería a ese hombre con el que estaba prometida ni lamentaba el fallecimiento de su padre. Se acurrucaba en sí misma, enterrando la cabeza entre sus brazos y sus rodillas pensando en qué clase de persona era que no sentía lástima por esa persona que yacía inerte en su sala de estar. ¿Por qué no podía sentir el dolor que parecían sentir sus hermanos? ¿Por qué sus lágrimas no se derramaban por haberlo perdido a él, pero sí por saber que jamás estará con el hombre que amaba?

—Rai-chan.

Ella levantó la cabeza al escuchar una voz, *su voz*. Por una milésima de segundo, pensó que había sido fruto de la falta de sueño y de cordura, pero esa creencia se desvaneció en cuanto vio la mano de Ryō tendida hacia ella. Posó sus finos dedos en la palma del chico y este la levantó atrayéndola hacia su cuerpo.

—Soy una persona horrible, Ryō —repetía mientras se desahogaba en su hombro.

Él acariciaba su pelo intentando reconfortarla mientras le decía una y otra vez que eso no era cierto, que era una mujer maravillosa. No la juzgaba, era incapaz de hacerlo. Lo sabía todo de ella. Conocía sus secretos más profundos, sus temores y sus anhelos. Comprendía todo aquello que estaba experimentando mejor de lo que ella creía.

—Si fueses una persona tan horrible, no podría estar enamorado de ti —confesó el librero.

Ella enmudeció; era la primera vez que alguien le decía algo así. Lo miraba sin parpadear y su corazón dejó de latir cuando esas palabras llegaron a su cerebro para que fuesen procesadas.

—Te quiero, Rai-chan. Llevo más de diez años esperándote y no me importa tener que esperar los que hagan falta si, cuando tenga que irme de este mundo, tú estás dándome la mano —prosiguió.

Acarició sus mejillas para secarle las lágrimas y la besó dulcemente, sin previo aviso. Rai se alzó sobre sus puntillas para llegar mejor a sus labios, aquellos que tantas veces había imaginado con cada carta que le había escrito y enviado a través de Violet y Keiko. «Ya falta poco, Rai», recordó mientras saboreaba cada segundo de felicidad que le regalaba Ryō entre sus brazos.

23

Los ojos de Violet llevaban horas fijados en el techo. Contemplaba los finos listones de madera, perfectamente alineados entre sí, guardando una simetría que le resultaba muy agradable. Era una sensación casi hipnótica. No sabía por qué, pero la armonía de ese plano cuadriculado era lo único que la reconfortaba las noches en las que no encontraba forma alguna de dormirse. Aun así, había uno que rompía la estética. Paradójicamente, ese era su favorito. Era un poco más oscuro de lo normal, aunque lograba perderse entre el resto los días en los que la luna no brillaba lo suficiente. Además, tenía una pequeña grieta, como una herida de guerra. Cada vez que lo miraba se preguntaba qué le habría pasado, por qué era distinto al resto.

Al cabo de un rato, se giraba hacia su derecha para cambiar de posición, era parte del ritual. Entonces, recordaba que esa no era *su* habitación. Envidiaba a Yuki, que descansaba plácidamente como si no hubiese ninguna preocupación tan importante como para perturbarle el sueño. Era comprensible. Para él, la muerte de su padre solo había cambiado su vida a mejor. Se había convertido en el vicepresidente de la compañía, tenía más dinero en su cuenta y podía dormir finalmente con su novia. Trabajo, fortuna, pareja y salud. Seguramente, su signo se había convertido en el más envidiado de todo el zodiaco, ya se tratase del Conejo o de Acuario. De repente, Violet recordó una curiosidad que le había contado Hiroko sobre las mujeres que habían nacido en el año del Caballo: «Mi madre solía decirme que las mujeres nacidas bajo el signo del Caballo como tú viven sus emociones con mucha pasión. Me gustan las mujeres con carácter», había reído su suegra.

Violet colocó su brazo por debajo de la almohada para ver si así estaba más cómoda, pero le era imposible encontrar la posición; no conseguía hacerse a aquel futón. Volvió a girarse, esta vez, hacia la izquierda y se quedó mirando la pared un rato más. Tras ella se encontraba el dormitorio de Haru. Solo los separaban un par de metros y, sin embargo, jamás se había sentido tan lejos de él. Le resultaba muy extraño no quedarse dormida mientras veía su silueta por la ventana.

Cerró los párpados con fuerza intentando imaginarse que estaba en su cama occidental. Rápidamente, las voces de Rai y Sayumi, que llegaban desde la otra ala de la casa, inundaron su cabeza. Se oían pasos en el pasillo y cómo la mayor le pedía a su hermana que dejase de hacer ruido y se fuese a dormir. Pero esta se negaba, no tenía sueño. Entonces, escuchó las hojas de la puerta de *obāchan* con suavidad para intervenir, como siempre. Y con esa imagen, por fin, concilió el sueño.

La habitación no fue el único cambio que hubo en la vida de la joven: en la empresa, todo el mundo ya sabía lo que la unía a los Nakamura. El rumor se había extendido como la pólvora en los días posteriores al velatorio de Takeshi, antes de que los tres se incorporaran al trabajo.

La mañana de su vuelta la habían dejado en la esquina a un par de manzanas del edificio principal como siempre. Y cuando se encontró con Keiko en la calle, esta la saludó con una sonrisa, también como siempre, aunque con el ceño fruncido por la indignación.

—Lo saben.

—¿Qué?

La japonesa puso al día a su compañera mientras caminaban. Estaba muy enfadada por cómo habían tratado la noticia, sin ningún tipo de respeto por el difunto ni por sus hijos, sus jefes, como si fuese un simple cotilleo de la prensa rosa. Al parecer, Motoko, una de Administración, había visto a Yoshida un poco confundido por algo que había pasado en casa de los Nakamura. Él se había desahogado con ella y esta se lo había contado al resto de chicas y a Tanase para que se lo dijera a Kazama porque es uno de sus mejores amigos.

—A Motoko-san siempre le ha gustado Kazama-san, pero a él le gustabas tú. Aprovechó la oportunidad para quitarte de en medio —explicó Keiko con las mejillas rojas y un tono de voz más elevado y brusco de lo normal—. Pero no te preocupes, que yo no voy a cambiar nada respecto a ti. Yo no dejaré de ser tu amiga.

Violet sonrió como agradecimiento. Le encantaba Keiko y le encantaba ver cómo crecía su amistad: la japonesa cada día que pasaba hablaba un poco más de ella misma, de su vida y sus gustos e incluso se atrevía a hacer bromas. La extranjera sabía que podía contar con ella, aunque no entendió el verdadero peso de su última frase hasta que entró a la recepción y vio la inclinación de los saludos de las dos mujeres que estaban detrás del mostrador. Miró a Keiko extrañada y esta arqueó las cejas.

Subieron por el ascensor sin decir nada. La extranjera estaba un poco pensativa; se preguntaba qué se iba a encontrar cuando esas puertas de metal se abrieran. De repente, se sintió tan rara como la primera vez que había ido allí. Recordaba la forma en la que todos la miraban: una *gaijin* presentándose para un puesto tan cercano al señor Nakamura, ¡qué valor!

La ignorancia de todo lo que significaba su presencia en la oficina y su cargo habían sido su salvación, aunque ahora no le valdrían de nada. Comenzó a plantearse que, quizás, Takeshi trataba de protegerla cuando le había advertido de que, si no mantenía el secreto, todas sus virtudes y sus esfuerzos se verían reducidos a la nada porque todos pensarían que ella estaba allí por acostarse con el hermano del jefe.

—Sumire-chan —susurró Keiko.

Habían llegado ya, pero Violet no se había dado cuenta; estaba perdida en sus pensamientos. Pisó la moqueta gris intentando aparentar normalidad, pero la verdad era que tenía miedo.

Tal y como había sucedido con los de las recepcionistas, los saludos de sus compañeros también habían cambiado. Las sonrisas que le dedicaban deseándole buenos días se habían tornado plásticas y difíciles de creer, al igual que el trato hacia ella. Parecía como si, repentinamente, no fuese una empleada más, sino una especie de prolongación de la sombra de Yuki o de Haru. No le gustaba. No soportaba esa sensación de respeto impostado.

Aceleraba su paso a medida que se adentraba en la oficina. Buscaba su escritorio con ansiedad para poder ponerse a trabajar de inmediato, como si tuviese la necesidad de demostrarles que era la misma persona, pero eso ya era algo imposible. Por mucho que se resistiera, debía aceptar su nuevo papel: era la pareja del vicepresidente. De nuevo, estaba fuera del círculo.

❧

—¿Puedo pasar? —Yuki llamó al despacho de Haru y se sentó en la silla que había delante de él—. Creo que deberíamos hablar de las tareas de mi nuevo cargo.

Haru se reclinó sobre el respaldo de su silla con cierta indiferencia. No comprendía a qué venía esa petición por parte de su hermano. Apenas hacía seis meses que estaba en la empresa y desde su llegada dirigía uno de los departamentos más importantes a petición de su padre. Ahora, además, ostentaba también el título de vicepresidente y, aunque este era un cargo que no afectaba realmente en el funcionamiento diario de la empresa dada su estructura, lo dejó proseguir. Sentía curiosidad.

—No voy a tener en cuenta lo que me dijiste tras la muerte de papá —dijo Yuki seriamente. Haru arqueó las cejas perplejo—. Todos estábamos muy nerviosos y tú estabas agotado. Además, sé que no fue el mejor hombre del mundo y que, a veces, pecaba de dureza con Rai y contigo…

—Cíñete al trabajo, por favor —lo interrumpió su hermano.

Yuki resopló.

—Quiero una participación más activa y con mayor peso en la toma de decisiones de la compañía, ya sean acuerdos internacionales o nacionales —hizo una pausa—, incluso en tareas menores como la organización del personal. Quiero demostrarte que soy capaz de trabajar tanto como tú y que también puedo asumir cualquier responsabilidad. Ya no soy un crío.

El mayor asentía apretando los labios mientras escuchaba su discurso. Tenía los brazos cruzados y la mirada fija en la nada hasta que algo de lo que había dicho su hermano llamó su atención. Entonces, sonrió con incredulidad.

—Lo veo muy generoso y maduro por tu parte, Yuki, aunque… —Se levantó con las manos en los bolsillos y se acercó a él—. ¿Qué quieres decir con «la organización del personal»? ¿Tienes alguna queja? ¿Crees que Recursos Humanos no hace bien su trabajo?

—Creo que Violet debería dejar su puesto —contestó Yuki sin rodeos. Haru había descubierto sus intenciones rápidamente—. Todo el mundo sabe ya quién es y lo que nos une. Mantenerla aquí solo perjudicaría nuestra imagen empresarial.

—No veo por qué —respondió—. Es una trabajadora inteligente, eficiente y absolutamente preparada para su puesto. Es más, gran parte de los acuerdos con los franceses y los británicos se la debemos a ella. Y no es la primera vez que dos personas de una misma oficina mantienen una relación.

—Ya, pero no me vayas a comparar la relación entre una recepcionista y un oficinista cualquiera, por ejemplo, con la de un vicepresidente y una secretaria o asistente o lo que quiera que sea.

—Bueno, si crees que su cargo no es lo suficientemente alto para estar contigo podría darle un ascenso —replicó Haru con aire sarcástico sacando a su hermano pequeño de sus casillas—. No la voy a despedir, Yuki. Quiero que te quede muy claro.

El pequeño de los Nakamura salió del despacho con el mismo ímpetu que cuando su hermano le había comunicado que se llevaría a Violet a Kioto; no obstante, la reacción de la gente fue completamente distinta a la de ese día.

La neoyorquina apartó la vista de su pantalla por un segundo y se percató de que todo el mundo la estaba observando como si la estuvieran culpando. No se atrevían a decirlo en voz alta, pero la hacían responsable de lo que fuese que hubiera ocurrido entre esas cuatro paredes. Violet se levantó sin poder ocultar su enfado. Hacía más de una semana de su vuelta y no había jornada en la que no tuviese que aguantar murmuraciones y gestos que la hacían sentirse como si fuese la nueva atracción del zoológico de Ueno. Estaba muy cansada, tanto física como psicológicamente. Su vida se había convertido en una serie de cambios constantes que no dependían de ella y que tampoco podía controlar por mucho que lo intentara.

De golpe, como si se tratara de una señal del cielo, una de las esquinas del monitor de su ordenador se iluminó captando su atención. Esa pequeña notificación fue lo único que pudo devolverle la calma.

Era la prueba de que esa pequeña chispa de felicidad que había sentido un día en Kioto no había sido un sueño.

24

—Haru. —Hiroko lo llamó antes de abrir la puerta de su habitación.

La estancia estaba completamente a oscuras. La última vez que la había visto así había sido durante un gran tifón, un par de años atrás. Su ventana llevaba varios días cubierta por el *amado*[31], como si estuvieran en plena estación de lluvias, pero nada más lejos de la realidad. Mayo había comenzado regalándoles un tiempo magnífico, aunque al joven le traía sin cuidado. Su vida se había convertido en una simple rutina de acciones sin ningún fin más que la supervivencia. Se levantaba, hacía ejercicio, desayunaba lo mínimo para mantenerse hasta la hora de comer, se iba a trabajar, volvía a casa, cenaba, se daba un baño y se volvía a su habitación a leer hasta que se quedaba dormido. No dejaba momentos libres para la interacción con otros seres humanos más allá de los obligatorios en la dirección de una empresa.

La mujer se adentró un poco más con cuidado de no tropezarse con nada. Calculaba mentalmente dónde estaría la pequeña cadena que encendía la luz; sin embargo, no le hizo falta andar mucho porque la bombilla se encendió inesperadamente.

—Haru, me tienes preocupada —dijo con la frente arrugada. Sus ojos derrochaban lástima, pero el motivo no era su reciente viudez, sino la espiral de soledad en la que se había encerrado su hijo mayor.

—Estoy bien —respondió seriamente.

---

31. *Amado*: paneles empleados para proteger las ventanas de los agentes meteorológicos. En las casas tradicionales, suelen ser de madera.

—Haru… —Le acarició la mejilla con ternura mientras alargaba la última vocal de su nombre. La piel de sus manos era suave y fina a pesar de ser sus herramientas de trabajo.

El joven agarró la muñeca de su madre cariñosamente y dibujó una pequeña sonrisa tranquilizadora. De repente, pensó en Violet. Por un segundo, sintió esa candidez y bondad que le dedicaba a todo el mundo, incluso a aquellos que no se lo merecían, como él. Haru no creía que fuese justo que Violet lo prefiriese a él antes que a Yuki; no eran tan diferentes. Ninguno de ellos la había tratado bien ni había sido sincero con ella. Esa disculpa en Kioto englobaba todas las faltas que había cometido, desde el abandono en Tokio hasta el desapego que mostraba de forma inconsciente en algunos de sus actos; aun así, no era suficiente. Lo único que podría reparar mínimamente sus errores era apartarse y dejar que viviera su vida en paz con quien ella quisiera.

—¡Rai, espera, que te ayudo! —El grito y los pasos apresurados de la estadounidense rompieron el silencio que se había creado entre madre e hijo.

Haru retrocedió rechazando ese gesto de amor. Hiroko, en cambio, agachó la mirada con tristeza. Conocía perfectamente el peso con el que tenía que lidiar, aunque no sabía cómo podía consolarlo.

—Ella también está preocupada —comentó la mujer atrayendo la atención de Haru—. No lo dice delante de Yuki, pero cada mañana, cuando preparamos el desayuno, pregunta por ti y comprueba que te hayas comido todo el *bentō* del día anterior —rio haciéndolo sonreír.

—¡Qué boba! —murmuró con timidez.

—Haruo, sal un poco al jardín para que te dé el aire, por favor. Seguro que a Sayumi y a *obāchan* les encantaría que jugases con ellas a las cartas —propuso.

El joven accedió y salió del dormitorio para dirigirse al *engawa*. Su abuela y su hermana sonrieron al ver que se sentaba junto a ellas, aunque no participó en la partida. No quería interrumpirlas ahora que la adolescente iba ganando.

Las voces de Rai y Violet volvieron a sonar a lo lejos. Tendían la ropa aprovechando el calor y el sol de esa mañana de domingo. Sus carcajadas y comentarios estaban llenos de vitalidad y felicidad, componiendo una sintonía acorde al esplendor primaveral que desprendía la escena. Las flores del jardín estaban completamente abiertas y destilaban su aroma añadiendo un toque de color entre el fondo esmeralda de los arbustos y la hierba. Los jilgueros cantaban escondidos entre las ramas del gran sauce llorón, cuyas hojas caían hasta llegar al estanque, como si estuviesen bebiendo de sus aguas. Cada año, Haru contemplaba a través de su ventana los frutos que le regalaba su estación tras doce meses de cuidados incansables, pero en esta ocasión era distinto. Su habitación estaba completamente tapiada por una gran placa de madera oscura.

Sin pensar, Violet giró su cabeza hacia la pasarela de madera. Durante unos segundos, su mirada se encontró con la de Haru. Se alegraba de verlo fuera de la oficina, pasando el rato con su familia de nuevo. No pudo evitar sonreír ni él tampoco. Posiblemente, esa era la única sonrisa sincera que le había dedicado a alguien en los últimos días.

La tarde cayó, aunque la temperatura parecía no haber bajado ni un solo grado. Haru había vuelto a su cuarto después de comer, Yuki había salido a encontrarse con un amigo de la infancia y las Nakamura estaban en la cocina haciendo un bizcocho que habían visto en la televisión y del que se habían encaprichado Sayumi y *obāchan*. Violet permanecía en su antiguo dormitorio acabando unos ejercicios y pasando a limpio los últimos apuntes. Esa estancia se había convertido en una especie de despacho en el que trabajar y estudiar tranquila.

Levantó la mirada sin ningún propósito que no fuese el de descansar la vista por unos segundos; sin embargo, no pudo evitar fijarse en la fachada de enfrente. Repentinamente, su cabeza se inundó de recuerdos y de imágenes. Cerró los ojos y apoyó su barbilla en una de sus manos. Sus oídos captaban a la perfección las voces de decenas de turistas de todo el mundo, los saludos de los dependientes de las pequeñas tiendas de *souvenirs*, la refinada amabilidad de las empleadas del *ryokan*, el acento de los señores Bernard, las carcajadas profundas de Haru... Se había trasportado a Kioto sin ni siquiera levantarse de su silla.

—Sumire —la llamó Sayumi. Ella abrió los párpados, el sol estaba más bajo que hacía unos segundos—. ¡Te has dormido! —exclamó su cuñada con aire burlón. Ella sonrió—. Te he traído un trozo de bizcocho por si tenías hambre y un poco de té.

—Gracias, Sayumi.

La adolescente abandonó el cuarto para dejar que la chica siguiese con sus tareas, pero Violet no podía. Había perdido la concentración por completo. Encendió su ordenador y abrió una carpeta llamada *Printemps*, «primavera» en francés. Curiosamente, ese era el nombre que le había dado la señora Bernard.

Comenzó a examinar con atención cada una de las fotografías que contenía y mataba el tiempo intentando averiguar en qué pensaban los desconocidos inmortalizados en las imágenes con solo mirar sus expresiones faciales. Entonces, se detuvo en una de ellas, en la misma de siempre. Cada día la contemplaba a escondidas desde que Nina le había enviado esa carpeta con todas las fotos de Kioto. Luego, recordaba las palabras del mensaje adjunto: «Dale las gracias a Haruo por esa magnífica idea que tuvo de hacer turismo». Había sido él. Todo había sido cosa suya. Volvió a posar su mirada en el *amado* que tapiaba la ventana de enfrente.

—Y ¿por qué no se lo dices a Yuki? —preguntó Keiko mientras caminaban calle arriba—. Es el vicepresidente. Se supone que tiene el poder suficiente como para controlar este tipo de comportamientos, ¿no?

—Sí, claro, y además de ser la novia del jefe, soy una chivata.

Las dos chicas habían aprovechado su hora de comer para salir de la oficina ese día, pues el clima que se respiraba allí resultaba cada vez más pesado para Violet, que había intentado restablecer los lazos entre sus compañeros sin éxito.

Se aferraba al sobre de papel marrón que sostenía entre sus brazos. Había llevado a revelar algunas de las instantáneas de la señora Bernard para enviárselas a sus padres a modo de postales, ya que una de sus aficiones era coleccionarlas. La ansiedad de la joven se agravaba con cada metro que recorrían. No sabía qué esperarse al llegar. De forma incontrolada, su cabeza anticipaba un abanico de escenarios posibles para poder estar preparada en caso de tener que pasar por alguno de ellos.

—¿Y si dejo el trabajo, Keiko? —murmuró con la voz temblorosa. Su amiga la miró con el ceño fruncido.

—Si lo dejas tú, lo dejo yo, porque no pienso pasar ni un día más en un sitio con gente tan ignorante e infantil que no sabe separar a la persona de su situación sentimental —respondió con enfado. Los papeles se habían intercambiado. Ahora, era ella la mujer de carácter sólido y fuerte—. Además, con lo que te ha costado conseguirlo, Sumire-chan. Eres una de las pocas personas que conozco que tuvo el valor suficiente para enfrentarse a Takeshi Nakamura. —Bajó el tono para que no las escuchara nadie—. En serio, háblalo con Yuki. Al fin y al cabo, él te apoyó para que trabajaras aquí, ¿no?

Esa noche hacía más calor de lo normal para esa época del año. Con la excusa de aprovechar el buen tiempo, Yuki le propuso cenar a solas en el *engawa*. Además, así podrían disfrutar de un poco de intimidad. Violet aceptó. Era la ocasión perfecta para plantearle los problemas que estaba sufriendo en la oficina a raíz de que sus compañeros se enterasen de la relación que había entre ellos dos.

Haru se había encerrado ya en su habitación. Nada más llegar a casa, se había dado un baño, se había servido un gran bol de arroz y había desaparecido sin más. Violet miraba con tristeza su ventana tapiada. Se preguntaba qué le estaría pasando por la cabeza para tomar una actitud tan drástica. «A lo mejor esta es su forma de llevar el duelo», pensó para sí misma, pero sospechaba que no era solo por su padre.

—Ten. —Yuki dejó una pequeña bandeja en el suelo. Luego, cerró las puertas que daban a la sala de estar. *Obāchan* estaba allí viendo tranquilamente la televisión.

—Gracias —respondió alisándose la falda de su yukata. Su voz no proyectaba ninguna emoción.

—¿Pasa algo? —preguntó su novio con preocupación.

Violet desvió momentáneamente la vista hacia la habitación de su cuñado. Sabía que era mejor no decir la verdad, ya que solo le traería problemas. A continuación, suspiró con cansancio y sonrió de forma breve.

—Estoy un poco cansada… —contestó. Él asintió sin dejar de comer—. En realidad, estoy muy muy cansada. Estoy harta, Yuki —confesó. El japonés levantó la mirada con extrañez mientras dejaba el bol de arroz en la bandeja—. ¿No te has fijado en lo que ha cambiado la oficina últimamente?

—No… ¿En qué sentido?

—En que me tratan como si no fuese una más. Ya me costó hacerme un hueco cuando entré, pero lo conseguí. Sin embargo, desde que se enteraron de que somos pareja, o se dirigen a mí como si fuese la presidenta del país, o me ignoran por completo. La mayoría de las veces, incluso se callan cuando aparezco, como si yo no pudiese enterarme de nada de lo que dicen. ¡Es todo tan absurdo!

Violet soltó una bocanada de aire. Por fin, la presión que llevaba sintiendo en el pecho desde hacía días se había esfumado. Se había liberado. Dibujó una leve sonrisa de felicidad como si su cuerpo estuviese celebrando lo que acababa de hacer; no obstante, ese sentimiento de satisfacción se desvaneció por completo en cuanto Yuki pronunció lo último que esperaba oír de sus labios: «Renuncia».

—¿Qué? —Sus pupilas titilaban con horror aguantando las lágrimas que se avecinaban.

—Violet, yo sabía que esto iba a pasar. Me opuse a que entrases a trabajar en la compañía por eso mismo, pero Haru se empeñó. Tu *querido* jefe se empeñó —continuó descubriéndose ante ella mientras el mundo de la chica se derrumbaba por segundos—. Todo es culpa de Haruo.

Las palabras del discurso de Yuki se diluían como dos terrones de azúcar en una taza de café. La consternación que la tenía presa deformaba los sonidos hasta convertirlos en un simple murmullo lejano ininteligible, ruido que se mezclaba con las melodías publicitarias que se colaban por el papel de las puertas. Las piezas que siempre le habían faltado para acabar de comprender lo que sucedía a su alrededor habían aparecido de la nada completando el puzle de su vida.

«Al fin y al cabo, él te apoyó para que trabajaras aquí, ¿no?». La inocente voz de Keiko resonó repentinamente en su cabeza como si estuviera allí mismo, a su lado. El eco de esa frase llena de buenas intenciones la torturaba mientras su memoria activaba una serie de imágenes inconexas que ahora cobraban sentido. Le dolía la cabeza. Era incapaz de gestionar esa sobrecarga de información que había trastocado todo lo que creía que era verdad.

—Pero... —lo interrumpió sin saber qué decir. Solo quería que parase de hablar.

—¿Pero?

—No puedo renunciar. Me ha costado mucho amoldarme a las costumbres de la empresa y me gusta lo que hago. Además, hay mucha gente que ha trabajado mucho para que yo pueda conseguir lo que ellas no pudieron —respondió. Yuki puso los ojos en blanco a la vez que apoyaba sus manos en los largos listones de madera del suelo—. ¿Y qué hay de mi visado? ¿Eh? Debo trabajar, Yuki. —Usó la burocracia como última excusa para hacerlo cambiar de opinión.

—Eso es lo que menos debe preocuparte, Violet. —La agarró de la muñeca sonriendo y la llevó con él al jardín sin importarle que fueran descalzos—. Llevo mucho tiempo pensándolo y no sabía cómo planteártelo porque con lo de mi padre y la fusión y... —suspiró— un montón de cosas más... En fin, que no sabía cómo hacerlo —se arrodilló ante ella—. Violet, ¿quieres casarte conmigo?

La chica lo miraba estupefacta. No podía creerse nada de lo que estaba pasando en esa cena. No reconocía a la persona que estaba delante de ella, con una sonrisa confiada y esperando un rotundo «sí». El corazón comenzó a latirle muy deprisa, lo que le provocó incluso un dolor punzante en el pecho que se extendía hasta la boca del estómago, el cual se había retraído en sí mismo tras escuchar su petición de renuncia. Tragaba saliva. Tenía la garganta completamente seca por culpa de los nervios. Seguidamente, comenzó a escuchar todo tipo de voces que le repetían una y otra vez frases aparentemente aisladas que iban hilándose a medida que pasaban los segundos.

De repente, oyó un crujido. Quitó sus ojos de los de su pareja y los puso en el *amado* de la habitación de Haru. Procedía de allí, estaba segura. Volvió a mirar a Yuki humedeciéndose los labios con la punta de la lengua. Debía decir algo, pero no sabía qué respuesta darle. Entonces, volvió a escuchar ese crujido que parecía que solo podía ser percibido por ella.

—Necesito tiempo —abruptamente, recuperó el habla—. Debo pensar muchas cosas.

El sol de la mañana había comenzado a despuntar suavemente. Violet miró el reloj de su escritorio: eran las cinco de la mañana y los trenes ya habían comenzado a circular. Cogió un sobre y su maleta y salió de su antiguo dormitorio tratando de hacer el menor ruido posible.

Caminaba por el pasillo en dirección a la puerta principal, aunque, antes, se detuvo al llegar a la puerta de la habitación de Haru. Estaba entreabierta. Habría salido a correr. Entró momentáneamente y, después, siguió su camino sin ni siquiera saber a dónde la llevaría.

El polvo de la tierra se asentaba en sus zapatos y en las ruedas de su equipaje. No pensaba en nada más que no fuera el horizonte que tenía frente a sus ojos. Se alejaba de allí mientras el hielo de sus alas iba deshaciéndose con cada paso. Sus plumas destelleaban conforme florecían y se desplegaban fundiéndose con un cielo cada vez más azul. Volaba. Por fin, volaba.

25

Las zancadas de Haru impactaban contra la tierra del camino con firmeza. Sus jadeos eran cada vez más fuertes, despertando al resto de sonidos de la naturaleza para que empezaran el día. El sol ya había salido. Brillaba con intensidad, aunque el aire traía olor a tormenta. Seguramente, esa tarde llovería. Llevaba más de una hora corriendo sin descansar, pero tampoco quería parar. Cada metro que se alejaba de su casa le daba más fuerza para seguir su camino; sin embargo, no podía basar su vida en la huida constante. Ya no era un niño.

Se sentó en el suelo soltando una gran bocanada de aire y se descalzó en el *genkan*. Luego, fue a la sala de estar para encontrarse con su familia, pero, para su sorpresa, no había nadie. Un silencio abrumador imperaba por toda la casa. Miró el reloj que había en la pared para comprobar la hora. Le resultaba muy extraño que aún no estuviesen despiertos, aunque no le dio demasiada importancia.

Volvió a su habitación y encendió la luz. A continuación, se sentó en la cama y comenzó a restregarse la cara con las manos. Estaba muerto del sueño. Llevaba demasiadas noches sin dormir correctamente. Sus pensamientos lo despertaban en cuanto se acercaba a la fase REM, como si no le estuviera permitido descansar.

Fijó la mirada en su escritorio, algo había llamado su atención por el rabillo del ojo. Se levantó para ver qué era ese sobre que llevaba su nombre y que no estaba allí antes. La letra parecía la de Violet. No, *era* la de Violet. Nadie más en esa casa tenía una caligrafía occidental tan perfecta.

Repentinamente, Haru salió lleno de ira hacia la habitación de su hermano pequeño. Empuñaba la carta de renuncia de la estadounidense como si fuese un sable con el que atacarlo en cuanto lo tuviese delante. Lo había conseguido. Al final, se había salido con la suya.

Abrió la puerta sin pedirle permiso ni pensar en que a lo mejor la pareja seguía durmiendo. Le traía sin cuidado, solo quería una explicación; no obstante, su enfado se convirtió en absoluto desconcierto al ver a Yuki solo, sentado en una esquina. Solamente había un futón desplegado en medio de la habitación, aunque estaba intacto, como si nadie hubiera dormido en él esa noche.

—Si vienes a buscarla, llegas tarde —dijo el chico sin quitar sus ojos del entramado del tatami—. Se ha ido, Haru.

—¿Qué ha pasado? —preguntó consternado, apiadándose de él. Su aspecto era lamentable.

—Claro, tú estabas encerrado en tu «búnker» y no te has enterado de nada —comentó Yuki con cierto retintín—. Que soy un imbécil, eso ha pasado. Pero tú ya lo sabías, ¿verdad? Sabías que todo se iría a pique en cuanto descubriera mi verdadero yo y tu verdadero tú. Me avisaste y me dio igual.

—No sé a qué te refieres, Yuki.

—Me ha pedido tiempo, Haru. Eso es una forma de decirme que no me necesita, que no me quiere más en su vida y que, seguramente, está enamorada de otro. ¡Y ese otro eres tú! —gritó levantándose—. Pero ¿¡cómo no me pude dar cuenta, joder!? ¡En mi propia cara! Esa complicidad vuestra, su insistencia en ir a ese estúpido viaje, la forma en la que se preocupaba por ti en el funeral…

Haru bajó la mirada ante lo que acababa de decir Yuki con los ojos rojos y llenos dolor. Se sentía culpable. De nuevo, era ese niño de diez años que corría por el bosque huyendo de los gritos de su padre mientras le echaba la culpa del accidente que había sufrido su hermano pequeño por no hacerle caso. Él le había dicho que no se subiera a esas piedras, que resbalaban mucho y se caería, pero Yuki lo había hecho sin pensar en las consecuencias. Como siempre.

—Pedir tiempo significa muchas cosas, Yuki —contestó serio—. No quiere decir que no te quiera en su vida ni que esté enamorada de mí; lo cual sería absurdo, por cierto.

—Pero tú de ella sí, ¿verdad?

—¿Y acaso te ha importado alguna vez lo que yo sienta para hacer tu vida? —preguntó Haru de forma retórica levantando la voz. Yuki tragó saliva y agachó la cabeza con arrepentimiento—. Tu problema es que nunca has concebido un *nosotros*. Has pasado por la vida como si estuvieras solo en el camino, olvidándote de todos, incluso de ella.

—No puedo reprocharte nada. Todo ha sido culpa mía. —Sonrió de forma torcida—. Todo.

De pronto, Haru se dio cuenta de lo que quería decir. Yuki intentaba disculparse por todas las desgracias que le había traído desde que eran pequeños. Violet era lo primero que se le escapaba de entre sus manos sin que nadie pudiera interceder para evitarlo. Ese dolor y esa frustración que sentía habían provocado que, finalmente, se diera de bruces contra la realidad y reflexionara sobre cómo había vivido la vida desde su infancia. Había sido el favorito de sus padres, el favorito en el instituto, el favorito entre sus compañeros de trabajo. La bendición de ser el más querido sin ni siquiera esforzarse lo había acostumbrado a la comodidad del *sí* sin condiciones. Entonces, Haru sintió mucha lástima por él y el rencor que llevaba acumulando desde hacía años se convirtió en pena en milésimas de segundo.

El mayor de los Nakamura volvió a su cuarto y se sentó en su escritorio. Releyó la carta una y otra vez; escuchaba la voz de Violet pronunciando cada una de las sílabas que la componían y la guardaba en lo más profundo de su memoria. Él lo desconocía por completo, pero era el único miembro de la familia del que se había querido despedir, aunque fuese de una manera tan fría y formal.

Agarró el sobre de nuevo para guardarla y, entonces, se percató de que dentro había algo más: un lápiz de memoria con una nota de color rosa en la que ponía «Lo siento, Haru», en japonés. Conectó el pequeño dispositivo azul a su ordenador para ver qué contenía.

—¿*Printemps*? —dijo en voz alta sin saber muy bien cuál era la forma correcta de hacerlo; a continuación, abrió la carpeta.

Al ver las fotos en las que aparecía ella las lágrimas comenzaron a caer por sus mejillas rompiendo cualquier convencionalidad masculina inculcada por su padre que castrara sus emociones. Se detenía y las ampliaba para contemplar su rostro, su sonrisa de felicidad, su mirada azul. Atesoraba cada uno de los recuerdos que venían a su memoria con cada imagen, como si ese pequeño pósit y esa carpeta fuesen las últimas pruebas de su existencia y, sobre todo de que hubo un día en el que consiguió un hueco propio e independiente en su cabeza y en su corazón.

Cuando finalmente salió de su habitación ya era más de mediodía. Su familia había establecido una falsa normalidad para tratar de sobrellevar lo que había sucedido por respeto a Yuki.

Haru se dirigió al jardín para retirar el tablón que tapiaba su ventana. El cielo estaba cubierto de nubes; iba a llover, pero no le importaba. No soportaba más esa oscuridad. Después, se encaminó hasta el antiguo dormitorio de Violet. Necesitaba comprobar por él mismo que se había ido y que, seguramente, no iba a volver.

Todavía había alguna de sus pertenencias: su ropa de invierno, sus cuadernos de japonés e incluso los libros que él mismo le había prestado para que leyera. Cogió uno de ellos y comenzó a hojearlo. Había decenas de notas de colores como la que le había dejado a él antes de marcharse, con apuntes, traducciones y reflexiones sobre los personajes o la trama. Él las leía con atención mientras sus labios dibujaban una pequeña sonrisa.

—No sabéis el dolor que siente una abuela al darse cuenta de que sus nietos son tontos —dijo de forma inesperada Hisa entrando en la habitación. Haru frunció el ceño con incomprensión—. Desde que Sumire vino a esta casa, algo en tu interior cambió e intentaste huir de ello de la peor forma posible: tratando de odiarla y haciendo que te odiara. Pero este… —le dio dos golpes en el pecho con el índice— es mucho más inteligente que la cabeza.

—Yo solo deseo que sea feliz.

—¿Y tú quién eres para decidir cómo o con quién debe ser feliz alguien? —preguntó mostrando su enfado—. Que yo sepa, una mujer enamorada de un hombre no le contesta que necesita tiempo cuando este le pide matrimonio. —Él abrió los ojos con perplejidad—. No me mires así. Te habrías enterado si no te hubieses escondido como siempre haces. Cada vez que sientes un poco de felicidad, huyes de ella, como si no te la merecieras. —La anciana suspiró con indignación.

—No huyo, pero ¿qué querías que hiciera? ¿Que le quitara la novia a mi propio hermano? —respondió alterado. Ya había escuchado esas mismas palabras antes.

—No habrías sido el primer Nakamura en hacerlo. —Haru miró de reojo a su abuela. Esta sonrió—. Cuando yo era una cría, mis padres me concertaron un matrimonio con un chico de Hakone. Su familia había transformado el negocio de su padre en uno de tecnología estadounidense, pero de montaje japonés, aprovechando la occidentalización que nos vino después de la Segunda Guerra Mundial. Acepté porque no me quedaba más remedio, pero, en cuanto fui a su casa a conocerlo, supe que el hombre con quien debía casarme no era él, sino su hermano mayor, Hideaki, tu abuelo —confesó con el rostro lleno de nostalgia. El chico abrió los ojos estupefacto—. Es cierto que luego los dioses me enviaron como castigo un hijo con un carácter tan difícil como el de su tío, pero aun así no me arrepiento porque la semilla de Hideaki vive en ti.

—Obāchan…

—Haruo —la anciana posó su mano sobre la cabeza de su nieto y prosiguió—, creo que Su-chan tiene derecho a disponer de toda la información necesaria antes de tomar una decisión tan trascendental como con quién quiere pasar el resto de su vida. Si yo no la hubiera tenido, tú hoy no estarías aquí.

El joven salió corriendo de casa conforme estaba sin saber dónde podría estar Violet. Avanzaba hacia el pueblo por pura inercia, como si sintiera que allí encontraría una pista que lo llevara hasta ella. Súbitamente, comenzó a llover. Sus pasos cambiaban a más velocidad. Sus pantalones y sus zapatillas deportivas estaban llenos de barro y salpicaduras de los charcos que pisaba. Estaba completamente empapado. Sin embargo, no se detuvo hasta que llegó al destino que había acudido a su mente a través de una simple corazonada.

—Necesito tu ayuda —pidió saltándose la cortesía mientras intentaba recuperar el aliento—. Por favor.

26

Keiko miraba a Violet sin hablar. La neoyorquina llevaba horas contemplando la ventana en silencio, apoyando su espalda en la puerta de uno de los armarios empotrados que había en la sala de estar. Sostenía un libro entre sus manos, aunque todavía no lo había abierto.

Los ojos de la oficinista iban de la televisión, a su amiga y el *kotatsu* y vuelta a empezar. Estaba preocupada por ella, aunque no se atrevía a perturbarla. De repente, un recuerdo asaltó su memoria:

—Me ha impactado mucho ver a Rai así... —le había comentado a Ryō mientras este la acercaba a casa en su camioneta el día del velatorio del señor Nakamura.

—¿Así cómo?

—Como si nada. Estaba muy callada, aunque su actitud no mostraba ninguna especie de dolor por la muerte de su padre —había explicado sin querer herir los sentimientos de su primo, cuyo secreto conocía.

—¿Por qué vas a llorar la pérdida de alguien que durante tu vida te ha dado más disgustos que cariño? —había contestado él. Keiko se había quedado sin palabras—. Las relaciones humanas son más complicadas de lo que creemos. No obstante, no dudamos en juzgarlas según nuestras propias experiencias o convenciones sociales y no según lo que podrían estar viviendo las personas implicadas.

Ahora se daba cuenta: el rostro de la extranjera era el mismo que el de su cuñada ese día. Se había convertido en alguien incapaz de mostrar sus verdaderas emociones ante un hecho que, según las normas sociales, debía tener una reacción concreta. En cualquier otra chica de su oficina, esa frialdad no le habría resultado extraña, pero en Violet... Ella no era japonesa, era una *gaijin*. Se le estaba permitido no seguir las reglas.

Por lo general, Violet jamás había tenido problemas para expresar aquello que sentía o pensaba en cualquier momento, sin reparar en si alguien la estaba mirando o si la persona que estaba delante era su superior. No creía en jerarquías inamovibles, cuestionaba los protocolos y su utilidad dentro de la sociedad actual, alentaba a la gente a que defendiera su independencia e individualidad dentro del grupo. No obstante, de la noche a la mañana, parecía haberse diluido entre la multitud para convertirse en un cuerpo más que prefería mantener su verdadero yo dentro de su mundo interior, protegido, a salvo de los demás.

El súbito estruendo de un trueno interrumpió sus pensamientos, los de ambas, y Keiko se acercó a la ventana para ver cómo las gotas de lluvia se acumulaban en los pequeños hoyos de la carretera que había delante de su piso. El asfalto estaba desgastado y en mal estado, incluso había varias grietas que iban de acera a acera. Muchos vecinos se habían quejado al ayuntamiento, pero los ignoraban.

—Esto sí que no me lo esperaba —murmuró la japonesa observando la tormenta—. Hace un segundo hacía sol.

—Yo sí —respondió Violet. Era la primera vez que decía algo desde que se había sentado en esa esquina—. Esta mañana el viento ya traía el olor a tormenta.

—¿Olor a tormenta? ¿Cómo se sabe eso? —rio la oficinista. Su amiga sonrió ligeramente.

—Me lo enseñó mi abuela. Y Haru...

Keiko seguía mirando por la ventana con la intención de continuar la conversación ahora que Violet estaba más receptiva; sin embargo, cuando se giró hacia ella, se dio cuenta de que, sin querer, había conseguido hacer añicos el caparazón que la había estado manteniendo serena desde hacía algún tiempo.

Las lágrimas de la joven se precipitaban por su barbilla hacia el vacío como las gotas de agua que caían al llegar al borde del alero.

Su llanto era silencioso, pero pedía a gritos un poco de contacto humano antes de que se perdiera a sí misma por completo. Entonces, Keiko la abrazó. Dudó por un segundo de si debía hacerlo. «En las películas de Hollywood, las amigas se abrazan, pero ¿y si se ofende?», pensó con absoluta inocencia. Aun así, se atrevió. Violet, por fin, pudo deshacerse oralmente de aquello que tanto le pesaba, aunque solo produjo sollozos y gritos ahogados.

La llamada de Violet la había despertado esa mañana temprano. Lo único que le había dicho es que había renunciado a su puesto en la compañía y que, además, había roto con Yuki. Keiko le había ofrecido que se quedara con ella de forma automática, sin ni siquiera haber podido gestionar la información que acababa de recibir, y la había ido a buscar a la estación antes de llevarla hasta su apartamento. En ningún momento se había atrevido a preguntarle nada más sobre lo que había sucedido, solamente si tenía hambre o quería un té. En realidad, tampoco le importaban demasiado los detalles; lo que verdaderamente la tenía preocupada era el estado casi catatónico en el que se había encerrado Violet al sentarse en el tatami de su sala de estar. Había desaparecido de ese mundo sin más. Su cuerpo estaba allí, pero no había habido ni rastro de *ella* hasta que la lluvia la había devuelto a la Tierra.

—¡Tsuki, no! —exclamó en voz baja la japonesa apartando a su conejo. Estaba mordisqueando el libro que había dejado caer la extranjera al abrazarla. De pronto, sus ojos se fijaron en algo que sobresalía de sus páginas.

—¡Dios mío! ¿Qué he hecho, Keiko? —preguntó Violet alzando la voz mientras se apartaba el pelo de la cara—. ¿Qué he hecho?

Watanabe agarró el libro mientras oía de fondo a su amiga repetirse una y otra vez lo mismo. No tenía respuesta ni tampoco estaba demasiado atenta para poder pensar algo que la consolara. La fotografía que se escapaba de entre las páginas de esa novela había absorbido cada uno de sus sentidos, sumiéndola en una realidad desconocida y paralela a la suya, pero con la que había coexistido secretamente.

Las sonrisas que se dedicaban Haru y ella en pleno barrio de Gion eclipsaban cualquier otra figura que apareciese a su alrededor. Sus miradas eran la clave que necesitaba para entender el comportamiento de la joven. Entonces, las palabras de Ryō inundaron sus oídos de nuevo: «¿Por qué vas a llorar la pérdida de alguien que durante tu vida te ha dado más disgustos que cariño?». Violet no estaba llorando por haber dejado su trabajo ni por haber roto con Yuki; ni siquiera eran lágrimas de arrepentimiento por haberse mudado a Japón.

❧

El rugido del motor se perdía entre el ruido de la lluvia. Las gotas que impactaban contra la chapa del coche simulaban el murmullo de la gente durante el *Tanabata* [32]. Haru nunca había llevado bien las aglomeraciones; sin embargo, era una de sus fiestas favoritas. Cerraba los ojos y se trasportaba a esas noches de verano, lejos de la tormenta que lo había perseguido desde que había salido de casa, en las que el calor y las luces invitaban a salir a cualquiera de su rutina diaria y a llenar sus vidas de un poco de magia.

El sol había desaparecido, aunque todavía había algo de luz en el cielo. No sabía qué hora debía de ser. Miró hacia su izquierda. Contemplaba con impaciencia el paisaje tokiota. Nunca había estado por esa zona. A pesar de haber estudiado en la capital y haber vivido allí durante sus años universitarios, desconocía por completo el camino por el que iba. Todos los barrios residenciales le parecían el mismo, como si los hubieran clonado y solo se hubiesen molestado en cambiar los árboles y las señales de tráfico de sitio para que fuese menos evidente.

Ryō miraba las calles con atención para no equivocarse. La espesura de la cortina de agua que caía contra el parabrisas le dificultaba mucho la visión; aun así, no se arrepentía de haber cometido esa

---

32. *Tanabata*: Festival de las Estrellas.

temeridad. «Si se enterase Rai, nos mataría», pensó esgrimiendo una pequeña sonrisa. Podía oír a la perfección su voz regañándolos por haber conducido el coche hasta Tokio, pero siempre con ese toque de dulzura que la caracterizaba.

Haru despertó de su ensoñación con el sonido del freno de mano, una especie de maullido de espanto. A continuación, levantó la mirada hacia un modesto bloque de apartamentos de dos pisos. Era antiguo, aunque se conservaba bien.

—La puerta de Keiko es la segunda empezando por el final, en el segundo piso —dijo Aikawa arqueando las cejas hacia el edificio. Haru hundió su nuca en el reposacabezas y respiró profundamente—. ¿Qué?

—No creo que sea justo lo que voy a hacer —murmuró Nakamura.

—Bueno —se carcajeó el librero—, a veces la justicia depende del prisma moral a través del cual analizamos un hecho, ¿no?

Ryō miró a Haru durante unos segundos. Seguidamente, alargó el brazo y abrió la puerta del copiloto, dándole un pequeño empujón para que reaccionara.

Cuando sonó el timbre de la puerta, Violet se levantó para ir a abrir y así no molestar a Keiko, que estaba ocupada.

—Tranquila, ya voy yo —dijo la japonesa al verla ir hacia el minúsculo *genkan*.

Era domingo por la tarde y estaba lloviendo a cántaros. No esperaba ninguna visita, por lo que se acercaba con cierta zozobra hacia la entrada. Su barrio no era peligroso; aun así, había oído en las noticias que últimamente había habido varios casos de estafas y robos por la zona. Giró el pomo y abrió ligeramente para comprobar quién era.

—¡Señor Nakamura! —exclamó con incredulidad.

Violet se escondió en la sala de estar. No quería hablar con Yuki. Es más, le molestaba que no la hubiese respetado; le había pedido tiempo para reflexionar.

Sin embargo, escuchó algo que la desconcertó.

—Keiko-san.

La voz de Haru llegó hasta la estadounidense provocando que el corazón le diera un vuelco. Keiko relajó sus facciones de sorpresa y sonrió con dulzura. Ese trato hacia ella le indicaba que no era una visita formal, que no venía en calidad de jefe. A continuación, lo invitó a entrar.

—Iré a por una toalla. Vienes chorreando —dijo ella dirigiéndose hacia el lavabo.

—No hace falta, gracias. En realidad, solo quería preguntarte si…

De repente, Violet salió de su escondite a su encuentro con cautela, como un pequeño cervatillo después de comprobar que los cazadores se habían marchado. Haru enmudeció; luego, sonrió aliviado. No sabía qué decirle. Es más, ni siquiera estaba del todo seguro de que la encontraría allí. Solo había seguido una corazonada, como aquel día en el bosque.

—Creo que voy a bajar al *konbini* de la esquina. Me he dado cuenta de que no hay refresco de té y mango.

—¿Eso existe? —preguntó Violet con extrañez a su amiga, pero esta se había ido antes de que pudiera terminar la frase.

Estaban solos. El silencio inundaba cada uno de los rincones de ese piso antiguo. Ni siquiera el conejo se atrevía a mordisquear el apio que le había dado su dueña hacía unos minutos con tal de no romper esa calma; parecía estar atento a lo que pudiera suceder.

Haru sostenía la toalla en una mano sin hacerle caso, como si no supiera ni siquiera para qué ni cómo se utilizaba. Sus ojos estaban clavados en los de Violet. Nunca había sido capaz de aguantarle tanto la mirada como en ese momento; no obstante, por mucho que lo intentara, no podía retirarla. Los iris azules de la joven lo habían absorbido hasta el punto de olvidarse de dónde estaba, de quién era y de qué había ido hacer allí. Lo único que tenía en mente era que quería estar con ella. Quería levantarse todos los días a su lado, ya fuese a centímetros o con un jardín de por medio. Quería poder acariciarla sin pensar que estaba cometiendo un delito. Quería charlar con ella de cualquier cosa sin sentir esas ganas irrefrenables de salir corriendo antes de que los descubrieran. Quería pensar en ella sin remordimientos que lo atormentaran. Quería ser alguien libre de poder amarla.

Violet agarró la toalla de entre sus manos y comenzó a secarle el pelo antes de que el charco que había bajo sus pies calase en el tatami de la sala de estar. Haru tragaba saliva calmando su sed mientras ella paseaba sus manos con cuidado por su cabeza.

—¿Cómo sabías que estaba aquí? —preguntó.

—Ya te lo dije: eres muy predecible —respondió sin quitar la vista de sus facciones. Ella sonrió fugazmente.

—Si has venido por Yuki, lamento decirte que no voy a irme contigo —dijo ella deshaciéndose de la sudadera mojada del chico para tenderla en la cocina. Su tono aparentaba firmeza.

—No he venido por Yuki. He venido por mí.

Perpleja, la joven se giró encontrándose de nuevo con el rostro del japonés. Las palpitaciones de su corazón habían aumentado el ritmo de forma súbita. Jamás se habría esperado que esas palabras brotaran de sus labios, sin ningún tipo de reparo, aunque llevaba varios días imaginándose ese momento. Haru, el hombre que siempre ponía los intereses del grupo, ya fuese de su empresa o de su familia, por delante de los suyos propios estaba frente a ella pidiendo su lugar.

Se acercó a ella unos pasos con la vista anclada en el suelo. Luego, suspiró y comenzó a hablar.

—Sé que has dicho que necesitas algún tiempo para reflexionar y aclarar tus ideas, pero creo que necesitas toda la información para tomar una decisión de la que no te puedas arrepentir en el futuro —utilizó las palabras de *obāchan*—. Lo siento, Sumire-chan. Siento todo por lo que has tenido que pasar por mi culpa. Desde el primer día que entraste en mi vida, sentí algo en mi interior contra lo que creí que debía luchar. No sabía lo que era. Al principio, pensé que era fruto de la educación que mi padre me había inculcado. Luego, creí que eran celos de Yuki, por todas las oportunidades que le habían regalado desde pequeño, y que lo estaba pagando contigo. Vivía encerrado en un odio hacia ti y culpabilizaba a los demás por ello; sin embargo, a quien odiaba era a mí mismo. Me odiaba por dejar florecer ese sentimiento que había germinado en mí con tan solo una sonrisa, con esa inocencia con la que tratabas de comunicarte con mi familia, con tu inteligencia y tus ganas de trabajar e, incluso, con tu temperamento. Cerraba los ojos y seguía observando cada uno de tus movimientos. Me tapaba los oídos y seguía escuchando tu voz. Me fui impregnando de ti poco a poco e inconscientemente. Cada día era menos esa persona que me esforzaba en aparentar para detener ese sentimiento que cada vez era más real, por mucho que me empeñara en creer que no me lo merecía. Hasta que un día floreció y me di cuenta de que lo único que verdaderamente quiero en esta vida es estar a tu lado.

—Haru, yo…

Fue lo único que logró pronunciar con un hilo de voz. El nudo que tenía en la garganta contenía sus palabras y sus lágrimas. La conmoción la tenía presa y no la dejaba pensar con claridad. Los remordimientos y las dudas se iban apoderando cada vez más de su cabeza. De repente, sus ojos se llenaron de imágenes. Los recuerdos de su vida junto a Yuki conformaban las escenas de una película muda que solamente podía ver ella. No sabía qué hacer. No conseguía descifrar lo que quería decir su mente con toda esa parafernalia en homenaje a los años de su relación con él.

Haru la miraba esperando una respuesta, aunque su gesto de incomprensión y la congelación de sus extremidades le fueron suficientes para adivinar que era mejor que se marchara. Se acercó a ella para agarrar su sudadera; sin embargo, antes de alejarse, le susurró lo último que quería decirle su corazón.

—Decidas lo que decidas, seguiré cumpliendo mi promesa. *Arigatō gozaimasu*, Sumire-chan —esgrimió una pequeña sonrisa para esconder la amargura que sentía por dentro.

La calidez de su voz iba desvaneciéndose con cada paso que daba hacia la puerta. Violet continuaba inmóvil. Sus músculos eran incapaces de responder a ningún estímulo externo. La película sobre su vida seguía proyectándose ante ella hasta que, inesperadamente, el recuerdo del abrazo de Haru esa tarde en el coche camino a casa se coló entre los fotogramas y, por fin, reaccionó.

Salió corriendo descalza. Con suerte, aún estaría en el recinto. Miró a su alrededor y vislumbró su figura bajando las escaleras que había al fondo del pasillo.

—¡Haru! —gritó para que se detuviera.

Siguió corriendo hacia él, pisando los charcos que había formado el agua que había entrado por culpa del viento. El joven desanduvo su camino para encontrarse con ella antes de que se resbalara.

—Yo también quiero lo mismo —dijo Violet sin dar más referencias. Haru la miraba con los ojos bien abiertos—. Si le pedí tiempo a Yuki es porque llevaba tiempo dedicándole mi primer y mi último pensamiento del día a alguien que no era él. Te los dedicaba a ti, Haru. *Aishiteru* [33], Haruo-kun.

—¿Tú sabes lo que dices? —preguntó con una sonrisa de ternura. Ella asintió.

Haru posó sus labios arrebatadamente sobre los de Violet acariciándole las mejillas con sus manos. No necesitaba palabras para expresarle el amor que sentía por ella. La quería. Estaba enamorado de ella como jamás lo había estado de nadie. Estaba dispuesto a asumir todo aquello que se le viniera encima con tal de poder estar junto a Violet el resto de su vida, de seguir sintiendo esa felicidad que embargaba cada milímetro de su ser. Saboreaba sus besos mientras el resto del mundo perdía su significado hasta desaparecer por completo. Solo existían ellos dos y la lluvia. Todo lo demás era irrelevante.

---

33. *Aishiteru*: expresión que se emplea para decir «te quiero» a aquella persona por la que sientes un amor profundo, que no solo se basa en el deseo pasional o en el embelesamiento del principio de las relaciones. Es la representación de amor que ha ido construyéndose y madurando con el tiempo.

Epílogo

Las chicharras cantaban bajo el fuerte sol de julio, anunciando un calor que incrementaba por momentos. Su ruido era ensordecedor. Se escondían entre los árboles del bosque para que nadie las hiciese callar y así poder seguir con su monótona melodía hasta que llegara el otoño.

Un nuevo sonido ajeno a la naturaleza se unió a esa sinfonía peculiar. El hombre se bajó de la furgoneta sin apagar el motor. Solo estaría allí unos segundos.

—Hola —dijo acercándose a un niño pequeño que estaba sentando do en la puerta. Era una criatura, no tendría más de dos años; no obstante, parecía no tenerle ningún miedo. No se extrañó de su llegada. La verdad era que se conocían de todas las veces que ese hombre había visitado su jardín delantero, día sí día no; dos días sí, dos días no.

—¿Están tu mamá o tu abuela en casa? —le preguntó agachándose hasta llegar a su altura.

El niño asintió con la cabeza, dedicándole una sonrisa de inocencia y diversión. De repente, una figura femenina se unió a ellos. Llevaba un yukata de tonos oscuros, tanto como su peinado. No era el color más apropiado para sobrellevar esas temperaturas; sin embargo, ya se había acostumbrado a él. Ni siquiera era capaz de sentir los rayos del sol impactando violentamente sobre su espalda. Se quitó el sombrero de paja con el que protegía su rostro e inclinó su cuerpo hacia delante.

—Señora Nakamura, el correo —dijo el hombre devolviéndole el saludo.

La mujer agarró la correspondencia y se despidió de él con otra reverencia de agradecimiento. Luego, agarró al pequeño y entraron en casa.

—Hay carta desde Estados Unidos —anunció con el pequeño todavía sentado en sus caderas.

Obāchan se apresuró en ir a la sala de estar para saber qué noticias traería ese sobre. Cada vez que recibían algo del otro lado del mundo, se reunían como si estuvieran celebrando Fin de Año, salvo porque no había programas musicales por televisión ni ornamentos que engalanaran la velada.

Querida familia:

¿Cómo estáis? Las cosas por aquí siguen bien. Lamento no haber escrito con tanta asiduidad en las últimas semanas. Entre el proyecto final del curso de escritura y el trabajo en el restaurante, no he tenido mucho tiempo.

La vida parece que está volviendo a la normalidad por fin. Cada vez hay más gente por las calles y en los parques, aunque todavía puedes ver cierto miedo a que todo se reproduzca. Rezo para que continuemos así y pueda volver pronto.

El otro día estuve hablando con Sayumi por videoconferencia. Ya me ha explicado que está encantada en la peluquería de la señora Yoshikawa. Ha congeniado muy bien con sus compañeras de trabajo y su jefa está muy contenta con ella. Dice que están introduciendo muchas técnicas y tendencias para modernizarse un poco y ponerse al nivel de la capital. Nunca me imaginé que sería el artífice de que las mujeres de Hakone fuesen las mejor peinadas de todo Japón. No puedo estar más orgullosa de ella, aunque no se lo digáis de golpe, a ver si se le sube a la cabeza.

También estuve hablando con Yuki. Me ha contado que está muy bien en Tokio, que le gusta más la vida en la gran ciudad. Me dijo que la empresa no ha sufrido demasiadas pérdidas en estos dos años de pandemia. Al contrario. El sector tecnológico ha podido salvarse, algo que me alivia mucho. Luego, me presentó a su nueva novia, Fuyumi. No sé si ya la ha llevado a casa, pero parece buena chica.

Os echo muchísimo de menos. Los señores Gentile me tratan como si fuese su hija. No puedo estarles más agradecida por haberme acogido. Me han enseñado muchísimos platos italianos y trucos de cocina, así que podéis ir preparando vuestros estómagos. Sin embargo, mi hogar sois vosotros. Necesito volver a la tranquilidad de Hakone, a hacer la compra y que los tenderos me reciban con amabilidad, a perderme por el bosque para impregnarme de su aroma y su frescura con la llegada del buen tiempo... Pensé que jamás anhelaría la presión de un *obi* ciñéndome la cintura. ¿Te lo puedes creer, *obāchan*? Además, todavía no conozco al pequeño Akira en persona. Estoy deseando llegar para malcriarlo.

En fin, me despido. Espero que la próxima carta os la pueda entregar yo misma. Él ya lo sabe, pero recordadle a Ryō que ya queda muy poco para que nos volvamos a encontrar y, esta vez, no separarnos nunca.

Cuidaos,
Rai.

Hiroko acabó la lectura con la voz entrecortada por la emoción que contenía, pero que Hisa no dudaba en mostrar. La voz de su hija mayor pronunciando cada palabra todavía resonaba en su cabeza como si ella misma hubiera estado allí, a su lado, narrándole una fantasía que solo podía hacerse realidad en sus sueños.

La vida había cambiado mucho en muy poco tiempo, tanto dentro de esos muros como para el resto de la humanidad. La velocidad de los acontecimientos y su dureza creaban en ellas una inevitable sensación de vacío a la que todavía no se acababan de acostumbrar. Miraban a su alrededor pensando en que, por lo menos, debían dar las gracias al cielo por estar vivas y a salvo, aunque ese consuelo no era suficiente para sobrellevar el silencio.

La mitad de los dormitorios permanecían cerrados, despojados de cualquier esencia que demostrara que hubo un día en el que alguien hacía su vida en ellos. Yuki había sido el primero en irse; luego, Rai, y Sayumi haría lo mismo en cuanto encontrara a alguien, aunque, hasta que ese día llegara, disfrutaban de sus anécdotas y su ruido tras acabar la jornada.

Akira miraba a su abuela como si quisiera adivinar sus pensamientos. Hiroko sonrió con ternura mientras se recreaba en la belleza de la criatura. Su luz infantil aliviaba sus pesares y la soledad que sentía. Era su pequeño tesoro hasta que debía cedérselo a sus padres cuando volvían del trabajo.

Le acarició el pelo cariñosamente. Era de un negro muy oscuro que hacía resaltar todavía más la blancura de su piel. Le recordaba al de Haru cuando tenía su edad. En realidad, todo él era su viva imagen: sus labios mullidos, sus mejillas sonrojadas, su expresión perpetua de alegría… Era una copia perfecta salvo por un detalle que marcaría su camino allá donde fuese: sus ojos eran de un precioso color avellana, fruto de la unión entre su madre y su padre, que brillaba al mínimo rayo de luz.

El calor de la mañana parecía haberse rendido a la brisa del ocaso. Después de tantas noches sin poder pegar ojo por culpa de las sofocantes temperaturas, se agradecía una pequeña tregua.

—Buenas noches, Nakamura-*sensei*. Hasta mañana.

Unas estudiantes de instituto se despedían en grupo en el vestíbulo del *juku* al que iban cada tarde a hacer repaso para mejorar sus notas incluso antes de retomar el curso.

Violet se entretenía en su taquilla cambiándose los zapatos para irse. Ya no trabajaba en la compañía. No había vuelto a hacerlo tras su renuncia. Había aceptado un empleo en el que ganaba un sueldo mucho inferior en una academia de idiomas de Tokio y, más tarde, se había convertido en profesora de Inglés, Francés e Italiano en un pequeño *juku* que habían abierto recientemente en Hakone. Era a media jornada; sin embargo, le resultaba mucho más gratificante trabajar con adolescentes que se preparaban para entrar a la universidad que con hombres de negocios u oficinistas que aspiraban a un cargo mejor.

Cuando salía a la calle para disponerse a volver a casa, una figura masculina llamó su atención y se dirigió hacia él dibujando una tímida sonrisa que le iluminaba el rostro.

—Pensé que te haría falta la protección de dos hombres fuertes para escoltarte hasta casa, Nakamura-*sensei* —comentó Haru con aire burlón.

Akira salió corriendo torpemente, con la falta de equilibrio propia de su corta edad, hacia los brazos de su madre para que lo colmara de besos como solía hacer en cuanto lo veía. Después, su padre volvió a sentarlo sobre sus hombros y comenzaron a pasear bajo la tenue luz del atardecer que todavía iluminaba el camino hacia la propiedad de los Nakamura.

El Japón que había conocido Violet ese día de octubre ya no era el mismo que la rodeaba. La sociedad caminaba paulatina y constantemente hacia delante, buscando superarse y abrirse un poco más cada día. Los árboles ya no mantenían las mismas hojas. Las flores habían muerto dejando su lugar a otras de igual belleza. Los pájaros habían cambiado de canción de año en año. Ni siquiera las estrellas que comenzaban a intuirse en el cielo eran las mismas que brillaban a su llegada. Sin embargo, había algo que nunca cambiaría a pesar del tiempo: *las violetas solo florecen al llegar la primavera.*

Agradecimientos

«Considero más valiente al que conquista sus deseos que al que conquista a sus enemigos, ya que la victoria más dura es la victoria sobre uno mismo».

ARISTÓTELES

Me resulta muy irónico empezar los agradecimientos con una cita de Aristóteles con lo mal que lo pasé en segundo de Bachillerato en Historia de la Filosofía, aunque también lo veo como un paralelismo accidental e increíblemente icónico, ya que Elle Woods empezaba su discurso de graduación citando al mismo filósofo. Sin embargo, dejando a un lado lo dicho, creo que esta cita resume a la perfección lo que siempre he opinado sobre la gente que ha tenido el coraje suficiente para cumplir sus sueños.

El ser humano es un animal complejo que se debate entre la falta y el exceso de confianza en uno mismo. Esta condición nos divide en tres grupos: los que no creen que vayan a conseguirlo y ni siquiera lo intentan, los que creen que van a conseguirlo sin más porque su carta astral es la mejor (son Leo, fijo) y los que trabajan día a día, exponiéndose a millones de crisis existenciales. Estos últimos son aquellos valientes de los que hablaba Aristóteles. A mí me gusta llamarlos «soñadores terrenales».

No obstante, ser un soñador terrenal es agotador, ya que no permites dejar nada al azar. Además, hay días en los que tu cabeza, aquella en la que confías plenamente como creadora de la idea del millón de dólares, de la noche a la mañana, se convierte en tu peor enemiga y te hace creer que eres un fraude, provocando que te hundas o que trabajes tan duro que acabes exhausta y harta de aquello que quieres conseguir. Entonces, cuando piensas que no puedes más, aparecen esas personas que te ayudan a reponerte y a subirte al caballo de nuevo para conquistar la victoria.

En primer lugar, me gustaría dar gracias a mis padres: a mi madre, por aquellos cuentos y poemas que me escribía de pequeña y por llenar las estanterías de casa de novelas románticas de señores en kilt, y a mi padre, por sus cómics, por su forma de narrar los libros y películas de samuráis y por llorar con cada k-drama de Netflix. A mi hermano, Pedro, mi primer lector. Él que, a pesar de aborrecer las novelas románticas, se leyó mi manuscrito en dos días y me ha estado apoyando tras cada silencio editorial. Te prometo que en otra novela pondré capítulo de playa.

Gracias a la familia que se elige. A Gisela por acompañarme a librerías buscando distintas editoriales a las que enviar mi manuscrito y por ayudarme a hacer el casting para la adaptación cinematográfica imaginaria. A Mada por creer en mi talento y hacerme seguir adelante cuando sentía que había fracasado, y a Javi por ser mi enciclopedia japonesa andante. A Jon y Marta por las celebraciones con cada hito que consigo, por pequeño que sea, desde que nos conocimos en la facultad. Y, ya que hablo de mis años universitarios, gracias a todos aquellos lectores que no se perdieron ni uno de los capítulos de la novela más estrambótica y romántica que jamás haya protagonizado la Facultad de Filología de la Universidad de Barcelona.

En el plano literario, gracias a Jordi por haber leído ese *tweet* que escribí a las doce de la noche con cero esperanzas de que sucediera nada y que resultó ser el inicio de todo. A Isabel y a mi editora Esther por apostar por mí sin tener ninguna experiencia. Y a Carmen por ser una de las sorpresas más agradables que me ha dado este nuevo mundo y por convertirse en mi sensei.

Esta novela no habría sido posible sin la generosidad y amabilidad de aquellas personas que dedicaron su tiempo respondiendo a mis dudas sin pedir nada a cambio. Gracias a K., B., T., A. y S. por ser los y las mejores guías y *senpai* que alguien pueda imaginar y a R. O. por ilustrarme sobre la jerarquía familiar, tradiciones y ser una fuente de inspiración.

Por último, me gustaría dedicar este libro a mis alumnos, aquellos que empezaron sus primeros pasos en la ESO conmigo en 2022. No creo que con este libro me vaya a hacer tan rica como para comprar toda la lista de deseos que me escribisteis en la pizarra ese día antes de Navidad. Sin embargo, quiero que, cuando tengáis la edad suficiente para leerlo y disfrutarlo, os acordéis de que nada viene rodado sin trabajar por ello. Caeréis, os levantaréis, lloraréis, querréis abandonar… Pero todo ello es parte de un proceso llamado Vida. Y recordad: los sueños hay que conquistarlos cada día.

Glosario

Aishiteru: expresión que se emplea para decir «te quiero» a aquella persona por la que sientes un amor profundo, que no solo se basa en el deseo pasional o en el embelesamiento del principio de las relaciones. Es la representación de amor que ha ido construyéndose y madurando con el tiempo.

Amado: paneles empleados para proteger las ventanas de los agentes meteorológicos. En las casas tradicionales, suelen ser de madera.

Bentō: fiambrera con distintos compartimentos rellena de diferentes tipos de comida.

Bonenkai: fiestas de fin de año organizadas por las empresas para sus empleados y directivos.

Dorama: término japonés derivado de la voz inglesa *drama* utilizado para dar nombre a las series de temática amorosa y/o dramática.

Engawa: pasarela exterior de madera que une las estancias de una casa tradicional japonesa.

Furigana: inscripción fonética, normalmente escrita en hiragana, de un kanji.

Genkan: parte de una casa japonesa situada a la entrada donde se dejan los zapatos.

Hakama: prenda de vestir ancha, similar a unos pantalones, que forma parte del uniforme de los sacerdotes y sacerdotisas sintoístas.

Hanami: admiración de los cerezos. Normalmente, se celebra con un pícnic bajo algún cerezo o ciruelo.

Haori: prenda de vestir de abrigo, similar a una chaqueta, que originalmente fue ideada para llevar sobre los kimonos.

Hatsumōde: primera visita al templo o al santuario. Debe realizarse durante la primera semana del año.

Hatsunohide: primer amanecer del año.

Hostess: chica que trabaja en locales nocturnos y se dedica a servir bebidas y hacer compañía a sus clientes.

Juku: escuela privada extraescolar en la que se imparten clases de refuerzo y cursillos preparatorios para la universidad.

Kanji: carácter usado en el japonés procedente del chino.

Konbini: tienda abierta veinticuatro horas en la que venden comida precocinada, artículos de primera necesidad, revistas, etc.

Kotatsu: mesa baja compuesta de un brasero y un cobertor o futón para conservar el calor.

Miko: mujer encargada de ayudar al sacerdote sintoísta en el santuario.

Momiji: época del año en la que enrojece el arce japonés. Es una de las mayores atracciones turísticas del otoño.

Nomikai: reuniones que normalmente se realizan entre compañeros de trabajo cuyo fin es beber y comer tras la jornada laboral.

Obāchan: apelativo cariñoso para abuela.

Obi: cinturón de tela con el que se ciñe el kimono o el yukata.

Ocha: té. En algunas empresas japonesas, servir el té a sus superiores es una tarea muy frecuente entre las empleadas.

Omamori: pequeño amuleto de tela con forma rectangular. Se adquiere en los santuarios.

Omikuji: papel en el que aparece escrita una pequeña predicción de la suerte que va a tener una persona durante el año.

Onsen: baños de aguas termales.

Ōsōji: limpieza general que se realiza antes de que finalice el año.

Ryokan: tipo de alojamiento tradicional japonés muy popular en Kioto y en las zonas rurales.

Shinkansen: línea de tren bala.

Shōji: puertas correderas hechas, principalmente, de madera y papel de arroz.

Tanabata: Festival de las Estrellas.

Todai: acrónimo por el que se conoce a la Universidad de Tokio.

Tōri: puertas sagradas sintoístas.

Yukata: prenda tradicional similar a un kimono, aunque mucho más sencilla y económica.

Zori: calzado similar a unas sandalias hecho de madera, aunque suele llevar otros ornamentos como el cuero o brocados, que se utiliza en las ocasiones especiales.

Nota de la autora

La historia de Violet, Yuki y Haru se inspira en distintos testimonios de parejas interraciales que viven o han vivido en Japón. Cada uno de ellos es diferente, plagado de dificultades a las que enfrentarse, pero de una belleza que hizo que mereciera la pena luchar por su propia historia de amor. Sin embargo, no podemos olvidar que es una obra de ficción. Algunos detalles de la realidad han sido alterados para acomodarlos a la trama. Lo más seguro es que cuando vayáis a Hakone no encontréis la majestuosa casa de los Nakamura en medio de la nada ni que podáis fotografiaros tranquilamente bajo el gran tōri que hay frente al lago Ashi a no ser que madruguéis.

Tampoco las distancias son las que os imagináis. Hakone es una población muy extensa a pesar de estar dividida en pequeños núcleos por su complicada orografía. No obstante, me he permitido jugar con sus dimensiones para aislar todavía más a la familia protagonista y darle este toque de distinción y misterio con respecto a los demás habitantes. Por cierto, hay múltiples líneas de autobuses por si os veis abandonados en algún momento del día, aunque, seguramente, a más de uno o una le gustaría compartir camioneta con Ryō Aikawa y sus encantadoras formas.

Por último, me gustaría que *Gaijin* no se leyera desde la tradición occidental que todos los románticos y románticas tenemos en mente, un deseo algo vano, ya que esta nota se encuentra al final de la novela. Las bases sobre las que construimos nuestra forma de ver el mundo, de relacionarnos y comunicarnos, de amar, etc., son la sociedad y la cultura que nos rodea. Estas nos crean unos patrones mentales y sociales que, a veces, nos constriñen hasta el punto de no entender aquello que se aleja de estos y nos atrevemos a juzgar lo diferente con altivez o como «no válido» o «censurable», sin saber que siempre hay un motivo detrás, probablemente histórico, que explica por qué algo es como es. Podemos compartirlo. Podemos no compartirlo. Da igual. Aun así, hay momentos en la vida en los que debemos sentarnos, mirar a los ojos humilde y directamente a la duda y preguntar sin miedo sobre aquello que no logramos comprender.

Espero que la hayáis disfrutado. Seguid cuidando de ella, por favor.

¿TE GUSTÓ
ESTE LIBRO?

escríbenos y
cuéntanos tu opinión en

 /Sellotitania    /@Titania_ed

/titania.ed

#SíSoyRomántica